千年九寨

李春蓉

著

四川文艺出版社

图书在版编目（CIP）数据

千年九寨 / 李春蓉著 . -- 成都 : 四川文艺出版社，
2025. 6. -- ISBN 978-7-5411-7195-6

Ⅰ . I267

中国国家版本馆 CIP 数据核字第 2025KW9042 号

QIAN NIAN JIU ZHAI

千 年 九 寨

李春蓉　著

出 品 人　冯　静
策划编辑　路　嵩
责任编辑　葛雨馨　任子乐
特约编辑　蒯　燕
装帧设计　悟阅文化
责任校对　文　雯
摄　　影　杨东波

出版发行　四川文艺出版社（成都市锦江区三色路238号）
网　　址　www.scwys.com
电　　话　028-86361802（发行部）　028-86361781（编辑部）

排　　版　四川悟阅文化传播有限公司
印　　刷　成都市兴雅致印务有限责任公司
成品尺寸　170mm×240mm　　　　开　　本　16开
印　　张　13.75　　　　　　　　字　　数　250千
版　　次　2025年6月第一版　　　印　　次　2025年6月第一次印刷
书　　号　ISBN 978-7-5411-7195-6
定　　价　68.00元

自序　我身在其中

随着年龄的增长，身边不大的世界总是有意无意地呈现出不同的面貌，吸引着我的目光。我弄懂了一个问题，又一个问题在等着我：身边人的朴素价值观如何形成？他们传承的精神谱系出自何处？他们的文化缘何如此？

抬头仰望，天空高远，深邃而迷茫；俯瞰脚下，大地厚重，无垠而包容；举目四望，大山苍茫，坚挺而连绵；河水澹澹，幽深而纯洁。

我，一个小小的人儿，生活在这崇山峻岭之间，是什么为我撑起一片天空？是什么塑造了我的思想？是什么影响了我的言行？

我寻找着答案。

我想，这个影响力也许是大山给予的。因为大山挺起坚硬的脊梁，为我们撑起一片天空；也许是大地给予的，脚下的大地托举起我们，让我稳稳地站立于天地之间。

这些只是外部的力量，是千百年来的一成不变。我要寻找的，其实是一种变数，一种现实如此，一种未来可期，一种信仰，一种习惯，一种对后世的影响，一种世代传承的文化和精神。

归根到底，我想探究的是九寨沟人的精神内核。

我想速写时代和人物，刻画出风骨和气质。

纵观古今，人是历史的创造者。

我的目光锁定这片大地上创造了历史的人，或者有能力连接过去和现在的人。也许他们的身上有我想要的东西。

于是，我又一次开始行走，沿着时间的河流逆流而上，捡拾起不远处历史遗落在大地上的点点滴滴，在时间的缝隙处驻足，看露出的微光，看微光里的人，看人的言行举止，看人的喜怒哀乐，看人在九寨沟大地上平凡而又不平凡的一生。

我要寻找的，是一个充满感情、充满关怀、充满能量的九寨沟。我要寻找的，是骨子里充盈着家国情怀的人、视民众生命至上的人、注重安土重迁的人、低微得和光同尘的人……

阿列克谢耶维奇说："我致力于缺失的历史。"是的，我也致力于志书中缺失的历史，寻找有感情有温度能代表九寨沟的人和事。也许他们没有被记入史册，但是他们是九寨沟人的领袖，是生存状态，是精神和信仰。他们是历史与现实之间不可或缺的一个连接环节，是社会不断发展的原因和动力之一。

在行走中，我发现地区之间的文化差异是真实存在的。我告诫自己对有差异的文化要保持足够的敏感和宽容。如此，我才会发现文化的异同，我才会认同文化的差异。

《辫子坟考》，由一块墓碑说起。碑文显示于道光二十六年（1846）清政府所立。重走九寨沟到浙江宁波这条路，回顾的不只是鸦片战争带来的屈辱，还捡拾起强烈的家国情怀，感受到浓浓的血脉亲情。

"定坪军""蒸面人""庚申事变""尖斗浮收""辛亥番变"……风起云涌之际，老百姓还能安居乐业，是有人护他们周全。

几十年前的预订，几十年后三代人合力归还定金，老百姓《一诺千金》，用布衣将诚信二字擦拭得熠熠生辉。

罗依曾经发生过的故事，他们的风范，在《喊天》里再次呈现。

玉瓦关、柴门关、野猪关，几个关口的故事，就是半个九寨沟县的历史。

白马人有自己独特的民风民俗，他们的来龙去脉在熊猫舞的原汁原味里，在佾舞旋转的百褶裙里。

大录千年古藏寨，房子的建造暗藏玄机。康珠泽里叔叔能讲出房子的秘密和房子里居住过的七代人的故事。

九寨沟是包容的，普通人低微得和光同尘，他们的一生，经历着世事变迁，见证着社会的发展。他们投射出坚韧不屈的性格，是时代发展的原动力。

……

这些都是九寨沟文化的冰山一角，是形成九寨沟人精神气质的缘由之一。几千年的九寨沟文化有这样深厚的根基，身处边地的九寨沟人有这样勇猛的胆魄。

何以九寨沟？何以九寨沟人？我寻找着答案。

我像一个掘宝人，几年来不停地行走在九寨的大地上。我以能在尘埃中发现散落在大地上宝藏的眼力，挖掘着写作的素材。我的写作，忠于千百年来曾经发生在九寨沟大地上的真实故事，用我的语言真实地还原，并要求自己写出精神，写出灵魂，写出人情，写出烟火味。我力求这本书是缝制百衲衣的一块布，是熬制百家米汤的一颗米。尽我所能，刻画出九寨沟大地上精神领袖的风采，描摹出老百姓的伟大，突显出九寨沟这块土地自己独特的精神内核。

书中的人物，有的深陷历史的旋涡，有的走到了历史的边缘，我要做的，是让他们再一次回到舞台的中心，回到聚光灯下。让历史的天空再一次电闪雷鸣，让历史的天空再一次风起云涌，让历史上曾经发生过的一切再一次感天动地，或者展现风和日丽的美好。

基库尤人古谚："一个老人的离世，是一间图书馆的消失。"我和时间赛跑，抢夺老人头脑中为数不多的记忆。纵然每个墓碑下都有一部长篇小说，但我也不想虚构他们的人生，想象他们的正义与磨难，因为事实比虚构更精彩。只有从他们幽怨的语言，提醒我内观自己，珍惜当下。他们眼角的泪水，洇染山川河流，净化日月星辰。

火塘边的古经听多了，我明白，身处乱世的人们既得到了神的庇佑，更得到了人的保护。静好的岁月是负重前行的人粉饰后的太平。

独特的文化是由地理位置决定的。我所能做的只有寻找文化的根源。

素材在我的心里酝酿发酵，寻找倾泻而出的机会。我也被神授似的沉浸其中，不能自拔。我的灵魂和身体，以及我的文字，不知道从什么时候开始，被烙上九寨印记，独特而醒目，就像过年时蒸的春卷上的桃花印。

我坚信，有一种精神，可以穿越时空，历久弥香。我逆流而上，将时间长河里独特的印记拓在纸上、心中，或者模仿，或者被感染，于是我的举手投足之间有了九寨人的特征，我的语言有了九寨人的直爽，我的行为有了九寨人的担当。

我写《千年九寨》，是因为我对千年来发生的故事感兴趣。

我写千年的九寨，是想寻根溯源，一探究竟。

我写九寨的千年，是想知道我为什么是我。

更是为了见证，为了祭奠，为了不曾忘记的纪念，为了后代子孙的记忆里还能有个"您"，为了延续"您"的精神，为了生活在这片土地上的人知道自己的来处与去处。

我寻找着答案。

因为我也身处其中。

目录 CONTENTS

辫子坟考

一

我家有座辫子坟。

墓碑上写着："故显考李公兴茂……道光二十六年。"道光二十六年，即1846年，如此算来距今有近一百八十年的历史。

早春的一天，父亲突然说，我家的辫子坟好像有垮塌的迹象。

早些年祖坟园子里有一座不知是"皇亲武信"还是"皇亲例受"的坟就被泥石流湮没了，有人说这是天葬，我们也不敢随意动它。如今这座坟还被埋在泥土里，连同这座坟所有要传递给后人的信息一同埋葬。

辫子坟有可能垮塌，我和弟弟一惊，辫子坟可不能垮！在我们的心里它就是一种精神、一个警示、一种情怀。一百多年来它默默无闻，但它必不可少。它是家族兴盛的原动力，家族自豪感的源泉。对于它的沉默，我们习以为常。对于它默默无闻，乃至日渐破落，我们惶恐不安。我们生怕有一天，辫子坟也销声匿迹，变成尘埃，走到历史的深处，被后人遗忘。

可能被遗忘的，不只是一座坟，或者坟里的人，更是祖先的家国情怀，以及一段特殊的生命轨迹。辫子坟反映的是明清兵制世袭制度，一种军人的生活方式，更是一段中国的历史，一段中华民族的耻辱，一段亲人撕心裂肺的疼痛。辫子坟佐证着落后就要挨打的真实性，它也期望着国强民富的太平盛世。

我们不会让辫子坟消失的，尤其是父亲。他肩负着传承的重担。

二

"这是我高祖太爷的坟，他是吃马粮的，战死了。打仗的地方太远，骨殖运不回来，就剪下了他的毛辫子运回来。这座坟里只埋了一根毛辫子，没有骨殖。"每次过年或者清明节上坟，生于1911年的祖父总会反复给我们说。辫子和坟的故事，我们并不陌生。这几句话，我们从小就能背诵了。

祖上世代是镇守边关的军人。平时为民，战时为兵。家族的后代子孙都是亦兵亦民的军人。从明洪武二年（1369）有族谱记载以来，李旺、李通……祖先们屡屡战死沙场，对于世代镇守边关的这个亦兵亦民的家族来说，这是一种荣耀。六七百年的时间里，马革裹尸，对我们家族来说是司空见惯的事。我们家的男儿为当兵吃马粮而生，为保卫国家而死。

这是家族男儿的宿命。

人们说，三代人就是一个记忆的周期，三代前的人和事基本会被后代遗忘。况且我家的辫子坟还是祖父的祖太爷的坟，按理说，祖父对辫子坟的记忆都不会太清晰。但是，因为这座坟太特殊了，代代人反复强调着关于辫子和坟的故事，反复的强调，对抗着遗忘。祖父传承下来的故事，还是不可否认地在缩水。

是时间偷走了人们的记忆。

祖父每年上坟说的都是同样的话，没有新意。听的次数多了，家人难免感到倦怠并习以为常。辫子、坟和我们之间隔着一百多年的时间，我们距离太远了，那鲜活的人和事散落在时间里，被蒙上了厚厚的灰尘。但是每次听到或者看到，心里就会有疼痛的感觉，一条叫作血脉的河流从来没有停止过流淌。回头望去，一根灰色的时间轴，像一条隐秘的脐带，连接着家族的子孙。

祖父特别注重香火传承。从我三四岁能记事起，我就被祖父牵着手去上坟。虽然我是女孩子，但祖父并不嫌弃我。每次上坟，祖父总是带上我们姐弟。爬坡上坎时他背着我或者弟弟，路稍微平整，他就牵着我们的手让自己走。我十四岁时，祖父去世了。辫子坟的故事却如一个烙印，或者一根刺，让我心痛，让我难过。辫子坟不时提醒我，有国才有家，家国当强大。

祖父说过的这些话如今又被父亲一次次说给他的儿孙听。后来，我偶然在外人那里听到关于毛辫子和坟的故事，是从和我父亲一起长大的他儿时的伙伴的口中。

"这座坟里只埋了一根毛辫子。"如今说这句话的人自然是我父亲。随着时间和环境的改变，祖先流传下来的口头遗嘱在一代代的生老病死中，不知不觉地减少了。老年的父亲和母亲时常回忆起祖父关于这座坟说过的每一句话，他们怕头脑中残存的记忆也在不知不觉中被时间偷走。

"是个吃马粮的。"

"到很远的地方去打仗，折了。"

"一个人挣的军饷，养活全家。"

"骨殖没运回来，只送回了毛辫子。"

"毛辫子装在紫檀木盒子里，盖着白绸子，绸子上写着李兴茂的名字。"

"官府把毛辫子埋在祖坟了，墓碑上刻有祖先的名字——李兴茂。"

"坟是十几个当兵的砌的，砌好坟，就骑马离开了。"

就连父母亲，好像知道的也就这么多。

家族的历史更多是靠口口相传，流传下来的只有运回毛辫子的细节。发生战争的背景是什么？因何而战？在哪里打仗？和谁打仗？战况如何？没有人说过。或许是士兵为了遵守部队的纪律，不对家人透露即将发生的战争的情况。我更愿意相信是因为地处边远地区的信息闭塞，而导致人们的茫然和无知。

难道就没有人问过李兴茂折在哪里了？他的尸骨如何安置的？我想，更不会有人问后续的战事。憨厚淳朴的祖先们不知道发生了什么，他们肯定会认为有人造反了，有人起义了，需要军人镇压，如此而已。这是意料之中的事。就连当时的朝廷，都没想到会有洋夷敢来挑衅大清朝。大清朝君临天下，自认为是世界的中心，皇帝是天子，唯我独尊。他们的认知里只有内部的反抗或者起义，绝不会想到大洋彼岸的洋夷敢用大炮对准大清朝的疆域开火。

如今时间过去了近两百年，早就抹平了当初的痕迹。只留下一根毛辫子的故事和一座坟、一块墓碑，佐证着传说的真实性。

祖父的遗言像打开了一个神秘世界的大门，让人浮想联翩。而道光二十六年的精准定位，在时间轴上被锁定。我们对 1846 年以前发生的事件产生好奇：到底是什么事件，让远在西北高原的祖先远征作战？远征的路途到底有多远？和谁作战？战况如何？

因为祖父的话语，因为一块墓碑的碑文，一座坟、一根辫子、一段历史进入我们的话题。岁月的马赛克让辫子坟这个点太模糊、太孤立。经过多次家庭会议讨论，我们决定把它放在历史中分析，当它和一段历史产生同频共振的时候，蒙在它上面的尘土也许会掉落，露出它真实的一面，供我们分析解读。

但是我担心，仅仅知道的这几个名词，能否承载起一段沉重的历史？

三

1846 年以前的中国，是怎样的景象？

时间轴退到 19 世纪。大清帝国因为天圆地方之说，自称天朝。历史给了清人足够的底气和勇气，将国外的一切人称为"洋夷"，包括当时自称"日不落帝国"的英国人。文明的进程越来越快，哥伦布远航成功，人们认识到地球是个圆形的球体的时候，跨洋贸易开始了。第一次工业革命成功，让英国等国家一步跨越到世界强国的前列。白银成了硬通货，挣钱，赚银子，这是英国和英国商人的目的。而大清国闭关的政策让英国人望门兴叹，大清国唯我独尊的强烈优越感让英国人扫兴。

当时中英商贸的真实情况不容英国人乐观。

19 世纪开始，英国每年有 2700 万两白银流入中国，购买中国的茶叶、丝瓷等物品，中国只拿 1600 万两白银购买英国的棉花或者棉布（由其殖民地印度生产）。进出口的不均衡，使中英贸易产生了较大的贸易逆差，贸易的天平倾斜了。

英国人急了，想尽快改变这个局势。一种植物作为改变局势的砝码，承担了消除贸易逆差的重任。

这种植物就是——鸦片。

中国人对鸦片的认识停留在认为鸦片就是治疗身体疼痛的药物，或者能快速恢复体力的神秘的药品上。人们认为，没有哪种身体上的病痛情况是鸦片不能解决的。人们满足于吸食鸦片后身体飘飘欲仙的幻觉，这真是神丹妙药呀！而鸦片对身体的危害，以及鸦片让神经系统迅速产生依赖的副作用，朝廷完全没有认识，国人更不会有正确的认识。

英国人不需要特别努力，从 18 世纪以来，输入中国的鸦片数量每年增长速度极快。英国人要做的，就是占有这个市场的份额，分得一杯羹。19 世纪，清朝国民吸食鸦片成风，国民的体质下降；士兵吸食鸦片，体能下降，国防力量空虚。

四

把埋毛辫子的坟叫作辫子坟，经历了一百多年的时间，是随着认知的提高，阅历的深入，还有便于朗朗上口的事实。其实，更重要的是看了历史书或者影视作品的原因。我们家是在不知不觉中改口的，辫子坟，这样叫多顺口，简单明了，何必弯弯绕绕地叫埋毛辫子的坟，别扭、拗口。

天色将暮前，我和弟弟站在辫子坟前，上面落下的石头将墓门湮没了一半。"故显考李公兴茂"的字依然浅浅地站在石碑上，字被风化，一年浅于一年，我生怕它们站立不稳一个趔趄掉下来，那这座辫子坟就永远成为一个谜了。父亲七十多岁了，脚步越来越轻，在有生之年弄清楚辫子坟的前因后果，是父亲的心愿，也是他作为家里一门男丁的历史任务。

一块书一样大小的平整的长条形石头掉落在石头堆里，很明显是辫子坟右侧边缘掉落下来的石条。我和弟弟松了一口气，只是墓门上的一根石条脱落，并不是辫子坟垮了。仔细看，这块石条上有字，从字的方正和雕刻完成度来看，比辫子坟墓碑上的字好很多，用心很多，完全不在一个档次。

"故显考张公"，这是张姓人家的墓碑，为什么会砌在我家的墓碑上？乡里乡亲，用别人家的墓碑砌自家的墓，这种不近人情的情况绝不可能发生。只有一个可能，是当时修坟的清兵所为。他们为了完成任务，胡乱抓来东西就用，旁边的墓碑，被他们砸烂，把字藏在里面砌在墓上。所以我们从来没有发现砌墓的石头上有字。无敬无畏，天不怕地不怕，偷鸡摸狗，是鸦片烟民的通病，也是清兵做事敷衍的做派。

这样办事，我还能说什么呢？我好像看到了清朝灭亡前的灰暗与茫然，以及信仰缺失后的混乱与无畏。

五

我和父亲、弟弟查史料，翻书籍，查找 1846 年前关于辫子坟的一切相关资料。我们进行了关于辫子坟的多次讨论。最后决定只能以祖父为时间轴上的参考点来推算。如果没有祖父这个点，一切都将不存在。

辫子坟主人李兴茂的身份，家谱记载得很清楚。推算起来李兴茂是祖父李玉槐的祖太爷，夫人郭氏，育有两子。

关于李兴茂的年龄。如果按 1800 年左右当时的人均寿命 37 岁计算，1842 年发生鸦片战争时，远征军会筛选身强力壮之士。道光皇帝旨意："屯兵有可调用者，亦著一体挑选。"身为绿营军屯兵的李兴茂应该是二三十岁的青壮年，作为现役军人，保家卫国李兴茂责无旁贷。年龄太大、太小，身体不强壮的，都不会入选。史书记载全国当时在编有 80 万绿营军，其中有 5.1 万人入选远征军，支援沿海作战，对抗入侵的 7000 英军。

51000 对 7000，在主场作战，还战败，是不是很可笑？笑后是不是心里很难受，眼中会有泪水？

问题一：李兴茂在哪里服役？

在松潘绿营军服役，绿营军是清政府镇守西北地区的屯军。家谱记载，先人明洪武二年（1369）从南京奉命出征到北方守卫边关，保家卫国。家族世代以武兴家，以武传家。当兵的工作是世袭制，不容后代更改，努力当军官，是唯一的出路。

问题二：去哪里打仗？

家里人只知道去很远的地方，海边。

家谱记载先人打过仗的地点很多：青州、巩昌、喇嘛岭、固原、青家驿、西番、洮州、纳怜、火巴、酒泉、薛尔崇、松平、南坪……作战地点大多在北方。家谱详细记载的一次战争发生在酒泉。和青藏高原的藏兵作战中，酒泉金佛寺大火，千户侯李通抢救出一尊金佛。李通在作战中身负重伤，他念念不忘叮嘱家人，当寺庙重新修缮，不要忘记把金佛送回寺庙："金佛寺有金佛一座，因寺伤损，请在本营，唯望后代若有寺堂，将像仍送至金佛寺免尘委，庶神赐百福，子孙永昌矣，遵之勿误，遗笔终。"

而去海边打仗，这是家族历史上的第一次。

问题三：路上行军多长时间？

从1841年11月开拔到1842年3月到达宁波，李兴茂的部队在路上行军了三个多月时间。这并不奇怪，路途太过遥远，要经过千山万水。

问题四：李兴茂为什么要参加"虎头军"远征？

因为清政府的闭关政策和贸易逆差，英国人为了攫取高额利润，发动了鸦片战争。英国人用毒品——鸦片赚取不正当的经济利益，使大清国的经济和国人的身体蒙受损失。道光皇帝一道六百里加急圣旨传到四川总督宝兴手里："迅速于四川建昌松潘两镇属内，挑选精兵，其该省屯兵有可调用者，亦著一体挑选。共足二千名之数，派委曾经出师之镇将管带前赴浙江军营，听候调遣。"1841年11月，在松潘总兵裕恒统率下，绿营军、金川千总阿木穰及藏兵、汶川瓦寺土守备哈克里及部下，共2000人，头戴虎（狐）皮帽，背上火药枪，手拿大刀长矛，从松潘城聚集开拔。

"虎"和"狐"，可能是读音相近的原因，或许也有迷信的成分，高原人人都戴的狐皮帽子，在鸦片战争中以"虎皮"的名字记入史册。而戴狐皮帽的高原勇士，被称作"虎头军"而名留千古。

关于李兴茂参加两千"虎头军"的这一次远征，我们没有找到更多的记载，或许是我们没有找到相关资料，或许是资料被毁，或许是家人已经被鸦片毒害，没有了志向，没有了记录的动力和体力。

历史是严谨的，不可更改。近十年，我们一家人查阅、搜集关于辫子坟的一切资料，始终没有找到从松潘出发将士的名单。除了阿木穰的六七百人外，可以判定李兴茂作为正规军人的身份被编入哈克里带领的部队。

哈克里，汶川涂禹山上瓦寺土司的后人，汶川瓦寺土司和马尔康卓克基土司齐名。我去过涂禹山，是寻访大禹夫人涂山氏的出生地而去的。参观过瓦寺土司家被大火烧过后仅剩的残垣断壁，这是四川现存唯一明代城堡式的庞大土司官寨建筑群，公署功能区划完备，大火烧掉了房子的木质部分，剩下房基和墙壁石墙。墙壁平整得如一块石板，左右两道墙之间是一条笔直的直线，高手在民间，汶川一带砌石墙的技术堪称一流。各种古迹散乱洒落一地，一个石头碓窝和一个石锤引起了我的注意，这是擂火药的工具。

我断定哈克里是带着火药枪出征的。寻找哈克里的行踪，成了我们寻找李兴茂的重要线索。

浙江宁波大宝山，是哈克里最后的战场。全家人商量后决定去宁波慈溪寻找线索。为了和李兴茂到达浙江的时间相同，计划3月出行，然而计划好的行程因为父亲突发带状疱疹延迟到了6月。

六

甲辰年的端午节刚过，我和闺密老杜陪父母出发，踏上了宁波之行。

早上起来，老母亲急切地给我说她昨晚做的梦。母亲的意思很明显，希望先人给予我们暗示、启示或者线索，让我们的浙江之行能有所收获。

她梦见爷爷奶奶、尕尕娃的妹妹、甲勿沟的代秀（这几个都是已故的人，代秀因病在我们出发的前一天刚刚过世）在我们家里煮酸菜，绿绿的酸菜堆得像一座大山。胖三娃的大大（父亲）又背了一背枯黄圆根叶子来。一直以来，我家对于梦有自己的解析："青"和"亲"同音，梦见青青的菜，预示会见到亲人。梦见青色就是要见亲人，母亲简单的解梦理论屡试不爽，几十年的实践证实着这一解梦理论的正确。我说，好梦，祖先知道我们去寻找、祭拜先人，用青色暗示我们能找到亲人，能如我所愿。这个梦让母亲特别高兴。

李兴茂老先人离开我们有180多年，时间太久远了，所以梦境的青色里掺杂了些许的枯黄。那是被岁月晕染出的时间暴露出的本来色彩。

在飞机上，我有了闲暇时间。我可以想象关于李兴茂的一切。

李兴茂头戴狐狸皮帽子，身穿羊皮大衣，骑马从松潘出发，他看到了什么？经历了什么？他知不知道此去面临着什么？他的行为意味着什么？他和所有的藏兵一样，眼神坚毅决绝，黝黑的面庞如雕塑一般，"不战胜就战死"，他们个人的命运和国家的命运绑在了一起。保卫国家，是他，是他们军人的职责。那回头的一瞥，是告别，亦是永别。

此时，刺眼的阳光仿佛如180多年前的一样。那是1841年11月的阳光，是初冬的阳光，温暖而舒适。阳光透过厚厚的皮衣，温暖着他们肌肉健硕的身体，他们会抬头看看太阳，看看雪山，远处的雪山在太阳下发出耀眼的金光，草木开始枯黄，这是他们熟悉的一切。雪山上的雪线悄悄地下移，故乡的泥土里零星种有罂粟，甜甜的气息扑面而来。对此李兴茂有些迷茫。军人以服从命令为天职，不容许他有更多的想法。

我头脑中一直有个声音反复响起："嗬，到中国去！"这是 1840 年某日早晨英国人宾汉在开普敦舰队上听到的轻松愉快的声音。英国作家宾汉所著的《英军在华作战记》，记录了临出发前这一天早上的情况，没有紧张，没有大战前的如临大敌，就像到一个熟悉的地方去度假。他们的声音，表达出即将实现内心压抑已久的阴谋时的舒畅，英国的大雾帮助这群人掩饰着觊觎的目光。

"先生，发出起锚的信号了！"轮船开动了，翻滚的白浪好像滚滚而来的白银。赚取白银就像在鸡窝里取蛋一样容易，他们就差激动地跳起来了。他们愉快，他们欢乐，他们轻松诙谐，没有一丝的内疚，没有丁点的陌生，就像回外婆家一样兴奋。通过书页，我都能感到英军不可一世的张狂，以及目中无人的傲慢。

"到浙江宁波去！"侵略者欢呼。

"到浙江宁波去！"我们心情沉重。

为什么 180 多年后，我们要沿着李兴茂的脚印，开始我们寻亲的远征？是为了家族的传承，为了祭拜，为了寻找失落的精神，为了恢复一段历史的真相。如果这件事在父亲手里没有厘清，仍然前后断档，那可能永远都没机会弄明白了。我们此次并不是单纯的观光旅游，而是要驻扎在宁波，依靠我们自己的力量寻找此处有关鸦片战争的蛛丝马迹。是的，只有蛛丝马迹了，或者连蛛丝马迹都没有，一切都消失在时间里。

对于父母来说，这并不是一次简单的出行，或者像以往一样的旅游。这次来浙江，筹备了足足有一年之久。我的写作离不开故乡亲人，我一直走在探秘的路上。这一次，在父母的带领下，家族的密码能否继续对我们打开，让我完成辫子坟这意义非凡的写作？

陌生的旅程。忐忑的心理。

先人们知道我们的行程，出发前父亲给先人们禀告过。我们来祭拜您来了，您在哪里？能否继续给我们一点启示，或者一个梦？

如果神灵有知，会保佑我们的。

七

我们四人，在 8000 米的高空，像坐在鸟背上一样地飞翔着。我们在高高的云层上，在自己国家的领空上，用两小时二十分钟的时间，完成李兴茂近

100 天的风餐露宿。此时的祖国领空是安全的，天空中同时有两千架飞机在不同方向、不同高度飞翔，而我们乘坐的这架飞机将带领 300 多人到达浙江宁波。

6 月里，我们一行穿着夏天的衣裙。看到身上穿的短衣短裤，让我想起关于布料的故事。

1833 年，英国议会取消东印度公司的垄断权，自由贸易在英国获胜，但是广州仍然限制自由贸易。曼彻斯特纺织商认为：只要中国人的衬衣下摆长一寸，英国的工厂就要忙数十年。中国巨大的人口基数和财富，让英国纺织利益集团和鸦片贩子都盯上了中国。毛呢、哔叽、华达呢、洋布竟然在中国卖不出去，中国人喜欢的还是自己的丝绸、土布。必须改变中国人的认知，用大炮打开中国紧闭的国门！一支 7000 人组成的训练有素的军队，坐着 20 来艘军舰，带着大炮、枪支来到了广州、舟山。

社会在进步，一切都是可以改变的。小时候看到天上的小白点，小伙伴跳起脚叫："飞机！飞机！"我还因为没和小伙伴同时看见飞机急得想哭。飞机那么高，那么小，简直没法想象它的肚子里能坐这么多人。更没想到有朝一日，飞机是我们出行的首选。短短几十年，社会的发展天翻地覆。

李兴茂和战友们带着大刀长矛，骑着马，他们想象不出洋人几层高的战舰，每个战舰上有一百多门能旋转角度的大炮。不管如何妖魔化洋人，他们毕竟率先主动接纳与拓展了先进的科技，而不是被人强行打开大门，强行注入。

为什么发动战争？中国太富有了，但是他们关起门自娱自乐，自给自足。大清国的大门是被大炮强行打开的，强行让他们接受外来的一切。恼羞成怒的英国人不会想到，中国人也不会想到，100 多年后的 2001 年 12 月 11 日，中国正式加入世界贸易组织（WTO），成为其中的一员。

100 多年的发展，从闭关到主动拥抱世界，天翻地覆。100 多年前付出的一切，乃至生命，是否还有意义？有！肯定有！那场战争是为了抵抗外敌入侵，保卫自己的祖国而战，是爱国保家的战争。现在加入世贸组织是为了让经济有更好的发展，融入世界经济发展的大潮流。被动是挨打，主动是准备好后的选择。

九寨沟距离宁波 2100 千米左右，高速公路网互通。如今的许多人选择自驾开车旅游，还有高铁、飞机可以选择，这是当初骑马远征的李兴茂想象不到的发展。

李兴茂和战友们不知翻越了多少山脉，跨过了多少河流，披星戴月，满身尘埃，晴天，雨天，100 多个日出日落，到达宁波。那里有红毛的洋人，有巨大的轮船和枪炮，退还扣押的鸦片、赔偿烧毁鸦片的呼声，在8000多米高空中，我听见了，那声音竟然那么理直气壮，丝毫不知廉耻。

飞机的舷窗外，大地青蓝，辽阔无边。这是我们的国土。我们或飞翔或行走在自己的领空或自己的领地上，我们是这片土地的主人，谁侵犯我们的领土，必诛之！李兴茂如是说，我也如是说。

八

慈溪慈城古镇。

夜幕中的樟树枝干粗壮，皲裂，厚厚的苔藓寄生在樟树上。恍惚间，我好像看见了家乡的槐树。我不知道李兴茂当年第一眼看见樟树时，是否和我一样产生了错觉。仔细再看，区别是明显的：槐树的叶子干枯而狭长，樟树的树叶水灵而圆润。古镇的古老是樟树衬托的，也是低矮的房屋表达的。房子建这么低，是为了抵御台风？难怪100年前的晚清感受不到世界的风向，那从大洋对岸或者沿岸刮来的含火药味的风，隐藏着觊觎目光的风，含有鸦片气味的风，让大风没有阻挡地刮向内地。

樟树难道没有阻挡这风吗？还是抵挡不住？

中国人世代有中庸思想，假如家里来贼，不主张打贼，说要咳嗽，或弄出响声，表示有人，表示人醒着，给机会让贼人自己离开。我又胡思乱想，假如贼人自恃强大不管不顾主人咳嗽声的提醒，还是要强行进入屋内做贼，该怎样做？咳嗽声能吓跑小偷，可不会吓跑身强力壮的强盗。就算没有枪，也要拿起刀或者棒痛击侵略者。

三元里的人民这样干了。黑水党这样干了。义和团也这样干了。

九

早晨是被鸟叫声唤醒的。声音婉转，像极了江浙一带人说话。窗外不时有快速通过的高铁划破空气发出的撕裂声。短短的几秒钟，就让人清醒地回忆起我现在身处的地点。

父亲表情凝重，心头似乎压着重担。我们此行的目的让他有些压力，对于他而言，找到朱贵祠，找到李兴茂的名字，找到大宝山作战地点，找到埋葬李兴茂的千人坑，再烧上些纸钱，或者献上一束鲜花，作为后人，我们的心愿就了了。我们并不担心李兴茂的魂魄成为孤魂野鬼，他的魂魄跟随着他自己的辫子，在牺牲四年后被安葬到故乡的祖坟。他也享受着后人们香火的供奉，在家里的神龛上或者他的坟上。

其实我也有压力，担心父母的身体是否吃得消旅途的颠簸，担心我们出行的安全，担心我们一无所获。但我要豁达些，找不到李兴茂的蛛丝马迹也无所谓，我要回顾的是中国几百年的历史，我欣慰的是鸦片战争后中国近两百年的发展。今非昔比，国家强大了，李兴茂只是我认真回观的一个引子。这样说好像不尊重李兴茂，但是个人在历史中只是大海中的一滴水。

朱贵祠是我们要去探访的重点。我们满怀期待，朱贵祠能给我们一个明确的答案。

父亲和我都想象朱贵祠如庙宇般高大，游人如繁星般密集。我们住在离朱贵祠十几分钟路程的地方，儿子在网上给我们订的这个宾馆是离朱贵祠最近的宾馆。早起，到朱贵祠时还不到开门时间。司机说到了，这显然和我想象有差距。犹豫着下了车，周围灰色调的楼房有四五层高，很是密集，也很普通，感觉是到了乡下。路越修越高，显得朱贵祠越来越矮，在一个低洼的平地上。从路上要下三四级台阶到朱贵祠前面的空地上。朱贵祠没有想象中的高大，红色的砖瓦在一片灰色的楼房边显得醒目，虽然不够豪华，但如身穿布衣的书生，散发出独特的气质。

朱贵祠是浙江省重点文物保护单位，也是鸦片战争宁波抗英事迹纪念馆。大门外右边立着光绪年间"慈溪大宝山武显朱将军庙之碑"的石碑，表达了时人对大宝山战役中牺牲将士的尊敬。

碑文前言写道："翼翼新庙兮，马路之东。桓桓将军兮，有毅其雄。捐躯捍患兮，子孝臣忠。民命克保兮，翊此城墉。貔貅拥列兮，风附云从。缅彼附祀兮，忠义攸同。奉牲荐粢兮，鼍鼓鲸钟。参旗并钺兮，驱雷乘虹。将军来飨兮，其气熊熊。眷我慈人兮，福祚无穷。"

碑文后部分写道："从汶川藏区赶来的藏族抗英将士同清军一起，粉碎了英军企图占领慈溪县城，进一步西进侵略意图。是鸦片战争浙江战场一次具有重要意义的战役，英军自己不得不承认，'自入中国以来，此创最重'。"

我为兴茂公和他的战友们骄傲，因为此场战争，他们用自己的血肉之躯，保卫了祖国的完整，捍卫了祖国的尊严。让侵略者以此场战争死亡四百多人的惨痛代价，不得不承认"自入中国以来，此创最重"，因而打消了继续西进侵略的企图。

兴茂公，您和战友们牺牲得有意义吗？有！您和战友们牺牲得值得吗？值得！人生自古谁无死？不是每个人都能丹青留名。您和战友们给了我们一个机会，回顾历史的机会，让我们明白发展才是硬道理，国强民富才会有安全感。您和战友们给我们深深的思考机会，国家强大才不会挨打。国家当强大，民族当自强。在您和战友们的事迹前，我也在思考人生，人的一生应该怎样度过才有意义。我们该继承什么？我们该留下什么？

浙江人民没有忘记这场战争，慈溪人民也没有忘记。看到这一句"将军来飨兮，其气熊熊。眷我慈人兮，福祚无穷"，我的眼睛竟然湿润了。先人兴茂公，您和战友们不是孤魂野鬼，按照中国的传统，慈溪人民记得你们，在祭拜你们，为你们上飨。继续保佑慈溪人吧，保佑他们福祚无穷。因为他们和我们一样，是华夏儿女，是你们的子孙。近200年早已冰冷的事突然有了温度，我们的心里热了起来。我觉得我离兴茂公的距离更近了，这源于血缘之间的引导，亲情之间的吸引。

父母七八十岁高龄，为什么不远千里而来？我们来寻找什么？难道仅仅是祖先的名字和埋葬祖先的坟墓吗？并非完全如此。这个石碑也许给出的只是部分答案。

父亲对展示柜里的一本颜色发黄的古书产生了浓厚的兴趣。他想拿出这本书好好翻阅一下，看看里面是否有我们需要的资料。他的脸贴住柜子从上往下看，他蹲下来从侧面看，他试图打开柜子上面的玻璃，拿出书来。他的心情我太能理解，他想找到关于辫子坟和李兴茂的资料，哪怕是只言片语也行。

父亲用带有陕甘味的普通话和看门的吴大爷聊大宝山战役。我真不知道陕甘味和江浙味的普通话，会碰撞出怎样的火花。

十

此时不到9点，还不到开门时间，吴大爷却给我们打开了大门。

我感谢他，他说："不用谢，这么远来了，就多看看。"

我们按规定登记，吴大爷用浓郁的浙江话问："你们是阿坝州来的吧？"

我一惊，他从哪里看出来的？是我们的风尘仆仆，还是我们携带的高原红的印记？也可能是我们异乡人的外貌或者不同于周边人的语言或者气质，更主要是我们和李兴茂一样，身上带着一股来自高原的寒气。

"您怎么知道我们是阿坝州的？"

"这几年每年都有阿坝州的人来这里的。"

为什么阿坝州的人要来这里？是因为我们先人的骨殖埋在这里。

吴大爷主动当起了导游。其实，朱贵祠并不大，带门楼的大门是最前的一排房子，中间一个正正方方的院子，左右各放着一门大炮，我知道，这两门大炮纯粹就是装饰品。炮身有文字：道光二十一年（1841）十二月由候补知县李瑄监制的第九号红衣，重两千斤。这连瞄准器都没有的大炮，不能转动角度，完全靠直觉将炮弹胡乱打在大海里，只能算是清政府官员的一个心理安慰。上三级台阶后是三间房子。中间挂着林则徐题的"忠规孝矩"四字。正厅的位置有朱贵、阿木穰、哈克里的三尊雕像。

吴大爷直接带我们到最右面的一间房子，专门是为阿坝州的两千藏兵设立的展示厅。

英勇的藏族将士史迹厅："在第一次鸦片战争期间宁波战场上，有一支部队备受瞩目。这就是来自四川松潘、汶川一带的藏族官兵，他们奉道光皇帝的谕旨，从四川藏区出发，历时三个月，行程五千里，到达宁波战场立即投入了战斗，洒下了自己的鲜血。他们用自己的行动，谱写了一曲中华民族的保家卫国的慷慨悲歌。"

道光皇帝下诏征用四川藏族将士："道光二十一年（1841）九月，道光皇帝任命奕经赴浙办理军务时，以六百里加急谕令四川总督宝兴：'迅速于四川建昌松潘两镇属内，挑选精兵，其该省屯兵有可调用者，亦著一体挑选。共足二千名之数，派委曾经出师之镇将管带前赴浙江军营，听候调遣。'"

藏族将士誓师出发："1841年11月，这支2000人的藏族将士在松潘誓师出发，在震撼山川的法号声中，在藏族同胞的欢送声中，将士们头戴虎皮帽，身着藏袍，背挎藏枪，精神抖擞地出发了。"

攻城先锋："这支由四川大金河千总加副将衔巴图鲁阿木穰、瓦寺土守备哈克里分别率领所属藏族将士辗转三个月，于1842年2月到达浙江前线，依然魁梧健壮，威风凛凛，并立即担负起反攻镇海、宁波的先头部队的任务。"

阿木穰在反攻宁波城的战斗中牺牲："阿木穰一队担任收复宁波西城先锋，入城后遭到埋伏在月城中的英军炮火袭击，他们骁勇善战不怕牺牲，和敌人展开搏斗，西门得而复失，最后全部壮烈牺牲。"

哈克里在反攻镇海的战斗中牺牲："哈克里一队藏族将士奉命进攻镇海招宝山，哈克里率领士兵'猱升而上'，发挥登山矫健的优势，一举攻入威远城，后遭到游弋在甬江之上的炮火的轰击，腹背受敌，终于不支。哈克里不幸牺牲（一说哈克里在大宝山保卫战中阵亡）。"

大宝山保卫战："清军反攻失利后，英军乘势进攻。大宝山战役从3月16日（农历二月初四）拂晓开始，英军有备而来，1000余人分两路进攻大宝山，并截断大隐援兵的来路。朱贵腹背受敌，仍然无所畏惧，率兵迎击，身先士卒，和英军进行了殊死斗争，激战五个时辰，至下午四时，终因腹背受敌援兵未到而不支。朱贵手执大刀，负伤和敌人厮杀，其子朱昭南和大批将士一起英勇殉国。"

汶川辫子坟："藏族将士牺牲后，受到宁波人民的高度尊敬，阿木穰、哈克里配享慈郭庙。阵亡者的遗体得到妥善安葬。清政府按照藏地风俗，将逝者的辫子剪下来，送回汶川安葬，汶川三江至今还保存着这座'辫子坟'。"阿坝州各县散落零星辫子坟。

结束语："在抗英的宁波战场上，2000名藏族将士浴血奋战，为保卫祖国付出了巨大的牺牲，是中华民族大家庭各民族同仇敌忾，外御其侮的一曲正气之歌。2008年汶川大地震发生后，宁波人民积极投入了地震灾区重建工作。参与援建的宁波人惊喜地发现，这里就是一百多年前，在宁波参加抗英战争中藏族将士的故乡。

"汉藏两族在祖国不同历史时期相互支持援助的佳话，成为新时期中华民族强大的精神纽带之一，汉藏民族团结和谐相互支持相互援助的精神永存。"

不论平原高原，都是我们的国土；不论藏族羌族或者汉族，都是华夏儿女；不论阿坝州还是慈溪，都是中国的疆域。每一个中华儿女都有义务保家卫国、建设家园。

2000汉藏羌将士保家卫国，抵御外敌，壮烈牺牲。他们的事迹必将万古流芳！100多年后的2008年，这些藏兵的家乡遭受特大地震，宁波出巨资援建汶川。这就是中华兄弟之间的深厚情谊。

人虽死，魂犹在。辫子虽然是落后的象征，但是辫子坟却是爱国的表现。

十一

大宝山阵亡将士墓就在朱贵祠的左后方。

朱贵祠的房檐后，有两个朱贵祠高的小山包。吴大爷说那就是埋葬2000藏兵的墓地了。眼前骤然升起的高度，没有留给我遐想的空间，或者酝酿情绪的余地。墓地就在眼前，眼睛可以飞快浏览，却迟迟迈不开步子。这么长时间的准备，这么辛苦的行程，就是为了这一刻，一切都水落石出了。没有人说话，心情无比沉重，每一步都在无限接近我的亲人，他离开我们那么久，我没有能力将眼前的墓地和家乡的辫子坟结合起来。

6月的太阳晒得露在外面的脸和手臂有些刺痛。大地是黄褐色的，和家乡的土壤颜色一样。大地温热的气息扑面而来，带着醇厚的土地味道，还有浓郁的青草味道。慈溪在海边，九寨沟在内陆，北纬32°的九寨沟有的植物，北纬31°的慈溪也有。

没有一丝风，一切都是浓浓的，包括我们的情感。闭上眼睛，这种感觉和家乡没有明显的不同。我放心了，兴茂公会很快适应这里的环境，这里土地的颜色、味道、气息、植物，和九寨沟的几乎一样。

连片散乱生长着一尺高的苎麻，虽然还小，但已经长得郁郁葱葱。苎麻茎秆中的纤维，自古以来就是织布制衣或者制作绳索的材料，也可制成母亲纳鞋底的麻绳。我想李兴茂和战友们身上穿的衣服，应该大多是苎麻织的土布，因为九寨沟不产棉花。苎麻的叶子，则是治疗创伤出血的药材。周边长出了这么多苎麻，是想为受伤的战士治疗伤口吗？也许，种者无意，看者有心。

土堆的四周散乱长着构树。这是一种生命力特别强的植物。据说在没有食物时，构树的树皮磨成粉可以当粮食吃。如果构树的树皮被剥光，按照惯性思维，可能会认为构树必死无疑——人活脸树活皮，树没皮可活不了。在构树身上，可不是这样。没有皮的构树照样活得好好的，它们的生命力特别旺盛。在埋葬2000将士的墓的周围长出构树，是一种隐喻吗？是期盼中华民族生生不息吗？是暗示华夏文明劫后重生吗？也许这些意思都有吧！

兴茂公，这片土地上种有苎麻、构树，也有您熟悉的野蔷薇、玉米、南瓜、苋菜，还有您不熟悉的花生。你们用身躯筑建了一个高度，一座山峰，供世人仰望。你们生前保卫这里的人们，你们死后变成黄土养育着这里的人们。你们的生命早早回归了大地，您的躯体早就融入了这片土地，参与了这方水土的四季轮回。我们曾担心您水土不服，担心您孤单寂寞，担心您无人祭拜，今天看来这些担心都是多余的，您早就习惯了。您有那么多战友陪伴，也不会孤单。您有全中国的华夏儿女祭拜，您在后代子孙的眼里就是英雄。

我们匆匆而来，匆匆而去。我们不能带走您，只能带走您的爱国精神，带走您保家卫国的勇气，带走您"不战胜就战死"的决心。我们以您为荣，我们会对后人讲你们的故事。

记不得是哪本书上讲过，人150年左右轮回一次。他的基因、性格都和原来相似。我竟然相信这种说法。朱贵带领的436人在3月19日全部战死，而我的弟弟在李兴茂去世130年后的3月19日出生。

这算是生命的轮回吗？

兴茂公欣喜的是家族后继有人。

兴茂公，愿您和两千名将士安息！

十二

回到前门，和吴大爷告别。没有更多的资料供我们参考了解，吴大爷很是内疚，好像是他的工作没做好而产生的愧疚。他用浓郁的浙江话再次给我们讲，我只能从偶尔听明白的一言半语中听出，他在说鸦片，说那场战争。吴大爷站在大门内，我站在大门外，我们之间仅隔着一个门槛；但语言的障碍使我们没法深入地交流。

父亲说应该看看还有哪些阿坝州人来过朱贵祠。来这里的肯定是家里有辫子坟的人家，或者是这段历史的研究者。"对呀，看看。"吴大爷热情地说。他从柜子里拿出几本写得满满的登记簿。吴大爷对工作可以说尽心尽职，哪些人来过朱贵祠，他几乎都记得。登记簿上阿坝州人在哪本的哪一页，他能迅速准确找到。吴大爷讲阿坝州的谁谁来过，语言又成了我们交流的障碍，还是看登记表吧。但是有一点可以肯定，从今天后，我们一家人也是吴大爷口中经常说的故事，因为他和父亲交流得多，吴大爷对我们的情况了解得更清楚。

登记簿上记载：

1月24日，阿坝州小金县索南多吉参观朱贵祠。

2月20日，甘肃临夏朱光荣5人（朱贵后人）参观朱贵祠。

2023年12月11日，阿坝州松潘县公安局2人参观朱贵祠。

2023年10月17日，阿坝州金川韩玲等6人参观朱贵祠，考察阿木穰。

2024年5月8日，阿坝州理县追寻历史记忆的岳云刚、李子俊等8人参观朱贵祠。

2024年5月16日，成都崇州市王国英后人参观朱贵祠。

2024年6月4日，阿坝州九寨沟县李富毅、赵燕秋、杜友珍、李春蓉等人参观朱贵祠，考察李兴茂的相关事迹。

……

参观的人来自全国各地，更多参观的人来自浙江附近。

我们不远千里从四川阿坝州九寨沟县到浙江宁波慈城大宝山寻访祖先的英雄事迹，这个行为本身就是一种传承。我们不是第一批来祭拜辫子坟祖先的，我相信，我们也绝不是最后一批。

十三

恩格斯说："（鸦片战争）是保卫社稷和家园的战争……是保存中华民族的人民战争。"

鸦片战争，是一场人民斗争。是人民为保存中华民族抗击外来侵略的战争。辫子坟，是人民保家卫国英雄壮举的实证。

我们要寻找先人李兴茂，我们却找到了一群人，一群来自四川阿坝州的勇士，辫子坟的主人。他们代表的，是中华民族抗击外来侵略的民族英雄们。

兴茂公，在追溯历史的过程中，我们看见您始终站在为保存中华民族而斗争的队伍里。祖父流传下来的关于辫子坟的故事又增添了新的内容。从此辫子坟不仅仅是一座坟，更是一段屈辱的历史，是一种家国情怀，是唤醒民众的哨声。辫子坟有故事，兴茂公有情怀，我们有榜样。历史的印记被时间淡化，却镌刻在了我们的心里。辫子坟，值得后代子孙铭记！兴茂公，我们为您骄傲！

十四

当宁波的天空再一次被一片火烧云染红的时候，我们将乘飞机离开宁波。

在机场，我和老杜各自买了一个冰箱贴，我买的是一本书的样式，上面写着"海定则波宁"。宁波临海，只要海上安定了，这一片临近东海的水面就是宁静的。宁波的名字，寄托了人们的美好愿望。

飞机在升高，兴茂公，不论如何不舍，我们终将还是要离开您，回到您的故土，继续我们的生活。在我的心里，飞机的高度，始终高不过朱贵祠后边那座埋葬两千士兵的土堆的高度，那用两千条鲜活的生命的骨殖堆积的生命高度。

2024 年 7 月

大院春秋

不论是深门大院、宅院深深，还是残垣断壁、荒草凄凄，我想，我仅仅只是一个偷窥者，想从荒凉中看见繁华，想从尘土中看见痕迹，想从磨玉的门槛看到匆匆的脚步，想从断瓦残垣复原当时的情景，更想穿越时空置身于当时的环境，体验你们的担当、你们的仁慈、你们的大义、你们的普世价值观，我想从你们的故事中弄明白什么是人民至上，什么是疏财重义，什么是以和为贵，什么叫众生平等……

你们的身影或隐或现，凝重的目光是对后世言行的督促，从来不曾离开；双手抚胡须的动作是赞赏和肯定，告诫后人不能忘记家族的家规。你们不言，但众生在言说着你们的故事；你们离去，而留在后代血脉中的基因继承着家族的秉性。大院蒙尘的窗子上，我看见了岁月走过的痕迹；门槛被进出的脚磨成凹陷的半圆，是族人们为烦琐的日子留下的印迹。

我试着解读你们的品格、你们的智慧、你们的仁爱。

一、杨官成土守备官邸

听说您的年龄还不满两百岁。作为一个房子，怎么可能这么老态龙钟？瓦房是权力和财力的双重体现，自然您的建造超出了当时的生产力的范畴。听说您的材料来自甘肃武都，成群结队的骡马日日夜夜地运输，那情景煞是壮观。沿途的人们习惯了听马帮清脆的铃声，心里构想着房子建成后的模样该是何等华丽。是的，住惯了塔板房的人们怎么也想象不出屋顶瓦的严丝合缝。屋脊更是精致，像一本书，三面有棱有角，只是底面镂空，为了和房脊完美衔接，更为了房屋的承重。我惊叹人们的智慧和技术，这就是一本书壳模样的瓦基，中间既有镂空又有连接，这是怎样做到的？瓦基相连，其上的藤蔓自然连接，产生连绵不断的效果。这是中国人都有的最朴素的愿望，家族连绵不断，繁花似锦。每一行瓦都被黄泥牢牢地粘连在屋顶，剥夺了瓦随地球引力下移的权利。房檐处的瓦当，给雨水指引着路径，瓦当上的"寿"字，被经年的雨水抚摸得早已失去了棱角。"寿"字黯然失色，它终归抵挡不住众喇嘛的法力。

侧面的房子早失去了踪影，只留下一处已经不白的石灰白墙，虽然破败，但不失尊贵，显示出和周围的区别。杨官成的玄孙杨元林说，这里曾经是杨官成的书房。看得出书房不小，也感觉得到当年书房浓浓的书香和幽静的氛围。书房背朝南方，阳光不会直射到书房，而是经过院子的折射藏起了锋芒变得柔和后再温柔地射向书房的。读书，思考，杨官成以及他的儿子杨跃堂、孙子杨承先在书房里考虑过人们如何才能过上安稳幸福生活。这是他们的身份所致，肩上的责任所在。

　　站在没有一本书，没有一张桌子，甚至没有一片瓦一根梁的书房前，我也闻到了当年浓浓的书香，我也看到了他们紧蹙的眉头，以及他们为保全民众的安危，大义凛然、决绝的目光。

　　和书房比邻的是厨房，厨房的位置在正厅的侧面，和正厅在一条线上，从厨房楼上可以一步跨到正厅楼上。厨房就像一个藏在妈妈身后的调皮孩子，虽说被挡住了，隐约还是露出了一点点身影。整个院子除了大门外，只有厨房南边的背墙上开有一道后门，是下人背柴、挑水的通道。

　　当我知道这里就是曾经蒸馍避战的厨房时，崇敬之情油然而生。眼睛不能穿越时光，看到当年千钧一发的危急，只能实录眼前的荒芜和冷清。好在语言可以穿越，还原到一百年前，这里曾经发生的一件大事，一件不知道挽救了多少人生命的大事。

　　眼前的荒芜和曾经的荣华形成鲜明的对比。只有站在这里，我才会想到一个深刻的哲学问题：一个人的一生到底怎样度过才有意义？是只顾自己的享乐虚度年华活到一百岁的碌碌无为？还是心中有老百姓，为老百姓的幸福而不顾自己生命安危的昙花一现？

　　一个最不起眼的地方因为一件事而光芒四射，这件事应该算是惊天动地的了。个人在历史中如一条大河里的一朵浪花，无法左右事件的发生，但是事件的发展就有人为的因素掺杂在其中了，并改写着时代发展的方向，乃至结果。再次印证了那个哲学命题：人创造了历史。我想这是这个人的使命，是他为什么来到这个世界的目的。

　　也许上天安排杨官成和夫人雷代女降生在这里，赋予其最大的使命就是拯救百姓的命运。杨官成和雷代女用行动为我解疑，给了我一个答案。我被杨官成和雷代女的行为感动，为身为土守备的他心系百姓的安危而欣慰，为雷代女有勇有谋的智慧和胆量而自豪，也为他们家因此遭受的厄运而难过。

　　事件的发生有历史和现实的原因。

　　清廷腐败，松潘、若尔盖、九寨沟附近的藏民有一个规律：30年一小反，

60 年一大反。1920 年又到了 60 年大反的时候，来自松潘方向的木刻信号已经收到，三十六寨的大小土司、喇嘛都集中到安乐寨杨官成的家里，商议响应松潘谋反的大事。60 年的时间一到，就像吹起了冲锋号，热血在蠢蠢欲动的人们的血管里沸腾，莫名的激情在胸腔里澎湃，多年积聚的矛盾如火山爆发，不闹出点动静怎么可能罢休？"反"好像是铁板钉钉的事了。

这几天土守备家厨房里的火就没有熄过，烹饪出一道道美味佳肴，血肠、手抓羊肉、荞面、荞饼、腊肉、排骨……喇嘛们念经祈福，发自胸腔的低沉的重低音念经声，地皮都调整了频率跟着同频共振。

表面波澜不惊的杨官成内心却翻江倒海，笑容满面的雷代女内心在滴血。他们想起 1860 年"庚申事变"后的惨烈：房子被烧、尸体遍地、血流成河……杨官成和雷代女悄悄商量：想尽一切办法阻止谋反，不能让悲剧再次发生。

杨官成和雷代女悄悄商量了一个办法。

他们对喇嘛说："蒸馍占卜吧，看是否有反星。"

众喇嘛同意。杀了一只大红公鸡，喇嘛用公鸡血绕着蒸笼转一圈，派两个藏兵在厨房门前站岗。点燃了一炷香，香燃尽的时候就是抬蒸笼揭晓答案的时候。杨官成陪着喇嘛在客厅念经，没有人注意雷代女在干什么。时间一分一秒过去了，香一点一点变成灰烬。

雷代女的心咚咚地跳着，额头上的汗珠一颗颗密集地冒出来，她有一项秘密任务在身。昨晚她和丈夫密谋了个天大的计划，只许成功不许失败。这个计划不知道事关多少条人命，这个计划得靠她一个人独自完成。

雷代女走出院子大门，悄悄地从厨房的后门进到厨房，没有人注意到她在干什么。她看准时机迅速地将代表藏族的荞面馍馍放倒，然后爬上碗柜搬开盖在厨房楼上的竹篾笆，爬上楼去。长年累月的烟熏火燎，竹篾笆上面积有黑色的火焰灰，雷代女的手上、身上沾上了黑黑的烟灰。雷代女迅速擦干净手，换了一身准备好的干净衣服，稍微平复了一下紧张的心情，从容地从正厅的楼梯上缓慢地走了下来。土守备太太在自己屋里走动，这是很平常的事，没有人会注意到她。雷代女看到守厨房门的士兵还是警惕地站在厨房门边，观察着厨房前面的一切动静。

当一炷香燃完的时候，喇嘛们去了厨房。雷代女屏住呼吸，侧耳听着厨房里发出的一切响动。她听到揭蒸笼盖子的声音，然后就是死一般的寂静，好像这么多人突然消失不见了，这是无人时的寂静，连呼吸声都没有。雷代女知道肯定是喇嘛们看到代表藏族的荞面馍馍全翻倒了，而代表汉族的白面馍馍全直直地挺立，这一结果让大家不知道说什么好。

喇嘛们失望了：没有反星！反必败！

杨官成和雷代女长长吁了口气。他们明白，不知有多少人的性命因此而得救。

众喇嘛怏怏而归。

喇嘛们回去后越想越不对，又测算了一次：能反啊，有胜算啊！怎么会是这样？这时喇嘛们才回过神来，被杨官成两口子骗了。杨家人合谋坏了他们举事的大计，搬翻荞面馍是故意的，不能就这样放过他们！他们诅咒了杨家，让他们的当家人活不过50岁。事实上，被诅咒过的杨家三代人，杨官成以及他的儿子杨跃堂、孙子杨承先都是在50岁左右因为不同的原因离世。

此后杨家人被藏族叫作"汉族娃娃"。有排挤的意思，更有贬低的含义。他们认为杨官成身为土守备，不但不响应60年大反号召，却有意保护汉族，成了异类。他们怀疑，杨官成的官邸建在藏汉杂居的地方，杨家人被汉化了。

杨家人心系汉藏百姓安危，为了汉藏百姓的生命安危而不惧诅咒。杨官成一家三代人，愿意用他们的命换百姓的命，以他们的幸福换取百姓的幸福。多么悲壮的故事！到了杨家第四代杨焕章的时候，杨家人以命换命的事成了历史，如今80多岁的杨官成的曾孙杨焕章精神矍铄，儿孙满堂。

安乐寨土守备官寨也办学堂。所以，和土守备家紧邻的我的大舅爷就在土守备家学堂读书识字。作为女孩子的奶奶就没有这么好的命运，等待奶奶的是无穷无尽的家务活。

学堂里有男孩有女孩，天长日久，男孩和女孩耳鬓厮磨，他们的命运因为爱情而有了关联。

这是一个爱情故事，既美丽又凄婉；这是一个爱民如子的故事，既惊险又悲壮。这个故事改写了很多人的命运，直到今天，还被人们传诵。这个故事也留下了深深的遗憾和一声叹息。

杨官成，中田四寨的世袭土守备。他学习了多年的汉文，满腹经纶。如今该学习藏文了。雷代女，罗依喇嘛家的女儿，自小跟随喇嘛叔叔饱读诗书。杨官成的姑姑就嫁给喇嘛的兄弟为妻。

腹有诗书气自华，这为雷代女以后的所作所为奠定了思想基础。其间，家里安排杨官成和舅舅杨千总家的小姐，也是杨官成的表妹结为夫妻。表兄妹结婚，人称竹根亲，这似乎是合情合理的事。但是接受了新文化思想的杨官成特别抵触这段没有爱情的婚姻，婚后的生活一团糟。这时杨官成还在继续藏文学业，他要到罗依的喇嘛家继续完成藏文学习。这是一场梁山伯祝英台式的爱情故事。两个青梅竹马的少男少女终究抵挡不住爱情的来临，他们恋爱了，爱得死去活来。他们的爱情在那个年代是被世人认可的，男人有三妻四妾是常见的事，何况是土守备。

从来没有人说起过千总女儿的容貌和品行，出身富贵的她一生默默无闻无儿无女；倒是雷代女的传奇故事，我听两位90多岁的老人说过。一个是杨官成孙辈的杨友连，一个是杨官成的邻居，我的大舅爷刘元才。他们俩不是同一时间同一地点给我讲这个故事，但是故事的内容不约而同地极度相似，就像复印机里复印出来的同一张照片。他们说雷代女长得很俊，瓜子脸，耳朵大，耳垂特别长。他们俩对雷代女的这种简单的描述是高度一致的。然后就讲蒸馍的故事，他们所讲的顺序、所用的语言也是一致的。

杨官成总是借口去罗依看姑姑，而且一去就住下不回来。时间久了，雷代女身怀有孕，如此他们的婚事就刻不容缓。眼看着腊月底年关到了，杨官成一咬牙，带上雷代女回到大寨子赵家。那时杨官成还不姓杨，姓赵，小名水生。赵家大瓦房没有欢迎他们，他们遭到了很多的白眼和刁难。几天后，自尊心极强的雷代女受不了如此待遇，下山要回罗依，杨官成坚决不让她回去。在扶州城边的蒋家槐树下，一个要往下奔，一个要往上拉，拉拉扯扯没有决断。

这时安乐寨的舅舅杨洪寿去街上置办年货回来，看到两人在拉扯，就说："水生娃，你们上街办年货去吗？"杨官成没有办法，一五一十地给舅舅说了实情。杨洪寿老汉一听，说："走，到我那过年去。什么事情都等到年过了再说。"杨洪寿老汉只生了一个女儿，已经嫁人，妻子也去世了，家里就他一个人，很孤独。看到杨官成和雷代女，他高兴地邀请他们到安乐寨他家里过年。有外甥陪自己过年多好，人多热闹。没有女人的杨洪寿老人的家里被雷代女打理得井井有条，焕然一新，饭菜也可口。年过完了，老汉舍不得杨官成和雷代女走了，让他们给他当娃，他要享受天伦之乐。于是原本姓赵的杨官成跟着娘舅家改姓杨，在安乐寨安家落户了。

雷代女生下儿子杨跃堂，日子越过越红火。安乐寨也成了土守备官寨。杨官成冷落了大寨子的表妹，他的母亲很生气。据说，杨官成的母亲一生再没回过安乐寨娘家。

寒凉病，要人命。这个病使杨家失去了一个儿子，失去的还有一段美好姻缘。

杨官成的大曾孙杨焕然，仪表堂堂相貌出众，自幼聪颖好学，深得父亲杨承先的疼爱，被视为掌上明珠。让孩子接受最好的教育，这是天下父母共同的心愿。杨焕然在成都读书求学时，遇到了山后卓尼土司杨吉庆家的千金。杨焕然和杨小姐青梅竹马，耳鬓厮磨，随着时间的流逝，一个长成风流倜傥的帅哥，一个长成沉鱼落雁的大姑娘。不知道从哪天开始，两人都从对方身上感到异样的感觉，似一股电流直击心脏，心脏随即狂乱地跳动起来，紧张而慌乱，激动而幸福的感觉让他们夜不能寐。一日不见如隔三秋的思恋之苦让他们约定，杨焕然回家给父母禀报后就来博裕的杨土司家提亲。

他们知道梁山伯和祝英台的故事，同样是同学，同样是恋人，可怜他们却只能化作蝴蝶相伴相随。杨焕然和杨小姐相约相守一生。两个年轻人憧憬着美好的未来，他们好像已经看见了并不遥远的幸福。

回到家里，杨焕然想着怎么给父母禀报此事时，却犹豫了。和他订了娃娃亲的班家表妹就在眼前，看到杨焕然回家了，高兴得像花儿一样。这边的事没说好，怎么能说那边？杨焕然好像从天上落到了地上，他的情绪从沸点降到了冰点。

焦虑的心情让杨焕然没有了活力，他既不想吃饭，也不想说话，只想一个人静静地待着。此时寒凉病正在猖狂地击倒周边的人们，认识的人很多都死了。这没什么好奇怪的，除了中药，根本没有可以治疗寒凉病的特效药。看到杨焕然不吃不喝，无精打采，家里人和班家娘舅家的人急了。这样可不行，得增加营养才行，要不然身体会生病的。家里不是养了一群鸽子吗？鸽子肉大补，溺死一只鸽子给焕然补补身体。

没有仪器检查的时代，一切都只能凭肉眼观察。他们只是观察到焕然没有精神，只是观察到焕然没有胃口，他们只是以为焕然心里矛盾着，取舍着，哪里知道此时焕然已经被病毒感染。他们单纯地想要以亲情感化他。鸽子肉、鸽子汤，家里人强迫着焕然喝下去，他们全然不知道，更没有想到这时的焕然根本不能如此大补。据说，患此病的人喝鸽子汤，喝下的不是营养而是毒药。

杨焕然的生命永远停在了20岁，杨家人和远在博裕的杨小姐的天塌了。

从此以后，就算只是感冒，家里人都不让吃鸡肉、鸡蛋，更不要说鸽子肉。

杨家碉楼，是保存下来为数不多的石碉楼。据说此碉楼是杨家人设计，茂县的羌族夫妻历时近三年时间修建而成。夫妻俩亲力亲为，就连选石头这样的粗活都是独自完成。建成后的碉楼在人们的心目中是安全的保障，是财富的象征，更是权力的集大成之地。碉楼内部的设计不为人知，更增加了碉楼的神秘感。

我去过碉楼多次，每次去都会有新的发现。

这次是杨官成的玄孙杨元林陪同，尽管碉楼在今天已经面目全非，但是碉楼内部机关重重，还是非常有吸引力。杨元林打开了碉楼沉重的木门，低八度的吱呀声需要穿过近两百年的岁月才能抵达我的耳膜，开门声打开了几百年的智慧，时间将我和它隔离得太远太远。杨元林从左边的墙缝里变魔术般拉出一件木棒样的东西，和我的腰一样高，原来是门闩。对，有这个门闩就符合我对碉楼安全的想象。就算是五寸厚的木门也无力阻挡外来巨大力量的冲击。门闩拦腰把门挡住，可以想见，门得此力量后的坚固。抬头望去，二楼上一个枪眼正对着门槛。假如敌人来攻打碉楼，这个位置就可以将敌人击毙。

杨元林说地下室被人多次挖掘过，就连地下室的土都被人用筛子筛过。因为地下室是保管室，存放过钱财和粮食。杨元林指着二楼一个不起眼的小洞说，这是放零钱的地方。能伸进一只手的小洞毫不起眼，在光线昏暗的室内发出黑黑的光泽，和旁边的黑石头一样普通。把手伸进黑洞里，能感觉到木盒子的棱角，原来是砌墙时在洞里放了个钱匣子。除了杨家人，其他人根本不知道这个地方。我来过几次碉楼，这存放零用钱的地方，也是因为杨家后人的指点才知道。至于对外射击的孔，有独个的，也有十字形的。十字形的射击孔，可以几杆枪对准一个地方集中火力射击。不得不说，设计得很先进。杨元林说，木棍上放一顶狐皮帽子，在一个窗口冒出一点点来，敌人的火力就被吸引过来了，其他的人就安全了，在另外的射击口瞄准开枪，一打一个准。

一张大大的金鹏木床和碉楼一样古老。左右和后方的围栏上刻有"满堂红"图案，代表着家庭和睦。加上床的高度和围栏的高度，有一米五左右。床的前面刻有花纹，仔细看去，床的前面两只脚是两只怒目圆睁的狮子——智慧和力量化身的狮子，有吉祥、繁荣、生生不息的寓意，象征地位、尊严、平安。狮子嘴唇紧闭，牙关紧咬，卖力地背着床，脚踩绣球和七瓣莲花，象征家族繁花似锦、生生不息，它用全身的力气托起床和床上睡觉的人，怒目吓退夜晚游荡的鬼神对睡梦中人的打扰，让床上酣睡的人在温柔乡里做着黄粱美梦。狮子在百兽中有至高无上的地位，在官府和大户人家成了权力的象征。狮子的胸前佩戴着如意结，因为狮子是智慧佛文殊菩萨的坐骑，更是增添了吉祥的意义。如意结的四个方形、六个圆形和十个空穴代表事事如意、路路相通、十全十美。床边缘雕刻着龙凤呈祥和牡丹的图样，纪念弄玉和萧史的爱情故事，寓意夫妻百年好合。床的材质是什么，已经不重要了，美好的寓意和精湛的工艺已经深深地震撼了我。

我想，睡在这样的床上，会做什么样的美梦呢？

转石塔，在藏族人生活中是一件重大、神圣的事。可能是生活在藏汉杂居的地方，各自的信仰不可避免地有了渗透和融合，信仰较之纯藏地有了一些变化。去西藏朝拜，是每个藏族人的向往，但不是每个人都能够成行。生活在这里的人们需要一个精神上的寄托。

因此，杨家在离寨子不远的地方建了一个石塔，用于满足寨子里藏民的精神需求。石塔有灵气，老人们神秘地悄声说着什么。围着石塔朝拜，磕长头，成了人们的日常。各种原因下，光绪二十八年（1902），杨土官对藏民的信仰做了统一，苯教皈依藏传佛教，实现片区藏传佛教的主导地位。安乐寨就在藏传佛教的势力影响范围内，所以，杨官成和若尔盖的土司有了关系，为"黑河和案"打下基础。

"庚申事变"的阴影还停留在人们的心里，总是挥之不去，"辛亥番变"的苗头又如春天的野草，一夜之间冒了出来，呈现燎原之势。南坪城里的绅粮们急忙应对。我母亲的高祖父赵铸九和杨官成等人急忙商量对策。南坪成立了"定坪军"，杨官成代表南坪方面和若尔盖的土司谈判，让他们不要发兵，以解决燃眉之急。杨官成从黑河沟翻过喇嘛岭到达若尔盖地盘，暗中观察发现若尔盖屯兵待发，数量不少。杨官成倒吸了一口气，这可不得了，不能让他们发兵南坪，不能让他们杀人如麻，重蹈覆辙。杨官成给若尔盖方面说，南坪方面集聚了几万人马，在黑河沟里埋伏待命，如果你们去响应番变，过去就会进入埋伏，没有生还的可能。杨官成说，我们都是藏族，我是来给你们报信的，要相信我，千万不能打过去。若尔盖方面果然听信了杨官成所说的话，他们按兵迟迟不动，让"辛亥番变"计划流产。

杨官成再次用智慧平息了一场血腥的残杀。事件发生地在黑河，史称"黑河和案"。

杨家仁慈，用特殊的威望保护着子民。按祖传的习惯，阴历每月初一、十四、十五、三十，杨元林总会回到寨子里，来到石塔处，虔诚地转塔，嘴里念着"嗡嘛智牟耶萨列德"。石塔周边那参天的古树，是祖先们种下的，直到今天还在庇护着他们的后代子孙。

杨家的院子没有人居住，没有人维修，因而荒废了。残垣断壁的荒凉与曾经的辉煌联系不到一起，但是杨家的功绩却被人们牢牢地记在心里。杨官成土守备"蒸馍避战""黑河和案"，是拯救民众性命的义举，就算被同族的人称为"汉族娃娃"也在所不惜，就算舍弃自己的性命也要想法避免战火，挽救一条条鲜活的生命。他宁愿以自己的寿命换取百姓的性命。这样的人不会离开，不论多少年多少代人，他的事迹还是会流传下去，他活在老百姓的心里，活在后世子孙的尊敬里。如今那没有厨房痕迹的厨房在我心里清晰可见，甚至光芒四射。我从心里沿着雷代女当年蒸馍时的路线一次次地走着，体验着她内心的怼忑，感悟着她拯救民众的决心，爱护老人孩子时的慈悲，以及她对被改写后的命运的坦然接受。

"有的人死了，他还活着。"这也许就叫"名垂千古"吧。

二、殷家大院

您是从"庚申事变"中逃出的命。如此算来，至少也有一百六十多岁了。根据家族流传的藏汉通婚的故事测算，您的年龄在两百岁以上。

殷家大院逃过了"庚申事变"的烧掳，逃过 20 世纪 60 年代的疯狂，是遗留下的为数不多的具有川西北特色的民居院子。大门横匾上阴刻的"吉人天相"的祝福，低调而有文化，和殷家后人一样的秉性。寻根溯源，我好像看出了殷家后代的谦逊本分就来自这里，这里可能就是殷氏后代血脉中厚道基因的源头。和如今见面说"你好"一样，让人心里升起一股暖流。吉人天相，不光是我帮助您，就连老天也会帮助您。我瞬间对这栋既普通又不普通的建筑产生了好感，也隐约感觉到殷家祖上有世代礼佛的传统习惯。

我发现您的结构就是"品"字。进入"品"字结构上面的第一个"口"字，就是进入了您的内部，第一道院子。院子右边是正房，古老的八扇门保存完好，横匾上刻有"积善余庆"几个字。地面是鹅卵石和着三合土铺就，左手下水道除了地面的部分损失外，功能不变。您的后人殷冬青说，雨水或者生活用水从这个下水道顺着暗沟流到旁边的稻田底下，补充稻田的水层。将废水引入稻田，这只是体现你们智慧的一个点。殷冬青说，家族专门留着公用稻田，是尊老的表现，公用稻田是家族老年人保障生活的专用田，就像如今的社保一样，让殷家人老有所依，老有所养。在岁月长河里殷家的老人有尊严地老去，体现着一个家族良好的家风和教养。

二进院的门口是一道木板制作的屏风。这个屏风和其他屏风不同，一眼看去，是一个中间部分镂空的圆，不是遮挡视线的一堵墙，只是一个挡板，起分流人的作用。人从两边走，右边去正厅，左侧去倒厅。站在屏风的另一面，则看见屏风是中间有一个圆形的正方形。圆在正方形里，圆的直径是正方形的边长。这时观察者的注意力往往不在圆外，而在圆本身。

这样的设计，到底代表什么意思呢？

方圆方圆，方中有圆，方圆结合。这道屏风既是一种装饰，更像是一种隐喻。天圆地方，天地人和，美好的寓意。《管子·形势解》："以规矩为方圆则成，以尺寸量长短则得，以法数治民则安。"方形和圆形与规矩紧密相连。您是暗喻规矩吗？我认为您是在强调规矩。众生平等、艰苦朴素、勤俭持家、注重教育……

正厅的门上方挂着一道曾经被鎏过金的匾，四个饱满的大字"品重上庠"，左下角落款是大清国所赐。字上面的鎏金在饥饿年代被人抠下换粮食了，露出较之于周围颜色略浅的木头本色。也许这没有华丽外表包装的字，更能代表殷家谦虚的家风。

没有了鎏金的匾，朴素得就如殷氏家训："婢美妾娇，非闺房之福，童仆勿用俊美，妻妾切忌艳妆。"殷冬青说，殷家全家上下只有老太太一人可以穿绫罗绸缎，一年也只可以做两身新衣服，其余的儿媳女儿一年四季只能穿苎麻织的粗布衣衫。不是殷家人穿不起绫罗绸缎，是家训严格规定不让穿。创业难，守业更难。不能让年轻人产生享乐思想，创业，积累家业，才符合家训的精神。我认为匾虽然被破坏了，倒是和您的家训匹配，在精神气质上有了高度的契合。

殷家大院屋脊上的花纹和别人家的花纹完全不同。别人家是"花开富贵""福寿万年"的牡丹花样和寓意。殷家大院屋脊下方是青色的竹子，寓意"清淡高雅""坚韧专注""无私奉献"。我想，竹子宁折不弯，这是读书人的气节，是殷家子孙努力修炼的精神境界。从屋脊的竹子图案看得出殷家注重教育的立家之本。

屋脊的四方，不论什么方向对着南方都有个"朝"字。我疑惑了，什么意思？朝廷？朝见？朝拜？那么，南方有什么？

我记得在转扎依札嘎圣山并在山上庵房住宿的那一夜，有人说过这样的话，1617年，羊峒兵占领黑戈朗。那个时间点应该是明朝，清兵入关是在1644年。殷家的祖先是在藏族人的圩里头的房基地，那时这一片平整的土地是藏族的赛马场和狩猎场。如此看来，这个"朝"字，应该是指朝拜明朝。我不知道这样推理对不对，等待专家学者来解答。

殷家正厅大门上悬挂着"品重上庠"的匾。我不知道是一百多年的时光把匾涂抹成黑色，还是殷家的人间烟火或者焚香的烟雾让匾有了记忆，有了厚重的年代感，发黑的匾面尽是满满的故事。殷冬青说，家族流传匾是光绪二年（1876）大清国所赐。

殷家的祖先有什么样的丰功伟绩能得到御赐？这不得不说到殷家的子孙殷文达。殷冬青说，殷文达通过科举入选国子监，当上了太学生。李鸿章、曾国藩和殷文达都是好友。在殷文达的母亲做大寿的时候，李鸿章、曾国藩都写了对联送给老寿星。奇怪的是，殷文达在历史上没有留下辉煌的业绩，史书记载也不多。从李鸿章和曾国藩在政坛活跃的时间来看，殷文达办学的时间应该是鸦片战争前后。或者是潮流，或者受到启发，和曾国藩兴办湘军一样，文弱的殷文达在家乡兴办了学堂。看到已经千疮百孔的国家，作为文官的殷文达清楚地明白，只有以文化唤醒百姓麻木的思想，国家才会有希望。

耕读传家的殷家，特别突出了"读"字。殷家人举全力在家乡兴办学堂，让族人的孩子、佃户的孩子，甚至周边藏族的孩子都来学堂读书。殷家大院就是一所学堂。殷家不光是教文化，还管学生的午饭，分文不收。不论是家里德高望重的殷家老太太，还是佃户或者学堂的学生，吃的都是一锅饭，粗茶淡饭管饱。

一米左右宽的偏房台阶上，放置着砸洋芋糍粑的木头槽。午饭饭点时候，这些木头做的糍粑槽就是孩子们的饭桌。房背后达戈山上的藏族部落的孩子早晨上学，下午放学有专人接送。因为他们必须经过一处叫"野狐沟"的地方，这里山岩陡峭，一不小心掉下去就成了众多野狐狸的美食。

这么多藏族孩子在殷家吃饭，达戈山上的人不好意思了，说要给殷家饭钱。殷家坚决不收，说孩子们读书是好事，况且粗茶淡饭殷家还管得起。虽然殷家管得起饭，但是白吃也不是长远之计。

周边是藏族的地盘，当初殷家来到此地是在藏族手里用"石头炒胡豆"的方法得来的，上寨的汉族居住的地方则是"一牛之地"，以一张牛皮换来的。后来因为历史上的种种原因，居住在县城周边的藏族才搬迁到九寨沟景区内居住，名字依然叫达戈、荷叶、尖盘、黑戈。

既然这样，大家各自仁义。达戈山上的藏族一合计，把半山腰的一块十多亩的地给了殷家，辛苦殷家耕种，产的粮食读书的孩子们一起吃，也算是对殷家办教育的支持。这块地好，好在哪里？殷冬青说，这块地一半在阳面，一半在阴面，不论天晴下雨还是干旱无雨，至少都有一半的土地有收成，保证了学生们的生活。这块地后来被称作"殷家官地"。

寒凉病虽然让杨家失去了一个儿子，但是得寒凉病的不尽然只是悲剧，也有治好的个例。多年前，寒凉病却让殷家得到了一个藏族儿媳，在以后的岁月里因为藏族儿媳而保全了殷家大院。

殷家带兵征服羌人来到这里，一山之隔的甘肃文县有个寨子，因此而叫作镇羌寨（今甘肃文县兴隆寨）。兴隆寨如今还生活着殷氏后人。随殷家一同前来南坪的有木匠、铁匠、工匠，还有中医和教书先生。在这偏僻的地方，假如生病，中医就尤为重要。就地取材，殷家中医用周边山上的草药给周围的人治病，从来不收一分钱。时间久了，达戈山上的藏族人不好意思了。殷家人说，那你们拿些山上的草根给我们，算是抵消你们的药费，你们需要看病就尽管来。达戈山上的人说找殷家人看病只要草根，殷家是草根之家。

这一年，寒凉病突然暴发。不懂得医学常识的老百姓不懂得病人需要隔离，一个村寨一个村寨的人全倒下了，甚至很多寨子因此变得空无一人。殷家人封锁了进寨子的通道，根据古书上的药方，熬大锅汤给全寨子的人喝。要进寨子的人在寨门口必须先喝三碗药汤才能进去。

殷冬青打开一个个大木头箱子让我看，里面装满了颜色褐黄的药书。

达戈山也有人染上了寒凉病，黑戈朗头人年仅九岁的小女儿病倒了，派人来请殷家中医看病。殷家人犯难了：这病看也不是，不看更不是。如果吃了殷家的药病好了，这还好说；如果吃了殷家的药病没看好，那可是杀头之罪，谁也担当不起。

殷家人找来中间人，有些话必须当着中间人的面讲清楚：如果看好了，殷家人不收分文的报酬。如果没看好，更不会收钱。殷家人会尽力而为挽救病人的生命，不管结果如何，希望头人给殷家留一条生路。头人答应了殷家的要求，殷家派医术最好的中医到山上给头人的小女儿看病。所幸小女儿的病刚刚发作不久，医官派人给殷家报信，说还有救。殷家指示全力救治。就这样，头人小女儿的病治好了。

病治好了，大家都松了一口气。至少殷家保全了性命和名声。

可是，烦恼随后而来，让殷家不知所措：头人执意要将这个被殷家人治好的小女儿嫁到殷家。

也许是头人看到殷家人的本事，想以联姻的方式搞好关系，以求今后治病有保障，也许是为报答殷家的救命之恩而有不能说出口的深谋远虑。反正，这事由不得殷家人怎么想，就这么定下了。这事在殷家引起轩然大波，汉族和藏族联姻，这可是破天荒的大事。同意就好，不同意，在人家的地盘上，由不得殷家人怎么想，怎么说。殷家默认了，被动地接受了这桩婚姻。五年后，头人女儿十四岁时，按约定嫁到了殷家。忠厚的殷家人视头人的女儿为己出，头人女儿和殷家其他儿媳一样，穿粗衣，吃杂粮，生儿育女，和睦的家庭生活淡化了头人女儿的族别和身份，甚至没有人想得起这是头人家的千金。

让殷家万万没有想到的，头人女儿，这个异族的儿媳，在"庚申事变"中用藏族的身份保全了殷家大院，更保全了殷家人的性命。

殷家族人就地取材，砍来松树在殷家大院的周围一共修了十三座三合院。"庚申事变"时藏兵放火烧掉了这些院子，族人带上李鸿章和曾国藩的真迹，翻过野猪关，到老祖宗打下的镇羌寨躲祸。藏兵念殷家藏汉联姻的骨肉之情，独独留下了这座殷家大院。

床有床的象征，门有门的寓意。殷家的八扇门上的图案，是九寨沟片区文化集大成的代表。不论门上雕刻什么花鸟虫兽，其表达的主要中心思想是人，做人的标准，做人的原则，做人的格局，做人的细节，做人的理想……八扇门上富含的寓意博大精深。

窗子中央雕刻了一个长长的花瓶，把人比作花瓶，没有任何贬低的意思，只是为了艺术地呈现。花瓶有时被拿来形容人只有一个好看的外表而内心空洞。怎样避免让别人认为仅仅是一个花瓶呢？那就是顶天立地！做人要顶天立地，一个人如果顶天立地了，就是一个能独当一面的人，就是一个从内到外散发着智慧和人格魅力的人。

镂空的图案，代表做人要有格局。镂空代表心空、心宽、谦逊、好学、坚毅……不能把功名利禄看得太重，心里也不能被金钱填满。学无止境，永远保持心空的状态，心里要有百姓，关爱百姓。也暗喻了殷家人虽然兴办学堂，有真才实学，被朝廷授予"品重上庠"的荣誉，但还是行事低调，从不卖弄，永远保持内心谦逊的良好品质。

"二鹿时钟"图雕刻的是两只鹿和一只钟。"二鹿时钟"是"二六时中"的谐音，代表十二时辰。这是一句佛语，即一整天、整日整夜的意思。鲁迅说"二六时中，没有己时者有望"，意思是只有执着、不懈怠、不退缩、勇往直前的人才有希望。

"三羊图"即"三阳开泰"。羊即祥也，中国民俗中"吉祥"写为"吉羊"。甲骨文的"美"字是头顶大角之羊，是美好的象征。

菊花代表秋天，是收获的季节，丰收的季节，富有的季节；蝙蝠、蝴蝶，谐音"福"，"蝙蝠"谐音"遍福"，福报平安，象征幸福如意绵延无边；头上戴花的鹿，表示福禄双全、长寿和繁荣昌盛的寓意；欲飞的喜鹊，寓意即将展翅高飞，鹏程万里；上面草龙，下面草凤，百姓家里的图案画龙不点睛，代表夫妻的家庭地位；如意圈代表钱财，钱财是尊严天使或者恶魔形象的化身；每个圈之间起连接作用的看似一朵朵花，其实是蜘蛛。一点也不美的蜘蛛被美化成一朵花的形象，确实让人有些意外。因为蜘蛛吃自来食的生活方式让人们羡慕："一无隔子二无毛，半天云中搭天桥。虽然不是真罗汉，还比神仙更逍遥。"表达人们对丰衣足食的美好生活的向往……

殷家的八扇门非常有特色，除了有传统的八仙和福禄寿喜财、石榴、钱串子等常见图案外，还有官帽等独具殷家特色的图案。这些图案展示殷家谦逊、不张扬的淳朴家风，代表着九寨沟片区人们的生活情景、风俗习惯和对美好生活的向往，展示了悠久建筑文化的博大精深和深邃的思想内涵。

殷家楼子，是一个过街楼子，和殷家大院在一条直线上，同在一条直线上的还有同善社，殷家给过路的或是讨口子舍饭的地方。殷家楼子，是古时候从野猪关或者郭元新塘到南坪城的唯一通道，出了楼子，就是南方。

站在楼子前方看，或者穿过楼子站在后方看，楼子都是一样的设计，一样的建筑，没有什么稀奇的地方。不知谁家的小孩晚上啼哭，红纸写的手掌大的"夜哭郎"贴在楼子的柱子上，这也是常见现象不足为奇。但是楼上正中的地方，还是让我眼前一亮，这里和殷家大院一样，又是一个方圆图案组成的窗子。可见殷家对方圆图案是发自心底的喜爱。

通过这方圆图案，我好像能懂得殷家的理想和追求。在神灵居住的地方，在殷家人居住的地方，都是方中有圆，圆中有方，一种理想中的圆满，又有一个规矩在规范着这个圆满。遇事则圆，凡事有度。方圆表达着这个哲理概念，我大受裨益。

殷冬青用手比画着楼子下区域的功能划分：右手边用木头栅栏隔断，是讨口子睡觉过夜的地方，左边是行人的通道。楼子的楼上堆砌着木头板子和用这些板子做好的棺材。这是给讨口子或者没人主的人死后用的舍棺。

殷家人断财取义，乐善好施，一年四季都在舍："冬舍衣衫夏舍饭，一年四季舍棺木。"每天上午一次、下午一次的舍饭，雷打不动。殷家人的家底到底有多厚？一年四季这样舍，钱从何来？粮食从何来？

殷冬青也有这样的疑惑。他的大爸，也是他的师父，给他讲过一个故事：

祖上收烂铜废铁，然后卖钱供养讨口子。一天，殷家人去罗依收了一些破铜烂铁后，看到天色晚了，赶紧往回走，走到双河天就黑了。他心里害怕起来，走得更加快了。这时前面出现了一个打灯笼的小脚老太太，在他前面带路，他走得快，老太太就走得快，他走得慢，老太太就走得慢。老太太把这人带到殷家楼子旁边的山水沟，一过桥老太太就不见了。前面就是殷家磨坊，一年四季都有人在磨面。他心里害怕，就到磨坊里问磨面的嫂子，看见有个老太太走过去了没有，老太太一直在前面给我引路，我还没感谢她呢。嫂子说我一直在这里，没看见有人过去啊。他心里更害怕了，浑身发抖，嫂子看见了，以为他饿了，给了他一块火烧馍。殷家的家规非常严格，收了破烂的人回来马上要交到堂屋，不容许在外面久留。他背上背篼回到院子，看到堂屋的灯亮着，但是屋里没有一个人。

第二天，废铜烂铁里择出了一双金筷子。这可是一般人见都没见过的贵重物品。殷家老太太说不义之财要舍出去。于是殷家人把金筷子卖了换成钱，买米买面供讨口子吃饭。

不是自家的东西不能放家里，这我能理解。殷家人通灵，这我也能懂。

殷冬青说，达戈山上的藏族离开前，将三角、火钳、铜管等生活用品埋在土坎里，农业学大寨时，有些东西被挖了出来。他的爷爷在达戈山上捡到过一个金戒指，回家后每晚梦见一个藏族人在追要他的东西，冬青爷爷赶紧把东西还了回去，继续埋在原来的地方后梦里才清净。

我能理解，只可意会不可言传。就像冬青去世的大爸给他托梦，说他在那边的法力不够，被人欺负，把他的琵琶给他，琵琶已经成精器，后面有一方阳刻的印章，有了这个章，能让大爸的法力大增。冬青在柴堆里找到这把特别的琵琶，放在大爸指定的神龛上后，冬青再没有梦见大爸了。

殷家院子里的故事岂止这些。这些故事早就构成了殷家人的精神血脉，化作家族基因，在后代血管里流淌，在后代基因里传承。

殷家大院被评为省级文物保护单位，得到了妥善的修缮与保护。只是那象征着做人骨气的屋脊上的竹子无法复原，那象征着读书人的梅花鹿，那代表力量和威猛的熊，那代表富贵与美满的牡丹都随着时间远去不见了。只有低调谦虚的秉性在殷家人的血脉里流淌，只有刻在门板上的家规家训被后代领悟，只有旺子魂的酒被传承了下来，继续满园飘香。

喊　天

罗依，这个藏名叫"冉依沙昂"的地方，山、水、人、时间和历史会发生怎样的化学反应？悄悄掀起严丝合缝地盖在罗依头顶上蓝天的一角，露出一条缝隙，一丝光透出来，光束里夹杂着飞舞的灰尘，照亮了我的眼睛，也照亮了缝隙里被尘封的时间。于是历史又一次在罗依 360° 环绕的山体上重演。

人们沿着山梁劳动生活，"阡陌交通，鸡犬相闻"。一切都在酝酿，风起云涌尽在眼中，没有外来的风，更没有外来的人，悄无声息中，人和时间都在成熟、变老，地老天荒是对手牵手跳圆圈舞的大山，和悄无声息地给大山当镜子的罗泊湖说的。天就像是一块盖在圆盆上的蓝布，盖住盆子里发酵的时间和跃跃欲试的人的思想，将它们按捺、压制，许它们一日十二时辰，许它们一生六十花甲。

站在罗依的任何一处，抬眼望去，都如观看一部环形的 5D 电影，360° 的视觉，360° 的风景。沿山体的坡度修房，屋舍房檐搭着房檐，鳞次栉比这个词语用在这里最合适。这里有事不用跑腿，可以喊山，喊山对面的人家，喊山上做农活的人，也喊一不留神跑到山对面去的猪、狗或鸡。在环形的独立空间里，容易让人的认知出现问题，视觉过于狭隘：除了天和地，老子天下第一。罗依，山高皇帝远。罗依，一方水土养育一方人。罗依的历史并不单薄，而是超出想象的丰满。这一帧帧镜头讲述 1300 年来，最早的罗依人从哪里来，以及他们婚丧嫁娶、恩怨情仇的故事。这种播放顺序符合哲学命题：人来自哪里？怎样生活？将要到哪里去？

我望向罗依历史的深处，只有偶尔的一点微光透出来。在罗依雷凤贵叔叔的讲述下，罗依对我敞开了大门，我也只能恢复几个场景，了解罗依的故事，认识故事里的人。原来历史是相似的，谁也逃不出历史的裹挟而独善其身。

场景一：跑坡（打猎）

万古老林，古树参天，云蒸霞蔚，松萝高挂。云岚从佛爷岩前飘移，露出佛爷岩上佛爷的慧眼，看着眼前荒芜的山梁。佛爷们早已习惯这没有人烟的寂静，只有鸟的聒噪，风的任性，百花的热烈。日子就这样一天天过去了。佛爷们看着没有人类参与的史前社会，并没有感到孤独。獐子、安（狐狸）、熊、三不像（山驴）、金丝猴、熊猫，食物链里的动物一如既往地过着适者生存的生活，况且还要忙于聆听百花盛开的声音，观看植物孤芳自赏的艳丽，嗅空气中花香和腐殖土化学反应后的另一种独特气味，就像植物从土里长出时的啪啪响声，毛孔能感知这气味从地下升起时的绵长和热烈，拥抱时的力度和温度。

对于打猎放狗的跑鹿子（猎人）来说，这片洪荒之地就是野生动物生存的乐园。从羊峒（九寨沟沟口）翻山过来打猎放狗的西番人，来到冉依沙昂。整天撵山放狗，人跑乏了，袜鞋里当鞋垫的青稞秆子已经湿透，被脚踩躏成碎片，该换新的干草了。

为了明天有好体力，猎人和猎狗都要休息。万籁俱寂，松涛声声，篝火旺旺，和衣而卧的跑鹿子将几乎黑色的泛着悠长时间底色的皮袄往上一扯，盖住高原红的脸。獐子皮缝制的袜鞋在淡淡的月光下发出微弱的白光，燃烧的柴火发出噼噼啪啪的声响，被四周环形的群山调皮地反射回来，声音已经微弱了许多。

夜深了。

人睡了。

万籁俱寂。

场景二：迁徙

跑坡有跑坡的乐趣，跑坡是会上瘾的。被跑坡的臆想折磨了快一年的跑鹿子们，做梦都想来到冉依沙昂，这里让他们迷恋，让他们销魂。忙着收割完地里的小麦和青稞，跑鹿子们牵上猎狗，抬腿不用想就又来到冉依沙昂。这里是动物的宝库，没有哪个猎人会放弃这个地方。

从羊峒翻山过来，这群西番人傻眼了，去年他们燃过篝火的地方，换过当鞋垫的青稞秆的地方，黔黑的土地上长出茂盛的青稞，青稞穗子有手掌这么长。这要多么肥沃的土地，才能长出这么好的青稞。

"感谢上苍，又赐予我们这么肥沃的土地，这里是能养人的土地！"

"为什么不将部落迁徙到冉依沙昂，大家有更多的粮食呢？"

于是，跑坡人中的龙家（藏名：昭寿卡）、杨家、雷家等几大家拖儿带女，背着铜锅铜碗、青稞糌粑来到了冉依沙昂，他们择山而居，插占为业。从此冉依沙昂有了婴儿的啼哭声、鸡鸣狗叫声、耕地时牛的哞哞声和人给牛唱的耕地山歌声：

> 哞哞，回，前头是山，倒弯哩，哞哞，回！
> 哞哞，回，前面是坎，倒弯哩，哞哞，回！
> ……

冉依沙昂有了袅袅的人间烟火。

场景三：更名

白马人的生活线一直在往后退，往深山里退，往边缘退。白马人认为冉依沙昂好，山大沟深，天然生成的圆形地势自然与外界隔绝。这里出产好，不怕旱，是个硕大的粮仓，只要付出劳动，就会有收获。是天外天，更是世外仙境。于是，寂静的空间里有了人生活的响动，空气中有了陌生的混合的气息，眼睛被花花衣裹裹裙转动得眩晕，冉依沙昂清一色的狐皮帽里夹杂了些许毡嘎帽和白鸡毛，显得有些唐突。

一山不容二虎，一家不成两户。对资源的抢夺，生活里的鸡毛蒜皮，这种生活方式最终会在西番人和白马人之间引发矛盾。弱肉强食，强者生存。传说白马人最终不得不迁出冉依沙昂。锣声急切响起，在群山回响中追赶着惊慌失措的人们撤离。仓皇中，锣遗留在了白马人居住的坝里。

于是，这里叫罗依（锣遗）。

长久以来，取地名的方式很多，发生过大事的地方以事命名十分常见。记忆中常听长辈说老一代的藏族说话的习惯和汉族有些相反，汉族说：吃饭了吗？藏族说：饭吃了吗？我们今天不探究语法，只是单纯地说藏族说话的习惯。遗锣叫锣遗，后来演变为同音字罗依，这就是必然的、理所当然的了。于是遗锣的坝叫罗依坝。据说敲锣的锤随着白马人撤退，也遗在离罗依几十公里外的甘肃文县中路河了，于是遗锤的地名叫等锣锤。锣一处，锤一处，本是不可分的一对搭档，分开后，各自什么都不是了。怕是这个锤永远也等不来遗落的锣了，遗憾将会伴随终生。

以后冉依沙昂的名字逐渐被罗依替代，一直沿用至今。

场景四：罗依八景

在正式讲故事前，我觉得有必要对罗依的环境做个介绍。就用民国李秀才和焦秀才斗诗时的诗句，跟随他们的视角和对景点的切入点开始，认识罗依的八大景点。

李秀才的诗，从西北到东南方向：

> 雪岭山下自然佛，慧眼窑前转经阁。
> 獐子想把两抢遇，不过小桥没奈何。
> 安家水边莲花现，雪岩古寺喇嘛坐。
> 麒麟舞动抽筋坡，栖就凤凰不出窝。

安：野狐狸。

雪岩：神山的名字。

焦秀才的诗，从东南到西北方向：

> 大寨梁上庙子山，棱杆鲤鱼下河滩。
> 挖昌梁，盖迫杆，四月八上冒青烟。
> 酸刺林，抽筋坡，辛奈黑熊奔铜锅。
> 将军骑马窑前过，罗依是个乌龟窝。

盖迫杆：一种民俗活动。任何人路过神山，都要放一根柴、一株草或者丢一块石头。天长日久，柴和草堆积成山。每年四月初八这天，要将这些柴或者草烧掉，挖昌梁上总会冒出青烟，给蛆保爷还愿，蛆保爷保佑庄稼不受蛆虫糟蹋。

酸刺林：沙棘林。

近代人结合李秀才和焦秀才的诗，总结了罗依十二景：

> 雪岭山下自然佛，走马遥观转经阁。
> 东方龙马江边卧，北面飞熊望铜锅。
> 麒麟舞动抽筋坡，栖就凤凰不出窝。
> 獐子眼前任穿梭，不过小桥怎奈何。
> 俺家水边莲花现，雪岩古寺喇嘛坐。

长贵街上骑马斗，罗州城里化干戈。

十二风景跟山转，摇钱聚宝村中间。

看得出，近代人的诗里信息量更大，除了沿袭李秀才和焦秀才单纯写景的诗句外，有了个人英雄崇拜和对金钱的崇拜。现代人的思想远比明末清初的人复杂得多。

李秀才和焦秀才原本是罗依的绅粮、大户人家给子女请的教书先生，其他人家的小孩也可以给点粮食或者肉食跟着读书。在罗依这么偏远的地方，人们竟然能认识到知识可以改变命运，这是多么不容易的事。这也让我对罗依这个地方和这里的人产生新的认识。纵观古今，但凡是时代弄潮儿，谁不是有知识有文化的人呢？

因此，罗依该出人才，罗依的历史注定不会是一条直线。龙家的后人，西藏当三品官的泽里介（汉语是"狮子王"的意思）活佛的蓝色顶珠，给了罗依这个偏僻之地无限的荣耀与尊贵，保全了身后的六七代子孙以及罗依的子民安居乐业。罗依的土皇帝欧雷哇，之所以能当土皇帝，也是读了八年的汉文三年的藏文。被知识丰富了的大脑，才不甘于耕地种田，放羊养马，总会想法子弄出一些声响，在罗依群山环抱的空间里长久地回响，余音不断。

场景五：鸡毛炭火信

历史将委某人以大任，总会寻找机会，制造一些事端，然后将某人放入事件中，关上门，悄悄地走开，躲在旁边屏声静气地观察人和事之间的较量。特定的人在特定的环境中创造出历史，别人无法参与更无法改写。

1. 绑太阳，念经看（kān）白雨

农历四月至五月，地里的庄稼像青春期的孩子，突突地往上冒。地里的麦子正是拔穗的关键时期，夜深人静的时候，坐在地边，能听到麦子拔穗时发出的轻微的叭叭声，它们正在经历生长痛。痛后，麦穗被灌浆，撑得丰满、圆润。洋芋白色的、紫色的花朵含苞欲放，原来被人认为木讷的洋芋也有青春的激情。最漂亮的数荞麦花，眼前一面坡全是青春的粉色，肆无忌惮地张扬着自己的年轻。走近一看，全然不是当初的印象。一朵朵荞麦花和荞麦种子一样大小，低调、内敛，花朵淡粉的低调抵不上荞麦茎秆的张扬，原来我看见的粉色里不光是花朵的色彩，更浓郁的紫红色彩是茎秆，暴露了它不甘只当运输管道

或者起支撑作用而被冷落的心态。况且彩色中还有那油菜花的明黄，那么单纯、干净、快乐。

谁不爱眼前的这美景，谁不期盼秋后的丰收。

罗依人最怕突然而至的白雨（暴雨），伴随着大风，夹杂着冰雹。不像河坝地区，暴雨前还有缓冲的时间，罗依没有缓冲，白雨说来就来，庄稼们无处躲藏，裸露着身体直接承受着白雨、大风、冰雹的袭击。这么柔嫩的娇小身躯，哪里经得起狂风暴雨粗暴、蛮横的蹂躏？也许几十秒，也许几分钟，几个月早出晚归的辛勤劳作，换来满地的残花败枝。丰收的希望被一阵大风刮走，留下的是饥饿和无奈。以种地为生的农人，土地就是命根子，庄稼就是生命的保障，就像养育孩子一样，对庄稼不容有半点应付。

太阳是正义的，阳光下不容有阴谋。有太阳在天空中，一切按部就班，人们照常劳动，庄稼照常生长。只要太阳不被乌云遮盖，就永远没有暴雨冷子（冰雹），庄稼就会按生命密码设置的时间点成熟，以农耕为主的人们以太阳为图腾，对太阳膜拜顶礼到迷信的程度。谁说不是呢？

"绑太阳"对庄稼户来说是多么重要的一件事。龙家保存下来的明代的"绑太阳"的经书，用绸子包了封住，被龙家活佛下了咒，后辈人不许看，也许法力在一个黑暗的闭环里，也许法力在见到太阳光的瞬间就消失了。如此神秘，以至于绑太阳成了粮食丰收的保障，庄稼人心里的安慰。没人知道一本经书是如何"绑太阳"的，更无法想象人力不能达到的神秘世界的法力是如何永存的。

请喇嘛念"吉利经""看白雨"成了四月以后最重要的事情。"喇嘛急了打媾子"，将马鞍子放在喇嘛的腰后方拍打，或者施展法术将一把坚硬的剑像绕毛线团一样扭成一团。这些法术只是为了驱赶或者降魔白雨里隐藏的妖魔鬼怪的作祟，我在《苦行孤旅：约瑟夫·F·洛克传》里看到过对这种法术的描写。这样做的目的还是为了"绑太阳"，看到白雨如骑着白马的骑兵一样从四周山梁迅速冲下来，往谷底缩小着包围圈，人们急了，喇嘛们更急，他们亮出看家本领，用尽浑身解数，只为保一方平安，只为保庄稼不受暴雨冷子的袭击。

各寨的首人、头人全在寺院里，虔诚地祷告、磕头。松柏香弥漫在山头，喇嘛低沉的诵经声在耳边环绕。一年一度，《吉利经》《平安经》正被喇嘛们一遍遍虔诚地诵读，只为吉祥在罗依的上空编织成一道五彩的屏障，能阻隔肆意妄为暴雨冷子的袭击。

2. 鸡毛炭火信

"罗依山寨子圆，先是汉人撵西番。"

历史不以人的意志为转移，时机总是不经意间来临。

农历四月十四，正在寺院里陪喇嘛念经的大寨头人有事需要回家处理。头人从庙子山下来，看到一个戴着洋毡帽的人左顾右看，看到头人，洋毡帽眼睛一亮，喊大寨头人："爸爸、爸爸（九寨沟地区和西北风俗一样，习惯把叔叔喊爸爸，把爸爸喊大大），问一下左知府家在哪里？"

大寨头人指了指山上："左知府家的房子在山背上的张家梁上呢。"头人说完忙着办自己的事，头也不回就走了。等到头人办完事又往庙子山走时，看到刚才问路的洋毡帽还站在路边，等着他。

洋毡帽说："左知府家的门喊不开。门口拴着五六条狗，还没等到靠近敲门，狗就汪汪叫着扑过来，我害怕得不行，怕狗把我吃了。"

大寨头人说："左知府家就在那，你大声喊门嘛。"

洋毡帽说："爸爸，爸爸，你别走，这是马知县让我送给左知府的一封鸡毛炭火信，十万紧急，非得马上交给左知府不可，除了左知府，谁都不能给，要不会出天大的事。我求求你把这封信马上送给左知府，记得谁都不能给。我还是不去送信了，狗那么凶，把我吃了咋办。命要紧。狗把我吃了，婆娘娃都见不到了。这信我就交给你，你帮我交给左知府。难为（谢谢）你了，爸爸。"边说边拱手作揖边飞驰而去。

洋毡帽把鸡毛炭火信给了大寨头人。大寨头人心里不悦，鄙视地说："哪有这种人，贪生怕死，连狗都怕成这样。不就是一封信嘛，送就送嘛，左知府家离这又不远。"走了几步，大寨头人一想，鸡毛信已经是非常重要的信了，有鸡毛的信表示像长了翅膀一样，需要飞速送到的，对时间有要求，不容耽搁。鸡毛信还加上炭火，火急火燎，那就是天底下最十万火急的事了。不对啊，什么事这么十万火急？和我们有关吗？好奇心让大寨头人心里痒痒的，况且，他还有一种不祥的预感。

不行，得看看信上怎么说。

大寨头人假装解手，藏在一个角落里，悄悄打开鸡毛炭火信。信上写着："四月十五，各寨见蛮不留。"不好，部落将遭遇灭顶之灾。他脸色大变。

时间很紧急了，大寨头人跑到庙里，召集头人们开会。将鸡毛炭火信给各寨头人传阅，大家都紧张了：我们的生死大限就在明天！寡不敌众，摆明硬拼是拼不过汉兵的。怎么办？眼下最要紧的事就是解散念经的法会，各寨头人立即回去召集全部藏民往獐子岩处藏身避祸。

原本罗依的各个村寨之间鸡犬相闻，消息传播得极快。鸡毛炭火信就像往石灰堆里倒进一桶水，瞬间发生了激烈反应。一时间，大人喊，娃娃哭，鸡飞狗上墙，这个圆形的锅里像开水一样沸腾了。女人们还在抓紧时间收拾家当，那可是好不容易挣下的家当，是要留给儿孙的。

有人在不停地催促："快点快点，汉兵快来了。别拿那么多，跑不动的，命要紧。"

骡马牲口管不了，山上的猪、羊也管不了。再大的家当也要舍得丢弃，毕竟有命才有一切。背娃抱娃的，背铺盖卷的，背锅的，背粮食的，要多乱有多乱，要多惨有多惨。

这一群西番被撵到獐子岩的绝壁前，抬头望去，獐子岩又高又直，光滑的岩石没有可以踩脚的地方，人怎么可能上得去？天啊，这是要灭我们啊！女人们放声大哭。山好高啊，太阳就像在山顶上，充满恶意地故意用无数的银针刺着看它的眼睛。人们又累又急，嗓子眼里在冒烟。

3. 喊天

"三根麻绳吊上岩，看你汉人来不来。"

熟悉地形的小伙子们从其他山头爬到獐子岩的顶上了，他们放下来三根麻绳，要把这群人吊上岩。獐子岩有三层楼那么高，要把这么多人吊上去，真不是件容易的事。人在情急之下，会激发无限潜能。可能就是这样，天要黑时，几百人已经全吊上去。这下汉人上不来，番人也下不去了。

暂时安全了。小伙子们在岩边扎营驻守，其他人在垭口扎营住了三天。这三天，所有人都在思考一个问题：群龙无首，今后该怎么办？路在何方？哪里才能安身立命？

喇嘛说："我们孤立无援，也无法给外界送信搬援兵，能不能挺过去，一切都靠我们自己了。都跪下喊天，让天给我们指一条活下去的路吧。唯有喊天，看天意如何，看天意是要灭了我们还是给我们留下一条活路。这是唯一的办法。"

柏香枝点燃了，香气缭绕，袅袅上升，喇嘛们盘腿而坐，合掌诵经，人群围着火堆跪下来，安静极了，就连奶娃都停止了啼哭，只有松柏枝燃烧时发出噼噼啪啪的声音，在人们听来，都像是在催促，没时间了，快点拿主意啊。

一只跟随主人到獐子岩的白狗被宰杀了祭旗。在狗主人看来，狗虽然是他的最爱，但是为部落大义，它死得其所，就像在战场上牺牲的战士，能战死沙场，对狗的生命而言，何尝不是光荣。

喇嘛、头人围着火堆跪下了，每人面前的地上放着一根手腕粗的木头杆，上面悬挂着部落的旗帜，只等神灵的明示，看谁才是危难时刻有能力力挽狂澜的部落头人。何去何从，这一群人的身家性命和未来就要交给这个即将产生的头人了。

场景六：成都派来个德太爷

冰冻三尺非一日之寒。统治者与被统治者之间永远都是矛盾的对立面。广义上说，被统治阶级包含在这个地区生活的藏民和汉民。清朝以来，赋税繁多，民不聊生。比如嘉庆年间征收的丁粮银、火丁银，就让藏汉民众生活更加困难。加之孟继先、边鸿烈不体恤百姓疾苦修建新的南坪城，于是各地反抗声音频发，搅得当权者不得安宁。

持续一年半的干旱，百姓的日子实在是过不下去，就集中起来吃大户。大户也没有收成，没有能力长期管饭。寨子里吃完了，就找绅粮大爷吃。绅粮的粮食也被吃光了，找衙门禀告，说百姓吃不起饭了，要求减免赋税。绅粮说有百姓才有衙门的老爷，没有百姓，衙门的老爷给谁当去？衙门的老爷不为所动，说皇粮国税不能免。绅粮再祈求，老爷不再理会。百姓天天到衙门闹，要求减免赋税。看到百姓情绪激动，老爷知道这就像一堆干柴，等一个火星。老爷知道这是快要出事的节奏，一天夜里悄悄地跑了。

衙门不可一日无主。成都又派来个叫德太爷的，管理日常事务。

满以为新来的衙门老爷，会体察民情，体恤百姓的疾苦。岂不知，这个德太爷比先前的老爷更严格。动辄就是打人，骂人，寒冬时节喊番民上山伐木。肚子饿得不行，还要干重体力活，谁都受不了。官逼民反，百姓把德太爷给控制了，限制了他的人身自由。半个月后来了个带着兵的李连长，是德太爷的外甥。李连长人年轻，心地善良。看到百姓日子这么苦，赋税这么繁重，就自作主张把草鞋税、募捐税给免了。百姓皆大欢喜，于是把德太爷给放了。重获自由的德太爷听到外甥擅自把草鞋税和募捐税免了，气不打一处来，把外甥给打了一顿。消息像长了翅膀，一会儿百姓就知道了。

百姓不答应了，为什么打李连长？他做错什么了？

重新被百姓控制起来的德太爷还在大叫："李连长说的不算，我说了算，草鞋税和募捐税不免！"

长期生活在的战争环境养成的强悍民风，哪里容得这种出尔反尔。德太爷被愤怒的百姓斩首。

生如虎，死如泥。再强悍的人一死就如一摊泥巴，还有什么威风可言。围着看热闹的人多了去了。人们这时才发现，这个德太爷真是一个寄生虫，他做不做事，光看手指甲就知道。手指甲绕成很多圈，拉直怕有一尺长吧！

围观的人七嘴八舌说开了：

"手闲的人才长指甲。"

"当太爷的人真是好耍，指甲这么长，自己能吃饭吗？"

"不能！"

"自己能穿衣吗？"

"不能！"

"那他不就是一个大奶娃，有人要给他喂饭，给他穿衣。他自己什么都干不了。"

"这种人，肉里的蛆，死得活该！"

"我们养你，还对我们这么凶，呸！"

还不解恨，雷家的太爷把德太爷的人皮剥了，做成马秋，绑在马鞍子后面，马走路时，就听见马秋发出欷歔声。马秋是绅粮大户或者土司头人玩格享乐用的。舅舅被杀，还被剥皮，李连长可不依了，给曲连沟的黄献生，张家梁的张贡爷，以及边山头人们送鸡毛炭火信，要灭蛮。

这封鸡毛炭火信，就是外甥李连长派人送的，准备调大兵为舅舅报仇。

场景七：欧雷哇名字的由来

好事不出门，坏事传千里。况且还是在罗依这个环形的山里，消息长着腿在环形的山上跑着，就像花式自行车骑手在环形跑道上，好像脱离了地心引力不会掉下来一样，在一段时间里这都是一个让人瞠目结舌，并产生无限想象的震惊的消息。

谁家的媳妇生了小孩，谁家门上就会挂上一张筛子或者一条红。早起的人们看到，罗依大寨雷家的大门上挂着一条红，雷家新添了一个男丁！这是可喜可贺的事。新出生一个男孩，固然可喜，但不至于让所有人评头论足、津津乐道。如果是这个婴儿与众不同，那就另当别论了。

人们之所以这般议论，这个新生儿果然是与众不同：雷家小兄弟的媳妇生了一个肚子上长着一圈肉玉带的男孩！

"生下自带官品，这个娃将来前途无限，我们拭目以待！"一个长着长胡子的老者捋着胡子说。

日子一天一天过去，男孩一天一天长大。谁也没有看出这个孩子哪里有过人之处。

腊月二十三，眼看着年关将到。跑鹿子们说油坊里的岩羊又大又肥，储备一些岩羊肉，正月里好下酒。打猎是每年年前必须要做的事。雷家老二老三两兄弟带上老大家的和自己家的娃们翻山到九寨沟和罗依之间的太平沟打猎。打猎有打猎的规矩，每人守一处交口。雷家老大的儿子守着守着觉得肚子有些饿，就从交口出来准备拿些干粮吃。在陡坡处行走，原本就像在爬，手脚并用。远处的人看见一只岩羊在移动，悄悄地举起了枪，屏住呼吸，瞄准，开枪，"啊"的一声，像人的声音，击中的东西随后滚下山去。

"怎么回事？"老人问。

开枪的人也感觉不对，连滚带爬到沟底一看，吓得脸色大变，他说不出话来，只有号啕大哭。打死的是穿着岩羊皮的雷家老大家的娃。跑坡是个苦差事，跑鹿子舍不得衣服被刺挂烂，于是用动物皮缝制衣服，跑坡时保暖又耐磨。视线不好时，往往会被看成是野物，时有悲剧发生。

不得了，闯天祸了！一行人抬着死人往回走，磨磨蹭蹭，不敢面对即将看到的人，特别是他们的大爸。他们把死人放在寨子外，一帮人先回去报信。

面对大爸，没人敢先开口。

大爸问："娃些，你们都回来了，我的娃呢？"

有人胡乱回答："后面呢！"

大爸信以为真。

二爸三爸忧心忡忡。

天色渐晚，远远望去，大爸从欧迭矢（地名）又朝大寨子走来。谁都知道，这一次没法撒谎，就算是撒谎，谎话就连脚背都盖不住了。二爸三爸说这事瞒不住人。这是天大的事，自己闯的祸自己解决，人折了用人来赔。老二老三家的娃，由老大选，选上谁算谁。折人赔人，天经地义。自己家内部的事自己解决。

老大虽然悲痛欲绝，听说是把自己亲侄儿赔给他，悲痛之中又得到一些安慰。随他选，肯定就要选自己认为最好的侄儿。于是腰杆上长肉玉带的男娃被雷家老大选中带走了。这娃，与众不同，万一日后有出息了呢。为了和其他雷家的男娃有所区别，雷家老大给这个长了肉玉带的男娃名字前加上地名欧迭矢的欧，欧迭矢的雷家的娃——欧雷哇，开启了他的叱咤风云的人生之路。

在罗依人心中，欧雷哇是神、是传奇、是骄傲。至亲的后人说起他，骄傲中掺杂着自豪、心酸、艰难，以及对那个辉煌时刻的向往和如今家族破败的愧疚。

　　如今雷凤贵叔叔家隔壁是当时衙门所在地，地里种着玉米，齐大腿高了，前半截依然是坝子，养了十几只鸡。欧雷哇的后人雷凤贵老人七十多岁，待人接物大气周到，有礼数。他正该读书时遇上了"文革"，虽说书读得不多，但是说起历史，说起罗依，清晰的思维，准确的表达，让人另眼相看。让我得以窥视了一个显赫家族一百多年来的荣光与败落。人物和事迹也许随着时间的远去被淡化，但代代繁衍生息的同时，我强烈地感受到基因密码不曾丢失，顽强地在后代子孙的血脉里流淌，传承。

场景八：罗依出了个土皇帝

　　紧张是会传染的，心脏咚咚地跳动，失去充足空气供应的肺部，急促地一张一翕。此时，焦虑如洪水决堤，恐惧如四面包裹，一个人的气场完全被改变了。

　　被"四月十五，见蛮不留"的鸡毛炭火信的消息震惊得不知所措的人们，被三根麻绳吊上獐子岩。紧张的氛围凝固了獐子岩的空气，人们的呼吸变得艰难、沉重。除了太阳光有稍许的温暖外，风是冷的，心是冷的，岩石和大地是冷的，因为冷，似乎血液都减缓了流动，而五彩的阳光，绿的树，彩色的花都失去了颜色。只有熊熊燃烧的篝火，噼噼啪啪，忙着发出热能，用热烈的红色和热能感染、炙烤着周边灰暗、冰冷的一切。

　　老人的脸膛更黑红了，皱纹像刀刻般更深了。妇女怀里的奶娃，不知道天高地厚地哼哼了几声，马上被妇人用乳头堵住嘴，再用硕大的乳房盖住奶娃的脸，确保声音严丝合缝地盖在妇人的怀里，绝不泄露一丝。男人们都在沉默，女人们不停地默默抹着眼泪……

　　该怎么办？部落该何去何从？出路在何处？三天了，人们就这样悄无声息地坐着。不能总是这样啊！人们把目光投向喇嘛，任何时候，喇嘛的话都是部落的最高指示。喇嘛说：有没有活路，办法只有一个——喊天。看老天给我们部落留不留一条生路，主要看老天给不给我们一个头人。

　　喊天！看神的旨意！

　　喊天！祈求给我们一个头人！

　　喊天的主要议程是拜旗：谁面前的旗杆自己立起来了，谁就是我们的头人。

　　山头上燃起了柏树枝，青烟滚滚升起，直抵云霄，祈求上苍打开南天门，地上的这群人有急事禀告。土官、喇嘛们围火跪下，每人面前的地上平放着一个手腕粗的松木旗杆，旗杆上挂着一面蘸过白狗血的部落旗帜。土官、喇嘛神情严肃，一本正经地跪下，一起喊天。喊了三声天，喊了三声地，虔诚地磕头，说明何事喊天，希望老天指出头人，让头人带领部落渡过危机，让部落和子民生存下去。三个头磕完，埋着头磕头的土官和喇嘛额头贴地，久久不敢抬头。既怕自己面前的旗杆立起来，又怕旗杆立不起来。既希望部落走出困境，又怕自己没这个能力。此时，唯一能做的事，就是保持跪拜的姿势，听从神灵的安排。

喊天，跪拜，好像神灵们没有听到这群人的祈求，面前的旗杆始终没有一面立起来。

难道这些土官和喇嘛里，没有一个命中带星宿的头人？希望的火苗，在人们的眼睛里慢慢地熄灭了。难道是天意要灭我们部落？人们慢慢地低下了头，为短暂的生命悲哀。

喇嘛环顾四下："都跪了吗？欧雷哇呢？"

欧雷哇年龄小，正站在高处放哨，听到喊他的名字，麻利地跑到喇嘛面前。

这是最后一个人了，万一就是他了呢？这谁都不知道。喇嘛诓他："喊天吧，喊答应了天，就是带星宿的人，上天才会保佑的。紧要关头，如果喊答应了天，这些人的生死都在你一个人的身上了，部落的希望就在你身上了。"

所有人围过来，所有人的眼睛盯着欧雷哇。周围安静极了，人们大气都不敢出。只有火，在欢快地燃烧，显示出藐视一切的胆识。只有火，才能通灵，才能连接天地神灵，并将上苍的旨意传递到地面。

"有志不在年高，上天赐给我们一个小头人也说不定。"喇嘛镇定地说。

"喊天吧！喊天吧！"人们有点急不可待。目前的遭遇让他们像跌入万丈深渊，他们情绪激动，太想尽快摆脱困境了。

这个时候，任何一个部落的子民都会为部落的生死存亡而义无反顾地站出来，哪怕是为部落献出生命都在所不辞。欧雷哇也豁出去了，不就是磕头喊天吗？欧雷哇跪下，喊了三声天，喊了三声地，磕头，禀告何事，再磕头。人们屏住呼吸，眼睛都不敢眨，他们想看看神灵的旨意是怎样通过旗杆显示的。

就像是有一股力量附在旗杆上，旗杆慢慢动起来，直到笔直地立在欧雷哇的面前。许久，目瞪口呆的人们才回过神来，跪下，磕头，感谢神灵。跪着围住欧雷哇："头人、头人、头人……"所有人都目睹了旗杆立起的全过程，神灵保佑欧雷哇就是保佑整个部落，部落有救了，我们有救了。欢呼声响彻了整个山岗。

人们认为欧雷哇自从生下来，腰的一圈长了一条凸起的肉带，这是肉玉带，是皇帝才有的护身符，该喊皇帝才是。于是头人欧雷哇被部落的群众称作欧雷皇帝。欧雷皇帝真是一夜之间长大了，他胸有成竹，有计划有目标地带领部落翻山到九寨沟的扎依札嘎，再到松潘，躲开了敌人的围追堵截。欧雷皇帝有责任和义务带领部落脱离危险，过上好日子。

"喊皇帝有点太大了，土官是部落的最高首领，"欧雷哇低调地说，"喊土官就行了。"

于是人们喊他花土官。

场景九：花土官办贼案

罗依是个有秩序的地方。大到山川河流、村寨道路的布局，小到一棵树、一座房子的位置，都是根据既定的秩序有规矩地排列布置。开会的地方是开会的地方，杀猪杀牛的地方是杀猪杀牛的地方，审犯人的地方绝不允许祭拜祖先，绑犯人的树不允许其他人接近。这种秩序延伸到婚丧嫁娶，表现为门当户对的姻亲关系。土官的后代和喇嘛联姻，读书人和秀才的后代结亲。这种秩序还延伸到社会治理结构上，以规矩办事，一视同仁。统治者是睿智的，不办人情案，不以人为亲，是统治地区长治久安的前提和保证，在必要的时候，统治者会舍弃心爱之物，以期盼达到壮士断腕而震天下的效果。

先前罗依的民风不纯，偷牛盗马、偷鸡摸狗的事时有发生。百姓生活在其中，既没有安全感，又没有自豪感。英雄和时代紧密相连，没有时代的召唤就没有英雄的用武之地。此时，罗依应时而生出了个办贼案的花土官。花土官的一生铁面无私，威严而辉煌，被后人津津乐道说了许多年。他胆大睿智、英勇果敢成就了罗依这个小地方。在罗依，他就像神话传说中的"格萨尔王"。

花土官深知"先治其内，后治其外"的道理。对家人严格苛刻到不可理喻的地步。时代造就了他，他必须以严格公正赢得这份信任，回报这份信任。花土官的女儿16岁了，正是生命中的花季，正是谈婚论嫁的年龄。花土官对女儿疼爱得捧在手里怕摔了，含在口里怕化了。天气炎热，花土官的女儿在屋里待烦了，出去走走。满眼是青翠欲滴的绿，鼻子里是大地醇厚的香，地里牛耕马驮，满坡山歌嘹亮，这一派田园风光的美让花土官的女儿痴迷，越走越远，走出了自家庄园的区域。核桃有小孩拳头那么大，该是熟了吧。花土官的女儿想摘几个核桃砸开看看桃仁上油了没有。

就像偷书不算贼一样，在农村偷果子不算偷。漫山遍野的果子，掉在地里腐烂的不计其数，摘几个果子，无所谓的。大众心目中无所谓的观念，在别有用心的人那里，可成了把柄。摘了几个青核桃的花土官的女儿，被人逮住了，人赃俱获。小题被大做，这没法解释。人们说：你不是说先治其内，后治其外吗？今天我们倒要看看，花土官怎样先治其内的。

花土官愣住了。偷窃该剁手。他没想到女儿会跑去摘几个青核桃，更没想到这些人会不依不饶。花土官想到女儿环绕着他颈子撒娇时小手的温暖，女儿用小手在他的手掌上写字时的调皮，女儿可是他和夫人的掌上明珠啊，他为女儿设计了许多种人生，唯独没有剁手这一种。一个女孩子，没有了手，她该如何生活？她怎么吃饭，怎么梳妆，将来怎么养育儿女……

花土官被人攥到了七寸，动弹不得。

花土官心里明镜似的，他知道必须快刀斩乱麻，否则后面会面临着他的母亲和夫人的大吵大闹，母亲可能还会气绝而亡，夫人可能后半辈子不会再和他说一句话，女儿可能不认他这个狠心的父亲……难题交到他的手里，他没法躲避，没法不管不顾。可是，谁知道他的难处？谁能理解他的苦衷？女儿啊，千不该万不该，你不该摘别人家的核桃，你就是把自己家的核桃摘完，甚至把核桃树砍了，又有什么关系呢？我们家那么多的核桃树，你想怎么样都行啊！

"土官老爷，外面的人越来越多了。怎么办？"身边的侍卫低声在耳边说。

必须要做出决断了。可是，难道非得要我亲自说出来吗？我能做到吗？在宣判时我能保证声音不抖，就像对待一个外来的贼一样铁面无情吗？神啊，请赐予我力量吧！请让我替代女儿受刑吧！花土官跪在神龛前，身子颤抖起来。女儿，原谅你的父亲，今后，父亲喂你吃饭，母亲给你穿衣，我们就是你的手！

花土官对侍卫说："伤口尽量整齐，把我女儿的手用丝绸包好，做个柏木盒子，放在山洞里。等我女儿百年之后，让她有个齐全的身子。"

侍卫哽咽着答应，然后轻轻地走了出去……

此时的罗依安静了，静得连一根针掉在地上都会发出刺耳的声响。人们不相信花土官会砍了他掌上明珠的手，花土官的女儿更不相信她的手和几个核桃等值。不要说几个核桃，就是给花土官金山银山，他也不会用女儿去换的。

所有人的世界被花土官女儿的惨叫声颠覆了……

花土官知道，要使社会风气好转，不是一日一时的功夫。今天，越过女儿这道坎后，谁敢偷东西，那高大的衙门，衙门外那棵几百年的大槐树，就是贼人胆战心惊的地方。大槐树的一根枝丫，是用铁链子吊贼娃子的地方。不知道花土官审了多少盗窃案，这个枝丫竟然被铁链子磨得凹陷进去几寸深。后来，花土官宣布，偷牛盗马偷猪者，偷水果偷庄稼者都是偷。按部落的规定，装入麻布口袋，从断崖上推下去。连续几个人从悬崖被推下去后，罗依的盗窃风气骤然好转，人们路不拾遗，安居乐业，勤奋劳作，生活越来越好。

花土官铁面无私办贼案的名声，传得很远很远，传到了白马南路的白马十八寨。早听说罗依有个办贼案的土官，是个真正铁面无私的"恶人"，十八寨为破人命案派人来请花土官出山，前后已经三次了。鉴于事态太复杂，况且不是自己管辖范围内发生的事，花土官不想蹚这趟浑水——过清净的日子多好。但是丐帮和南路白马人眼看着要发生大战，花土官这次没法再拒绝了，杀头也要去，为自己的名声，为天下生灵。如果不去把案子办结，将会有更多的人死于非命。

花土官了解到白马南路发生了这样的一件事：

有一天，南路白马十八寨来了一对乞讨夫妻，衣服破烂，面黄肌瘦，无儿无女，晚上就睡在路边，地当床，天当被子，看到着实可怜。白马人心地善良，不忍心看到有人的日子过得不如自己。他们一商量，决定把路边的一座磨坊交给这夫妻俩看管。看磨坊可是肥差，轻轻松松就解决了吃饭的问题。同时他们决定让这两口子用磨坊里边边角角的面喂两头猪，夫妻俩一头，寨子里的人一头，这样大家都公平。这对夫妻可高兴了，看磨，喂猪，扯草，看着猪一天天长大，两口子笑得合不拢嘴。这对夫妻知道，自己的幸福生活来到了。眼看着冬天来临，猪也长到最肥的时候，寨子里的人说把猪杀了吧，大家解解饥荒。两头猪一起杀了，众人一头，夫妻俩一头。从没见过这么多猪肉的夫妻俩看着挂满整整一杆子的猪肉，呆了。他们感觉一下脱离了苦海，他们憧憬着明年的幸福生活。当然，这些猪肉还要周济丐帮的其他兄弟姐妹，这是规矩。白马寨头人的儿子和几个小伙子看到寨子里这么多人一头猪，夫妻俩一头猪，觉得这个账怎么也算不过来。这夫妻俩吃我们的，喝我们的，凭什么他们两个人就吃一头猪？可是，这是头人放的话，不可更改。要不，等晚上都睡了，我们偷肉去，给他们两口子留两吊肉就可以了。

这两口子可不这么想，这猪肉可是给丐帮的兄弟姐妹们准备的，话都带去了，过不了几天，丐帮的人就会来这里美美地打一顿牙祭，不枉作为丐帮的成员一场。夫妻俩盘算着，以后自己再勤奋些，每年喂两头猪，给寨子里的众人一头，给自己留一头，当然，这当中大半还是丐帮的。

头人的儿子和几个小伙子等到夜深人静的时候，悄悄翻进磨坊，拿起一根棍子，挑挂在杆子上的肉。一吊肉落在地上，发出沉闷的声响。不对，有贼！男人拿起一根棍子，来到挂肉的屋里。他肯定是寡不敌众，在黑暗中被头人的儿子当头一棒，打死了。

打死了，丐帮不依了，声言不交出凶手，就要踏平十八寨。丐帮的成员像洪水一般朝十八寨涌来。十八寨的头人慌了，赶紧派人去和丐帮商议，但是去一个被杀一个，接连去了三个，全被杀了。丐帮发话，不交出肇事的凶手，来一个杀一个。

没人敢说是寨主的儿子闯的祸。总要有人来解这个扣。十八寨再三派人来邀请花土官破案，花土官坐不住了，人命关天，不能坐视不管。他带上几百号人，拿起刀枪，气势上不能输给丐帮，更不能让丐帮对他们起杀念。白马南路有人不高兴了：骆驼的脖子再长，也吃不到隔山的草。罗依的土官，管不到我们南路的事。听到这些闲言闲语，花土官不理。他知道只有把这个案子破了，将犯人绳之以法，他花土官才能在南路服众，丐帮复仇的怒火才能熄灭。

花土官和丐帮商议：以七天为限！经过七天的侦破，花土官锁定了凶手。人证物证俱全，案情清楚明白。花土官不和寨主商量，他要按照罗依的规矩办：杀人偿命，此人该斩。花土官宣布：斩首！手起刀落，寨主儿子的人头落地。丐帮的怒火平息了，丐帮帮主一声令下：撤退！丐帮如一阵烟雾似的四处散去，无影无踪。如果不是看到地上的血迹，没有人知道这里发生了什么。寨主又伤脸又伤心，自己请人来杀了自己的儿子，而且这人不和自己商量，自作主张。这口气怎么咽得下去？不行，杀人偿命，儿子的命该叫罗依的花土官来补偿，要不儿子白死了。可是，花土官是自己几次派人请来断案的，杀了他，用什么名目呢？这个想法是龌龊的，搬不上台面的。只有暗杀，神不知鬼不觉，让别人去猜。

寨主大摆宴席，席间轮流给花土官和他的随从以及几百号跟随的士兵敬酒，目的就是要灌醉他们。花土官凭借酒量大，来者不拒，也不阻止随从。一来二去，随从以及几白号士兵醉的醉，倒的倒，花土官也喝得不省人事，被人抬到住处。这一天经历了太多，人们都疲倦不堪。夜深了，寨子里静悄悄的，人们都入睡了。黑暗包裹了白天的不堪，有几个黑色的身影在黑夜里悄悄地移动，他们的身影和黑色重叠在了一起，黑色挡住了人们的眼睛，黑夜放大了他们的胆量。杀一个人，对他们来说，没有那么难。

花土官的士兵和随从都在呼呼大睡，没人站岗。几个黑衣杀手轻而易举地到了花土官的窗子边，线人说了，花土官被人架回去放在床上大睡，他们只要到床边，一刀结束了花土官的性命就万事大吉，拿上和寨主说好的银子，远走高飞，过花天酒地的日子去。但他们近前悄悄一看，床上哪有花土官的影子，只有一只老虎在昏睡，口水流到了地上，床下两只狼，也在呼呼大睡。行道有行道的规矩，虽然是拿人钱财替人消灾，但也不能滥杀无辜。寨主派他们杀的是花土官，可不是老虎。黑衣杀手拿捏不住，回去给寨主汇报。

寨主这时可没有睡觉，他在等消息。儿子被自己请来的人杀了，这口气他咽不下去。不把这人杀了给儿子抵命，百年后他没脸去见儿子。

没有人，只有老虎和狼！怎么可能？想蒙混过关，除非连这几个黑衣人也杀了。杀人灭口，可不能让别人知道他的杀人计划。寨主到花土官的住处一看，真如他们所说，床上没有花土官，只有一只老虎在昏睡，口水流到了地上，床下两只狼，也在呼呼大睡。寨主长叹一声：这是藏族的头人，杀不得。好好好，不杀，不杀。

第二天，花土官睡醒。事情办完，该回家去了。整顿人马回罗依。寨主看到花土官绝口不提昨晚的事，便假装昨晚什么事也没发生，对花土官千恩万谢，还给花土官送上一份厚礼：六对白脸的犏牛、六匹骡子、六十头牛。派人送到罗依山上，送到花土官的家里。

第二年开春时，花土官给村民说："娃些，牛闲到呢，拉到耕地去。"不知道是花土官家的牛没干过农活，还是村民们认为不是自己家的牛不心疼，反正，耕地的牛全死在耕沟边。牛死了就死了，花土官也不追究。最后总要怪到一个地方，说花土官办案别人送的牛，没出钱的牛就是不经用。

场景十：西番坟

我一直致力于搜寻缺失的历史，一如既往地搜寻着在历史中走远的背影。罗依，我重点要写的是被历史遗漏的，或者被宏大的历史叙述忽略或看不上的题材。

雷凤贵老人说罗依最早的部落是从羊峒翻山来到这里的。带来的不只是子孙，还有习俗，包括苯教的教义，以及生命轮回的参悟。记忆里小时候我们做的布娃娃，不喊"布娃娃"而是喊"西番娃"。为什么这么喊？我想就像今天以名人或者有意义的事物命名一样，这反映出当时西番部落的强势和汉人的软弱。就像九寨沟的汉族家里神龛上敬奉的往往都是藏族的神灵——喇嘛神一样，"汉人尖，惹把西番当祖先"。九寨沟地处边地，是多民族杂居的地方，民族融合十分自然。

"清明会上没外人"，坟地，是族人们长眠的地方，是宗族性、家族性的神圣场所，是后人对先人功绩的崇拜，是后人对先人品行的传承，在任何一个民族的共同记忆里都有至高无上的地位。坟地是神秘的、阴森的、通灵的。西番坟，寂静地伫立在山头，一样的森严，一样的肃穆，没有人敢打扰祖宗们的长眠，可是这些祖宗再没有等来他们的子孙后代的祭拜。他们惶恐了，是不是自己对子孙的庇佑不够多，后代子孙们没有得到福泽而生出祸端？抑或是子孙后代们放弃了这片土地，放弃了自己的先人？

不对啊，那袅袅青烟，送来的不只是祭拜，还有请愿，让保佑人畜兴旺的愿望比任何时候都强烈，都迫切。不得不承认的是，生活就像一池水，每个人都按自己的习惯在池里打捞着岁月，池水吞噬了他们的时间，融合了各自的习惯，并留下了痕迹。

在漫长的时间历程中，儿孙们的生活发生了变化，祖宗留下的火葬习惯，让他们眼睁睁地看着一个肉体化为灰烬的过程。何不向汉族学习，改为土葬，让一切生物的物理变化过程在黑暗中悄无声息地进行，让故去的老祖宗们带着人世最后的模样，让儿孙留下最后一面的记忆。火葬在儿孙们的生活里被边缘化了，直到最后被彻底遗忘。西番坟，再没等来后代子孙陪伴的长眠之地，被岁月演变成一个地方的地名。

罗依人妇孺皆知的土皇帝、花土官欧雷哇，在《南坪县志》里的名字却是欧利哇。我们探讨的是此地的人文精神和价值取向，主要是意识形态的认知问题，并无意核对欧雷哇和欧利哇是不是同一人，或者他们之间生活年代的异同，或者他们之间的关系。也许，欧雷哇和欧利哇本是一人，只是藏汉发音不同而已。我不懂藏话，对"雷"的发音和"利"的发音无权发表自己的意见。但是，此人在罗依民众心里的分量像山一样重，对罗依人思想观念和民俗民风的形成，影响是深远的，不可估量的。"一方水土养一方人"，罗依这方水土养育了罗依这群人，他们有独特的认知和处事方式，有鲜明的个性。

县志中记载的欧利哇不光是对本部落产生长远的影响，对九寨沟县历史的发展也有影响。在 1860 年全 1865 期间，欧利哇如一根木棍，搅动了南坪这摊死水，死水起了微澜。

《南坪县志》记载：咸丰十年（1860）起义军首领额能作、折乃他、欧利哇（南坪羊峒五十八寨头人）等传遍木刻，通知七十二土司所辖各寨百姓起义进击清军。同治四年五月十三日（1865 年 6 月 6 日），骆秉章集中兵力，进攻欧利哇据守的南坪。八月十五（10 月 14 日）清军攻陷南坪，附近各寨仍继续战斗。清军施展诱降阴谋，派人与欧利哇谈判停战条件，欧利哇上当受骗后，清军收缴了各寨武器，残杀了不少不肯放下武器的藏人，随后清军推翻协议将欧利哇杀害。

短短不到两百字，对5年的血雨腥风做了总结。可是历史又岂能用一两百字来概括，谁都没有这样的本事。我也只能试着讲讲我对这段历史的认知。

这段历史的背景和过程是：

1859年，因"尖斗"问题激发，藏、羌、汉之间的矛盾骤然升级（尖斗：清代游击等武官收纳番粮，不容以平斗量入，必于斗面聚粮如山至斗不能容始作为一斗，名曰尖斗。番民深以为苦，而供给兵者仍是平斗。更有甚者，将粮之撒于地者不准番民拾回另量，并指之为抗粮加以镇压）。加之李永和、蓝朝鼎起义军围攻叙府，清廷从漳腊、南坪、小河等营抽调兵力一千人前往镇压，松潘城守备空虚，起义军首领额能作联系南坪踏藏盘信寨寨长折乃他、南坪羊峒五十八寨头人欧利哇，遍传木刻，通知七十二土司所辖各寨百姓起义进击清军。当尖斗浮收的矛盾日益尖锐时，欧利哇土皇帝借助这股东风，部队开拔，在草地营盘河坝扎营。欧利哇给草地的头人说起事，头人说"清水一边流，浑水一边流"，明摆着不想参与。欧利哇占领了南坪营城大开杀戒，自号"欧利皇帝"……

这一段历史伴随着挥之不去的血腥味，在空气中飘荡了100多年。欧利哇当了5年的土皇帝。四川总督骆秉章派时任甘肃总兵周达武和军务周振藻率领镇压武都太平军的湘军武字十一营，分别从甘肃天水、四川江油开拔，攻占了文县城，扫清哈南寨，由柴门关进入南坪，清剿勿角八寨，八月十五中秋之夜克复南坪营城，欧利哇退往中上羊峒，在黑河塘展了一番激战。此时的欧利哇拥有先进的大炮，在战略上稍胜一筹。周达武的部队伤亡惨重，不得不停止正面攻击，想其他的办法。战争进入胶着状态。中田四寨的杨求珠土官见状派女婿赵切让翻山到羌活沟，袭击欧利哇的后路，前后夹击，欧利哇的部队寡不敌众，周达武将欧利哇擒拿。周达武的部队正欲血洗九寨沟的羊峒八寨、和药九寨时，藏匿于林波寺的松潘总兵联昌给周达武送来一封信，要求息兵止战。

联昌为什么要这样做，是因为联昌和林波寺的住持有"五十年不反"的约定。周达武允许各寨头人缴械投诚，和各寨头人签订了协议，欧利哇退出南坪城，不再当土皇帝，不再杀人，则清朝不闻不问罗依的事。欧利哇如约退出南坪城，回到罗依后，看到罗依的秩序大乱，偷牛盗马的，打架斗殴的，社会风气混乱得像人间炼狱。几十年来养成的性格让他不会坐视不管，欧利哇继续判案，对触犯了盗窃等条款的人继续杀无赦。欧利哇的行为触犯了一些人的利益，被人悄悄告到南坪营，南坪营设计让欧利哇来南坪谈事，准备取欧利哇的人头。

马知府和欧利哇家是世交，他得想办法把这个消息带给欧利哇：南坪摆好了鸿门宴，不要去送死，让他早做打算。这天，恰逢一户人家娶媳妇，抬新媳妇的花轿顺利地进入罗依口，到新郎家。抬花轿的人脚上穿着短靴子，感到靴子里有东西硌脚，就踢了几脚，靴子飞出去了，一沓传单飞了出来，是马知府借接亲的轿夫带话，说南坪摆的鸿门宴，要把欧利哇灭了。那时欧利哇已经出发，儿子花挑官带人骑马朝南坪飞奔救父，郭元回营城的李铁匠在下较场设下埋伏，把枪支武器埋在土里，诱骗欧利哇上当。寡不敌众，父子俩都被捉住。有人说，斩儿吧。李铁匠说，不成，不能斩儿子，要斩大头。欧利哇被斩首，人还没死，有马飞奔而来，喊刀下留人，说欧利哇是个爱地方爱民的好官，不能杀。

可是一切都迟了。

这次，马家也救不下欧利哇的命了。人死了，头被砍下拿走，邀功去了。

那时距离现在到底有多少年，雷凤贵老人说不清楚。我只有按照我熟悉的人物作参照。我母亲的高祖父赵铸九恰逢生在此时，在"庚申事变"中为保卫南坪城立下了汗马功劳。我无法从欧利哇家的历史算起，只有从赵铸九的年代算起，确实是 7 代人了，如果早婚，不到 10 代人也有 8 代人了。

那么从这个时间来推算，欧利哇是欧雷哇吗？

160 多年的历史，从时间来看不算太久。口口相传的历史，往往不注重时间的传承，只注重事情的发展。就像我家的辫子坟，只说坟里埋了一条辫子，其他的来龙去脉在一代代的传承中遗失了不少。特别是有文字的记录在 20 世纪六七十年代几乎全被烧毁。

给我们讲故事的雷凤贵老人生于 1945 年，他谈笑风生，只读了小学二年级的他，却对书写罗依的古诗文背诵得如流水。问及欧雷哇到最近这一代的时间，这个对家族传承深感责任重大的老人突然低下头，声音低沉地说七八代人或者 10 代人了。我能理解老人此时的心情，祖上的荣光成为历史，这个历史在 20 世纪六七十年代带给他们家的是无止休的批斗。就连大年三十晚上煮年夜饭的锅都被人用石头砸漏，就连被下过咒"绑太阳"的经书都在烧龙脊时烧了，龙家的后人中再不会出活佛喇嘛，他们哭了；雷家的后人再没有像祖先欧雷哇一样的人了，他们哭得更厉害。昔日大门前威风无限的一对石鼓东倒西歪，找不到自己的位置，更找不到自己存在的价值。往昔衙门的地盘，雷凤贵坚持守着，成了他喂鸡的场所，擂火药的石墩胡乱地倒在地上，绑人的松树在 20 世纪 60 年代被人砍了烧柴炼钢了，松树带着树枝上几寸深的吊人时留下的痕迹，消失在熊熊大火中了。但是几寸深的印痕，却牢牢地长在罗依人的心里，没法消除。这棵松树被赋予了太多，已经是一个传奇故事，不会就此消失。果然不久从根部长出两棵小松树，茁壮成长。雷凤贵的父亲提起斧头，砍掉了一棵。另一棵被寨子里的人悄悄砍了做家什。雷凤贵老人轻轻地说，现在那棵碗口粗的松树，是别人赔我们家的。这句话虽然轻描淡写，但是我听出了其中的意味，虎就是虎，虎倒了威还在。

雷凤贵老人在衙门旁边修了两间房子，门是朝南开的，和他的院子背靠着背。一间是他的卧室，一间是他的工作室。做琵琶的工具摆放得整整齐齐，收拾得干净利落、井井有条。我想，房子这样的朝向更符合老人目前的心理，他在模仿，在回忆，夜深人静的时候，他会离祖先、离欧雷哇更近。还有一点，他能看见西番坟，那里有他的祖先，他是他们的守护者和传承者。

也许，雷凤贵老人的回忆里不光只有西番坟，还有"左知府，马知县，刘家的车娃子会管饭"的记忆。马知县利用送亲的队伍给欧雷哇送信，是欧雷哇家的救命恩人。直到今天，从欧雷哇算起七八代或是10代人了，两家的后人还你来我往，马家被认作雷家的汉人亲戚。

彼时解放前罗依盛产鸦片，最繁华的时候有几万人在此种鸦片、贩卖鸦片，刘家饭馆门前车水马龙，吃饭的人如流水，刘家饭馆的车娃子（服务员）们的吆喝声，在环形的空间里回荡着。接待客人，传菜收拾桌子忙得不亦乐乎的场景，如昨天发生的故事，还在记忆里上演。

我沉浸在雷凤贵老人讲述的故事里，久久无法走出来。

场景十一：棱杆里龙家喇嘛与杨家画师

自古以来，汉族乡约保长为头人，藏族喇嘛和尚为头人。农区家里出了秀才的说了算，草原上牧区喇嘛和尚说了算。罗依自从有了人家，羊峒的"昭守卡"仓（龙家）的喇嘛必须随着部落的子民到罗依来传经授道，答疑解惑，为百姓日常生活保驾护航，寺院的管家则由扎如寺派遣。有尚书地（公用地），三升麦子为一亩，搭股子。为什么呢？藏族人的生活离不开活佛喇嘛，寺院在人们心目中的分量很重。龙家世代出活佛喇嘛，有根基，在藏族中，算得上高门大户的贵族了。

想要人前显贵，就得人后受罪。一个喇嘛的修成，还真是不容易。

雷凤贵老人说，龙家的男孩子从小学习藏文，十多岁就去西藏学习文化知识，考试合格后回到尕米寺后面的山洞里，在听不到鸡叫狗咬的万古老林的岩窝子中，用石墙把洞口封了，修道，称为"坐静"。三年修道才成功。开始一周每天吃三顿饭，第二周每天吃两顿饭，第三周后每天吃一顿饭，饮食清淡，不吃油荤，不能破戒。有专人负责生活，此外，不与任何人交往，不准剃胡子和头发。三年后坐静期满，拆开洞口，用钹在头上打圈，慢慢地磨，帮助恢复神智。然后用磬敲，待神智完全恢复了，洗澡剃度。有专人按佛教的规矩说佛语，先是拿剃刀在头上比画：第一刀说戒破完了，成功了；第二刀说戒破了，不能违反；第三刀说永远记住初心，不能变心。仪式完成，开始剃度。剃度完成，一个喇嘛诞生了。九世喇嘛一世佛，喇嘛们的最高理想是修炼九世后，成一世的佛。

坐静后，法术灵了，想啥是啥，想啥来啥。当喇嘛的人只有一肉一骨，一天一地。不知道是否如此，反正说到此处，雷凤贵老人满脸的微笑，高昂着头，自豪而喜悦。

龙家的后代凤莲说，龙家注重对后代的培养："家无读书子，官从何处来。"他们知道一个道理：时代变了，只有知识才可以改变命运。如今罗依龙家的老屋子里，三个老书柜被百年的岁月染成黑色，纷纷世事裹挟着百年风雨，附着在书柜上面，成一层厚厚的黑痂，覆盖了原本的木香本色。是的，书柜是空的，书被清理了，说是四旧。清理掉的包括家里喇嘛爷爷们最常用的《通书》等满满几柜子的书籍。昔日喇嘛爷爷掐指一算，用胡豆摆八卦，就会知祸福，用卦象可以占卜吉凶。就连这些，如今也几乎失传了。这一代人还看见过，等到下一代人，可能见都没有机会见了。是的，龙家的孩子们在南坪城郊买了地，修了房子。"房对弯，坟对梁"的修房古训，在土地无比珍贵的今天已经不再适用。除了户籍是罗依，他们的生活中已经没有了罗依的踪迹。

只有在过年过节的时候，老辈人还在给后辈人讲流传下来的"青蛙和蛇"的故事，反复地讲述，目的只是为了让后代子孙牢牢记住，曾经在祖先身上发生过的真实的故事。

和所有的地方一样，那时罗依山上吃水，全靠用木桶挑。每天天色还没大亮，陡峭的盘山小路上总有人挑着两只大大的木桶，吃力地往家里走。这天，天还没有完全大亮，周围雾蒙蒙的一片灰色，山腰上的云岚在往上升着，像是有任务要在天亮前升到固定的高度似的，或许它们要撑开紧紧拥抱的天地，给阳光一个缝隙。等到这桶水挑回家，像是挑开了头上的盖头似的，天瞬间亮了起来，龙家的喇嘛爷爷也起床了，坐在火边熬砖茶喝，这是多少年不曾改变的习惯。喇嘛爷爷眼睛尖，一眼看见后面水桶的桶沿上，蹲着一只红色的青蛙，在那一瞬间，青蛙和爷爷四目相望，喇嘛爷爷着实愣住了，他的大脑就像计算机一样快速运转起来，这个时辰，青蛙的寓意，红红的颜色，青蛙的位置，掐指一算，不用摆胡豆，不用摆大卦，就是在大脑里动用一下《通书》的内容，天文、地理、心理这些知识都被大脑高速筛了一遍，得出结论：今年晚些时候，家里要遭火灾。喇嘛爷爷沉思片刻后强调，他将在这场大火中丧生，让家里人做好准备。家里人抱怨挑水的人，怎么挑了一只青蛙回来？诅咒这该死的青蛙，你这瘟神，带来什么不好，可你偏偏就是红红的火！半山腰的人家，最怕的就是火，离水源这么远，又是松木房子，一旦遇到火灾，只有眼睁睁地看着房子烧成灰烬。家里大人再三告诫孩子，尽量小心用火，特别是晚上，检查了再检查，看灶门前，把火灰里仅有的火星埋了再埋。看火垄子边也要严防，喇嘛爷爷不是在那里熬茶喝吗？有人的地方，就不会有事。家里人万分小心，他们想篡改这只红色青蛙带来的凶险的预示。

看着家里人万般小心，喇嘛爷爷却说天命不可违！藏族人讲究火葬，这是他最好的归宿。

时间一天天过去了，紧张的神经被时间拉扯得没有了弹性，家人的警惕自然放松了许多。等到年末的一天，家人突然抬头看见家的方向冒起青烟，不好，真是燃火了，所有人丢掉手里的东西，朝家的方向跑去，火势越来越大，已经无法进去抢救喇嘛爷爷，喇嘛爷爷和房子一起成为一堆灰烬。罗依的民众实行土葬已经许多年了，爷爷是末代喇嘛，是罗依最后一位喇嘛，他坚守初心不变，一切都按照古老的习俗进行，包括他死后的火葬，这是他梦寐以求的结果。于是他和西番坟的祖先们很快见面了。

该死的红青蛙，这下，如你的意了。子孙们咒骂。

感谢红青蛙，是你助我一臂之力。喇嘛爷爷的在天之灵满足了。

喇嘛爷爷去世后，家里人把注意力放在小爷爷的身上。毕竟，小爷爷是家里年龄最大的老者。一天，家里的柱子上盘着一条蛇，头抬得高高的，看着小爷爷。小爷爷叹口气，说，蛇来接他了，他就要死了。小爷爷不久后也去世了。

神秘的过往，在凤莲的口中说出来，似乎很平常。我是相信凤莲说的这一切，我们的生长环境相似，都是在神秘的氛围中长大，也见证过许多只有这片土地生长的人才知道的怪异之事。

神奇的土地上神灵无处不在。

罗依棱杆里的杨家，是雕刻画像的世家，与龙家喇嘛家平级，到罗依的时间比龙家喇嘛家还要略早一些。这无可厚非：先修好了寺庙，杨家画好了老爷案子，放在寺庙里，龙家喇嘛才入驻。一切都各有神堂，各有庙堂。

棱杆里是寂寞的，当日龙家和杨家的辉煌随着时间早已远去，包括那盖着琉璃瓦的房子，那装满书柜的各种书，还有龙家的那颗我们始终无缘相见的蓝宝石顶珠。蓝宝石是清朝三品官的标志，这到底是龙家的哪一代人的辉煌故事，不得而知。院子里随意放着一支安装了长长杆子的铁矛，以及神柜上黑黢黢的不知道是什么神的塑像，与现实世界如此遥远，一切像是虚幻的，神秘得几乎虚无，像是从未知世界而来。而让我真正震撼的是那几个书柜，带着精致的手工雕花，还留有昔日小铁锤手工打制印迹的铜扣，我想象书柜里装满了《大藏经》《通书》和各类泛黄的《阿弥陀经》《无量寿经》《观无量寿经》等手抄经书，也许还有牛皮书、羊皮书，我好像看到龙家喇嘛在柏香环绕的泛黄灯光里诵读经文，周围的生灵都在默默倾听，包括一株草，一棵树，听多了都沾了灵性，懂得了生命的轮回，懂得了前世的因果，懂得了此生要修的善果。书是罗依人灵魂的皈依处，是罗依人的行为指南，是罗依人的生存智慧。书柜穿越了几百年，在我的眼里格外醒目，熠熠生辉。

书柜印证一个永恒的真理：知识改变命运。

罗依人说龙家的女儿凤莲如今能当领导，不就是当初书读得好嘛。是的，凤莲没有放弃读书，她少年时忍辱负重，其目的就是为了读书。就像有一天深夜，她挨打后从家里跑到房后可差窝（地名）的树上，听到周围蝙蝠的叫声，年少的她吓得紧紧地抱住树干，只有树干才是她的依靠。当她看见爷爷奶奶屋里的灯光亮起，她心里豁然开朗，她明白，龙家喇嘛家的小姐养尊处优的时代已经结束，命运掌握在自己手里，就是读书，只有读书。她跳下树来，朝灯光处走去，她瞬间明白，她不斗气了，她要去读书，喇嘛家族的辉煌无法改变目前的命运。

凤莲说："知识可以改变命运！"

罗依人说："家无读书子，官从何处来？"

场景十二：山在虎还来

听了一下午雷凤贵老人的讲述，我感到我只是了解了一点罗依的皮毛。

阿贝尔、吴佳俊、白林、映霞、老杜、我，我们一行六人离开雷凤贵叔叔家时，是下午5点多钟。对我们的来访，老人异常高兴。因为时间短暂，老人意犹未尽，也许，再有这么多的时间还是不够用。送我们到大门口的雷凤贵老人突然站直身子，双手抱拳："山在虎还来！"如约定，如邀请，如等待，瞬间，如电击般，我们所有人都被震到了。每个人的大脑里都在细细品味这句话的含义。一下午，老人讲的故事无数次感动我，而这句话的分量却像头顶的一声惊雷乍响，这需要何等智慧和见识，才说得出来这样一句充满哲理、自信又非常尊重别人的话？他把自己比作"山"，山既高大又威武，代表家族在此地连绵长久，顶天立地，对自己和家族充分肯定，是无比自信的。是的，他的家族历史辉煌，家族对历史的贡献无人能比。在罗依称得上"山"的称谓。把客人比作"虎"，藏龙卧虎，指勇猛的人，被人重视和尊重的人，被称为"虎"的人，该是何等的自豪，自尊心、自信心得到充分的满足。我就在这里，不会离去，有山才有虎，有我这个山，你们这些人中的精英才会再来。只要有山在，虎就会来。

传说这是清朝才子纪晓岚的一副对联。有人为难纪晓岚，想赶他走，"虎去山还在"，你走了我还在这里。纪晓岚不卑不亢地回答："山在虎还来。"气势磅礴，寓意精深。

"虎去山还在"，这比说"再见"一词江湖多了。"山在虎还来"，比"欢迎再次光临"文艺多了。

"山在虎还来"是郑重的口头邀请。

山尚在，虎还来！

风起云涌

——"尖斗浮收"与"庚申事变"

历史的发展并非单一、扁平或者是断裂的，历史人物总是带着自身的经历与时代的烙印从连绵不断的时间里冒出来，还顺带拉出与自己生活有千丝万缕关联的地方作背景。如松潘苯教寺院林波寺，清朝咸丰年间发生的"庚申事变"，冥冥之中又将南坪扎如寺和松潘林波寺这两个地方连在了一起。僧人本不该涉足凡尘之事，但是眼看着生灵涂炭，"救人一命胜造七级浮屠"是对生命最基本的怜悯，救人于水火之中又是每一个高僧大德毕生之追求。也许，这是僧人们修行的最高境界。

我们从扎如寺连绵不绝的历史中举目远望，将目光定格在 1860 庚申年，即咸丰十年。1860 年对于中国乃至全世界都是值得一说的、极不平凡的一年，如一把锋利的尖刀，将中国从密闭的温室里剥出，呈现在世界面前。中国如同一个额头上长满皱纹的巨婴，没有足够的智慧和能力面对突然发生的这一切，他幻想世界将有足够的耐心给他时间让他长大并心智成熟，但是世界没有这个耐心。

1513 年，欧洲人巴尔沃亚发现太平洋，哥伦布大交换时代开始了。东西半球之间开始物种、文化乃至传染病的大交换，这个影响持续到今天，改变了我们每个人的生活。"隆庆开海"打开了国门，西班牙的白银如水一般流入中国，世界三分之一的白银流入中国，给了明朝苟延残喘的机会。流入中国的，还有鸦片、土豆等。中国这个巨婴，祖宗们留给他的遗产太丰盛了，丝绸、瓷器、茶叶，远航而来的蓝眼睛里是抑制不住的贪婪，什么东西都往口袋里装，如同一个街痞一把抢过小孩手里的棒棒糖一样肆无忌惮。在中国，蓝眼睛异常自信，他相信自己的实力，也试探到了这个国度懦弱的性格。

1860 年，英法联军入侵，太平天国运动正在进行。外侵内乱，民族矛盾和阶级矛盾日益尖锐。松潘、南坪等地不可避免地受到影响，为弥补囊中羞涩，官员加重剥削中饱私囊。

"尖斗浮收"只是众多剥削方式中的一种。就此一种，就加剧了民族矛盾。

时间的累积，仇恨的累积，"庚申事变"必然发生。

我爷爷生于 1911 年，故事发生在他出生前 50 年的 1860 年。这个故事对于爷爷来说还是鲜活的，爷爷从出生就在默默地承受着事变的后果，他从小的记忆里就是尖锐的民族矛盾中艰难的生活。

爷爷给我讲过尖斗浮收的故事。

又到完公粮的时候了，各村的保长们几天前就给各家各户打招呼，老百姓们都知道，无论如何，皇粮国税得按时交纳，绝不能拖延。到完公粮的这天，一大早人们从四面八方驴载马驮地拉上粮食到衙门前排队等候。公粮前一天就用自己家的斗量好了。有些家里的老人身体不舒服，于是就在粮袋里多装些粮食，完粮后要将多余的粮食卖了给老人煎中药。官员坐在一张太师椅上，跷起二郎腿，"咕嘟咕嘟"抽着水烟，他的面前放着一张大簸箕，簸箕上面放着一个量粮食的大斗。公差手里拿着一根直直的木棍，恶狠狠地看着这些衣衫褴褛的老百姓。

只有今天，这些农人为完公粮不用下地劳作了，只有这时他们才有时间直起长期弯曲的腰杆，用钳子似的布满黑色老茧的手，从腰间抽出烟锅，在装着兰花烟的牛皮小口袋捏上一阵子。干燥的兰花烟在口袋里发出清脆的断裂声，烟锅子的头伸进口袋，在手的辅助下，细细的兰花烟装满了一烟锅，用大拇指摸索着将碎烟叶压紧，再装上一点，再压压。烟锅衔在嘴里，腾出两只手来，解下火镰，在一阵连续的撞击声中，火镰撞击的火花把枯黄干燥的羊胡子草引燃，冒出淡淡的蓝白色烟雾。用嘴一吹，一点弱小的红光逐渐显现，慢慢地扩大，再扩大，蓝色的烟雾骤然消失，红色的火光代替了蓝白色的烟雾。农人猛地一吸，羊胡子草的火光像被一股强大的力量猛地一拽似的，改变了方向，向烟锅的内部飘去，没有了踪迹。燃烧的羊胡子草把兰花烟点燃了。

农人们悠闲地抽着兰花烟，说着今年地里的收成和明年的播种计划。

完公粮的队伍缓慢地移动着，地上横七竖八地放着各家各户形状和颜色各异的装满粮食的口袋。有牛毛编织的黑白相间的毛口袋，有苎麻绳编织的麻袋，还有自己手工织的窄幅本地白布缝的细密的布袋。口袋堆在一起也没事，谁家的一眼就认得出来，绝不会搞混。

抽打人的声音和哀号声搅动了等待的安静。队伍有了一阵骚动。后面的人好奇地踮起脚想看看前面怎么了。等到完过粮的几个人回到队伍里，人们才知道事情的缘由：这次完粮和以往不同，在完成满满一平斗粮食的定额基础上，还要将粮食往上垒成尖尖的锥形，垒到不能再高的程度，公差手里的棍子，沿着大斗的边缘一扫，高出平斗的尖尖的粮食堆，被扫在大斗下的簸箕里。落在簸箕里的粮食明目张胆成了官员的，不还给完粮的人。如此算来，这样比往年要多交一两成的粮食。突然增加了完公粮的任务，而且事先没人通知，交粮的人肯定会问问的。交粮的人不服，和收粮的公差争辩，于是被打了。

"啊！是这样！凭什么多收粮食？这不公平！"完粮的队伍乱了。

"平斗量入"衍生到"尖斗浮收"，这是从老百姓的口里夺粮食。反抗声如白水河滔滔的水声，不绝于耳。两年来，各寨民众恳请"免尖斗"，官府无人应许，一时间群情激愤，民众统一抗粮不纳！这就是抗税，是和朝廷作对。咸丰九年（1859），时任松潘总兵文升要求清政府派兵镇压抗粮的百姓。洋人都到门口了，太平军如火如荼，清政府内忧外患，自顾不暇，对文升的要求不予理睬。文升看到自己无法收拾这个烂摊子，托词抱病，溜之大吉。满人联昌接任松潘总兵。

1860 年的中国，注定不平凡。1860 年的松潘和南坪，也注定不平凡。

英法联军入侵，四川的兵力全部调往京畿及沿海，松潘及所属各营军队被调往叙府（今四川宜宾）驻防，各地防务空虚。早就暗潮涌动的番民，见松潘内务空虚，叛乱的木刻瞬间传遍松潘和南坪三十六寨，相约做好准备，伺机起事。这支有了群众基础的队伍，要成就大事，还需要一个领袖人物。这个领袖人物恰巧在此时出现了——松潘小姓沟转世活佛黑仑来降世，"生而能言，数月能行，周岁即解诵经文"（民国《松潘县志·边防》）。黑仑来的母亲额能作深受尖斗浮收之害，对此深恶痛绝。她以活佛名义号召起事，各寨头人和番民一呼百应。9 月，变民围困了松潘城。松潘的镇军远在泸州镇压李永和、蓝朝鼎起义，无法脱身。

松潘变乱一起，根据木刻相约，南坪也相继起事。边山七寨土司欧利哇率领羊峒五十八寨变民将南坪城围困。南坪巡检胡榛亲赴紧邻的甘肃文县求救兵，以不同省为由被拒绝。咸丰十一年（1861）三月，南坪城已经被围困了半年之久。胡榛最后以碰碰运气的想法，再次将刻有围城惨状的木牌投入白水河中，希望有人看到并报告省府，派兵解救南坪城。

7 月，松潘城破，松潘南桥下"尸积累累，江水为之不流"（民国《松潘县志·边防》）。松潘镇总兵联昌出逃，被林波寺活佛救走，藏匿于寺中。

欧利哇破城后，滥杀无辜，自称"欧利皇帝"，派税抽丁长达 4 年。

这就是松潘和南坪发生的咸丰"庚申事变"，是近代阿坝州影响最大最深远的事件之一。

　　1864 年，欧利哇借松南"庚申事变"屠城称帝已经 4 年了，朝廷不会置之不管。四川总督骆秉章派镇压甘肃武都太平军的周达武，率领湘军武字营（章武军）11 营 4000 人，8 月 11 日从文县哈南寨出兵，攻进南坪的门户——柴门关，于八月十五中秋夜克复南坪城。欧利哇退往中上羊峒，在黑河塘永靖桥（今九寨沟县黑白河交汇处）设卡抵抗。这里是一个 Y 字路口，左边过羊峒往松潘，右边过四道城池往若尔盖草地。欧利哇选在这里驻守，可进可退。章武军在永靖桥前的薛家坝受阻。

　　周达武无计可施，求教扎如寺苯教信众中田四寨土官杨求珠。杨土官派女婿安乐大寨子的赵切让带兵翻山进黑河塘沟内，从羌活沟翻山到欧利哇的守兵背后，欧利哇腹背受敌，大军攻占了黑河塘，欧利哇退到羊峒八寨、和药九寨的寨子里。这时周达武的部队如果进攻羊峒八寨、和药九寨，势如破竹。正当周达武大军准备大举进攻羊峒八寨、和药九寨时，扎如寺活佛不愿生灵涂炭，劝说羊峒八寨、和药九寨不要与朝廷作对，为保全众生性命，立马缴械投降。各寨首领同意后，扎如寺活佛送信给林波寺活佛，松潘总兵联昌星夜给周达武来信，要求息兵止战，代表各寨首恳请周达武允许各寨缴械投诚。

　　松潘镇总兵联昌为何受林波寺活佛之请要求停战？原因有三：林波寺活佛对联昌有救命之恩；松潘破城后，林波寺收留救活了汉民 2000 余人；林波寺活佛和扎如寺活佛多方周旋调停，许以各寨 50 年不反。活佛的承诺，无人敢违反，解决了联昌 50 年的后顾之忧，联昌何乐而不为！

　　军政本是一家，周达武接受了联昌的请求，于是罢战。8 月 25 日，周达武和南坪各寨寨首土目在薛家坝会盟，收缴武器，遣散变民，按藏族的习俗，杀老牛，喝血酒盟誓"五十年不反"（民国《松潘县志·边防》）。

　　因林波寺活佛救朝廷官员，顾全大局，心系百姓有功，朝廷赐予"二品堪布"。中田四寨土官杨求珠助军有功，被封为"世袭土守备"，协助南坪营管理中下羊峒三十六寨。

　　此后 50 年里，各民族和睦相处，再没有发生战争。

谁护我周全

——"定坪军""蒸面人"与"辛亥番变"

> 松潘原为川军二十八军邓锡侯防地，他定松潘、理潘、茂县、懋功、汶川等数县为屯垦区，自为屯垦督办。所谓屯垦者，乃侵占藏人之土地山林，以供汉人之垦殖耳。
>
> ——摘自范长江《中国的西北角》之第一篇《成兰纪行》

林波寺活佛许以各番寨50年不反的承诺，如定海神针，让波涛汹涌的人心从此风平浪静。在全民有信仰的藏族中，活佛的话一诺千金，比皇帝的圣旨还管用，没人敢违抗。就算是再有反骨的人，也在承诺的这个期限内老老实实地做自己的事，吃饭睡觉，什么也不耽误。

我小时候，晚饭后去任何一家，在火垄子边，时常会听到爷爷奶奶们讲起好像和我们有紧密关系的一件事，说话时他们神情肃穆，语言充满敬意甚至有个人崇拜的意味。长大后我才知道，他们讲的故事就是辛亥番变。对我而言，不但听过故事，奶奶还带我到过故事的主角——居住在安乐寨的羊峒三十六寨土守备杨官成的家。杨官成"深明大义，胆识俱优"（民国《松潘县志·土司》），是同治初年松南"庚申事变"时协助周达武攻打欧利哇的赵切让之子，杨求珠土官是他的外公。因为杨求珠在松南"庚申事变"中立有奇功，被朝廷赏赐，中田四寨土官自此获得了可协助南坪营汉官管理中下羊峒三十六寨事务的权力。杨官成居住的安乐寨就是中田四寨的地盘之一，他是第三代世袭中田四寨及三十六寨"土守备"。

杨官成向来主张民族团结，性格稳重，关爱子民，体恤百姓。在他的仁厚关爱下，中田四寨的藏族百姓安居乐业，生活日益富强。对幸福的追求是每个人的权利，是民心所向。

当他看到松潘变乱的木刻时，陷入了沉思。

自己该何去何从？

我奶奶是安乐寨人，奶奶娘家和杨官成家是一墙之隔的邻居。当奶奶牵着我的手，走在铺满黑色羊屎的石头路上，奶奶给我讲，这高耸入云的碉楼就是杨家为了抵挡土匪而建的。

高耸入云的碉楼，是我幼年对安乐寨的印象，是安乐寨的标志。当我长大后进入内部，才知道其设计的巧妙。

现代人门禁系统的先进性，是摄像头、输入系统、显示器等电子设备。而杨官成时代的门禁就只有靠眼睛直观地观察了。在杨官成的碉楼，我领略了目光能转弯的奇迹，真是大智慧的体现。在大门右方一人高的碉楼的墙上，有一个碗口大的洞口，直看和碉楼的墙壁一样漆黑，但是头稍微往右一点，光线像是被挤压似的钻进在外面几乎看不见的一个洞口，沿着洞轻微的弧度蜿蜒而上，直达我的眼睛。这一段光线既不能叫线段，又不能叫射线，是从白进入黑改变颜色的过程，也是从直到弯改变性质的过程。但是，没有改变的是光对物体形状的传输。于是，通过稍微弯曲有弧度的瞭望洞口，我能清晰地看见站在大门外的一切物体，包括人。而外面的人绝不可能看见里面。

这只能算是碉楼的第一个机关。

楼上墙体上有内大外小的各种射击口：用于枪的是圆形射击口，用于弩的是十字形射击口。这些机关暗示了当时环境的恶劣。是的，那个时候，南坪如汪洋大海中的一片树叶，被时代的潮流拉扯、冲刷着，只能随波逐流。

1911 年，历史上不平凡的一年。在四川保路运动波及和总督赵尔丰严令镇压下，茂州（今四川阿坝州茂县）被理番三千人围攻，茂州知州飞章向松潘同知蹇念桓告急，请求派松潘巡防军驰援。谋士认为："今内地军兴，乱机已萌，自顾尚且不暇，况当年林波寺喇嘛所许五十年不反之期已过，防兵不可轻动。"（《松潘县志·专题记述》）蹇念桓顾及松潘和茂州互为唇齿，唇亡齿寒不说，还落得个见死不救的名声。今茂州有难，不可不顾，理应支援。蹇念桓不顾劝说，执意出兵援茂。众人见同知如此坚决，便不好再说什么。

其实这时的松潘，连空气都好像不安分，可谓内忧外患，剥削阶级与被剥削阶级之间已经水火不容，暗地里波涛汹涌，就差一个导火索，一个引发点了。

蹇念桓刚将巡防军派出解救茂州之危，松潘热务沟就发生了民变。变民打着"除苛政"的旗号，一呼百应，围攻松潘城。10 月 25 日，松潘城沦陷。

当年林波寺活佛承诺的"各寨五十年不反"的期限已过，就如孙悟空头上的紧箍被取掉了，孙悟空调皮捣蛋时不再受紧箍咒的约束。当年的承诺已经过期失效，没有了承诺，民众的行为将不再受约束。

松南"庚申事变"的惨剧，50 年后再次上演。

大舅赵震东给我一样东西，翻开看是他的祖父赵弼成于辛酉年全月（1921年12月）所写的回忆他祖父赵铸九的文章《辛亥革命与南坪"定坪军"》：

清宣统三年，辛亥革命肇起，推翻帝制，各省宣布独立，拥护同盟，缔造共和制。七月四川保路运动同志会成立，远近响应，大局动摇。汶川理番等地集汉、番二三千人进取茂州松潘番夷，借松潘边防军引军援茂之机，以抗苛政为名，围困松潘、漳腊两城。十月松、漳沦陷……

南坪派去支援松潘的巡防军都司帅登瀛途中带印逃跑，部队作鸟兽散。没有巡防军的保卫，城防空虚，南坪告急。面对防兵全无，官员逃散，百姓惶惶不安，各寨土官也面临摇摆不定的复杂、危险局面，南坪巡检李泽也闻到了空气中的血腥味，他惶惶然坐立不安。活人还让尿给胀死？不能坐以待毙跑吧！"庚申事变"时，南坪被屠城，血流成河。这次又和上次一样，历史又会重演。留得青山在，不怕没柴烧，逃跑是唯一能保全生命的方法，跑回遵义老家躲祸藏命去吧。

李泽带着家眷刚跑到下桥，就被70岁的乡绅赵铸九跑步追上。李泽哭着说："今不放我，定死无疑矣，我全家数口何所依耳？"赵铸九拉着李泽的衣襟，声泪俱下："汝此言差矣，南坪地方如一盒蜂耶，官为王，众蜂民耶，王已遁逃，而民岂有不散之理？为今之计，莫如召集地方有为之士，善筹良谋，以保地方。"赵铸九的意思是：李泽啊，你就是蜂王，蜂王跑了，蜂民们还不一哄而散，寻找新的主人去了？

终于李泽被劝回，和赵铸九密议出一个计谋。南坪有救没救，成败在此一举。

当天夜里，李泽和赵铸九邀本城士绅多人，准备香蜡一同前去武圣宫，祷求武圣帝君降签明示。李泽当众抽得一签，是第六十四签，上面写着："庚丁上上，鲁众连排难解纷。"另附诗一首："吉人相遇本合同，况有持谋天水翁。人力不劳公论协，事成功倍笑谈中。作事而今迥不回，主谋全得七十公。蒲帆能趁东方便，万里蓬莱咫尺通。"

次日召集汉、番父老绅士开会。李泽将求神抽签之事对大家说了，并解读签所示的内容：主持大局的贵人，是赵姓的70岁天水籍老者，能否成功保城指望全城的父老大众团结一心。当时在场的士绅只有赵铸九年满70岁，祖籍甘肃天水。天机不可违，事事相应，加之赵铸九平日里就智勇双全，全体士绅一致同意赵铸九主办其事，李泽封赵铸九"分司"的官职及执掌城中士绅听派受遣等权力。众士绅完全同意，并对赵铸九寄以重望。赵铸九推辞道："余年古稀，家事未使照，何希一官耳。不过在咸丰庚申之变中，余避难逃生阴平（今甘肃文县），前后近十年，所经磨难，言之痛心，今幸存认识，理当效力尽责。今地方存则吾存，倘地不存，何其有家，吾不能再葬身他乡矣。"

赵铸九的幼年深受"庚申事变"其祸，流离失所近十年。吃的苦，受的罪，不堪回首。这段经历让他刻骨铭心。没想到50年后，这个生他养他的民族走廊再一次发生叛乱，这势必会引起民族间的仇杀，又将生灵涂炭，血流成河，让他再一次饱受命运的磨砺。赵铸九仰头而哭，我老了，死不足惜，这满城的百姓，还有这年幼的儿童，他们得活下去。他产生了强烈的求生意识，保住城，就是保住了家。他誓与城池共存亡，城在我在，城不在，没有家也就没有我了，我这把年龄，不能死在异乡葬在异乡。现在唯一能做的，就是大家团结起来，想办法共渡难关。

赵铸九已经70岁，到了古稀之年，不能葬身于他乡是他的动力。不成功便成仁，他孤注一掷。

原来，李泽和赵铸九早有密谋，众士绅晚上要去武圣宫求签，秘密做三支第六十四签，上面写着相同内容："庚丁上上，鲁众连排难解纷。"在黑夜微弱的灯光下，就算李泽看不清楚，也有机会找到第六十四签。

事情的发展按照李泽和赵铸九的安排顺利进行。

这原本是十万紧急的事，没有时间另谋他策。况且天意不可违，就这样吧，渡过眼前的难关才是最重要的。汉族乡绅和藏族各寨土官商定组建"定坪军"：

> 斯时，汉有本邑老少士绅马贞吉、左晋堂、赵冠英、徐芷升等，番有杨尹卿（杨官成）、杨生荣等土官，共请吾祖父铸九公为南坪全境大团总。下设三队，赵荣光、张荣轩、王雁宾为分队长。赓即整武备，征粮秣、制旗帜、置军需、编壮丁，三日内而"定坪军"成立矣，随清理修缮武营残留武器军备，共制大计方略：力和白河番夷，严堵防黑河作乱。此举全赖杨尹卿、杨生荣等土官带领汉绅马贞吉、左晋堂等上白河导说尤中盖及其他土司亲善和好，永结谊谊。以怜乡惜民为重，共守地方和安为上。与白河番夷结为盟好。独黑河而力单若有变故，堵截无虑矣。谋策有方，筹略得计，未出事而地方安，实为百姓之福。"和夷联盟"之功矣。怀德与民，桑梓难忘也。（《南坪乡土志·武备》）

赵铸九被众人恭请为"南坪全境大团总"。赵铸九发话："即由官掌事由吾握，如有不良之辈暗中靡难者，余当行松潘厅之权，斩杀从事。"众士绅共制大计方略：力和白河番夷，严堵防黑河作乱。赓即整武备、征粮秣、制旗帜、置军需、编壮丁，三日内而"定坪军"成立矣。随清理修缮武营残留武器军备，制定此次保护南坪城的大计方略："力和白河番夷，严堵防黑河作乱。"三日内成立了定坪军，一致推荐中田四寨土守备杨官成出面化解番汉矛盾。

杨官成，又名杨尹卿，娶了一位善良、贤惠的妻子雷代女。夫妻商量以念经为由，召集各寨土官、喇嘛头人们聚居到安乐寨的家里，统一思想，稳定人心。杨官成夫妇热情款待土官、喇嘛，命人杀牛宰羊，不一会儿，下人端上了手抓羊肉、腊肉排骨、血肠、洋芋糍粑、长荞面、荞饼、火烧肉馍等美味佳肴。

人人都有慈悲之心，对生命都有怜悯之情。而战争却是将生命视为尘土、蝼蚁的麻木行为。如果杨官成一点头，这片土地上将会生灵涂炭，将会尸陈遍野、血流成河。可能我的太祖父太祖母、祖父祖母也会无一幸免，而我们也就失去来这世上的机会。

想想这是多么恐怖的事！

对于扶州弹丸边城之地而言，历史上这样的战争还少吗？对这片土地的争夺，藏汉民族走马灯似的交替统治，百姓命如蝼蚁。藏汉之间的战争，让人口锐减，土地荒芜。仇恨的种子埋在人们的心里，伺机而发。复仇成了生存的第一目的，生命的目的就是为了复仇。

安乐寨的大舅爷刘元才读过私塾，在安乐寨这个小地方算是知识分子。2017年6月的一天，听说大舅爷病了，我到安乐寨看望大舅爷。奶奶是大舅爷的姐姐，去世十多年了，大舅爷看见我非常高兴，我知道他看见我就像看见他至爱的姐姐一样，我能理解大舅爷的心情。每当我看见安乐寨和奶奶差不多年纪的老年人，他们总会和我说起奶奶，我的眼泪就忍不住长流。大舅爷知道我爱写作，总是用他黢黑粗糙的手拉着我的手，给我讲这片土地上的人和事。

大舅爷讲，杨官成小名叫水生，是安乐大寨子瓦房赵家的大儿子，十多岁时给杨家当儿来到安乐寨，死的时候不满50岁。大舅爷描述的杨夫人，高个子，瓜子脸，人长得非常漂亮，更重要的是个人精。人精这个词是褒义的，赞美她很会为人处世，是对一个人的最高褒奖和肯定。难能可贵的是杨夫人对万物生灵心存慈悲。杨夫人是罗依大寨子的喇嘛兄弟的女儿，出身于世袭喇嘛的名门望族，在当地非常有威信。喇嘛家是藏族里的书香门第，他们读古藏文，读羊皮上写的经文，精通天文地理，懂得将逻辑推理运用到生活中，对子女有一整套严格的教育方式，有别于一般藏族人家。喇嘛家的孩子在思想上、见识上、思考问题上会站在公正的立场，从有利于事情发展、以人为本的角度思考分析问题。所以，出身喇嘛家的杨夫人从小受到良好的教育，以至于长大嫁给杨官成土守备后，地位的尊贵，没有让她的眼睛蒙蔽而看不见百姓的疾苦，也没有让她的心和百姓们分离。她总是以慈悲的心肠，站在普世的、以人为本的角度来对待老百姓的疾苦和心声。所以，她能做出让世人敬仰并流芳百世的壮举，做出有利于民族团结和睦的杰出贡献。

1911年，恰巧轮到在我的老家中安乐的过街楼子上念"关经"。念经期间，部分头人提出，"六十年一大反，三十年一小反"的反期已到，松潘已经将起事的木刻传递到中田四寨，我们是否响应。杨官成说念完经后再商议。面对复杂的局势，经过激烈的思想斗争，杨官成和夫人做出了一个重大决定。杨官成告诉众人，此次谋反，想知道有无反星，就要蒸面人，反不反由神灵决定。做白面的面人代表汉人，做荞面的面人代表番人。蒸一炷香的时间，如果白面人倒在蒸笼里就代表汉人败，可以反；如果荞面人倒在蒸笼里就代表番人败，无反星就不能反。杨官成和夫人计划暗中平息这场战争，决定以蒸面人的方式，以面人的"立"或者"倒"来决定战争与否。

杨夫人带领妇女们劈柴挑水、和面蒸馍。厨房里人来人往，热气腾腾。锅里热水翻滚，由大喇嘛亲自将荞面人放在蒸笼的上层，白面人放在蒸笼的下层。大喇嘛命人杀了一只红色公鸡，将鸡血沿蒸笼淋了一圈。开始蒸面人了，所有人虔诚地念诵"度经"祈求神佛，让神佛定夺有无"反星"。

杨家厨房的后墙开了一道门，紧邻我舅爷家的大门。杨夫人从她家的大门出去，从后门进到厨房，神不知鬼不觉。夫人定了定激烈跳动的心，在蒸笼旁准备行动。她伸向蒸笼的手缩了回来，如果被人发现，后果不堪设想。如果没被发现，在神灵面前作弊，会不会得到惩罚？夫人心一横，只要不把这么多人拉入战争，一切不好的后果我来承担。她迅速地揭开蒸笼，将荞面馍放倒。

"关经"念完，刚好一炷香燃完。高僧喇嘛、杨官成等人聚拢在厨房，大喇嘛亲自揭开雾气氤氲的蒸笼，所有的人傻了眼，蒸笼里代表藏人的荞面人倒了一半，代表汉人的白面人直直挺立。众人倒吸了一口冷气，无反星！不能谋反，天命不可违，违者必遭天谴。此时喇嘛们无话可说，打消了谋反的念头。中田四寨的人心稳住了。

杨官成为稳定白河民众的人心，约谈了龙康七寨的土司尤仲盖，让他劝导群众，不呼应谋反。随后，杨官成和汉族代表马秉忠、左培怀会同芝麻五寨土官杨生荣，与羊峒八寨、和药九寨土官在沙坝草坪会盟。经过三天三夜紧张的谈判，双方歃血为盟，终于达成和平相处协议。杨官成又马不停蹄地奔向黑河，在香扎河坝与包座阿细土司委派的三位土官进行谈判，最后达成协议，由黑河民众每年给阿细土司栓头银一百二十两，三位土官每人二十四两，由包座土司负责黑河全境平安。

经过众多有识之士的不懈努力，在松潘完全沦陷时，唯有南坪全境得以保全。没有出现松潘、漳腊破城后民众流离失所的现象，避免了松南"庚申事变"时民族仇杀的惨痛局面的再次出现。

后来此事被申报给四川政府，政府委任赵铸九为南坪全境督统，奖二等银质勋章一枚，三等银质勋章一枚。民国二年（1913）四川政府赠予赵铸九"保全桑梓"的牌匾以示嘉奖。

在藏汉民族和睦相处的宽松环境下，赵铸九的孙儿赵弼成饱读诗书长大成人，1921年他写下纪念祖父的文章《辛亥革命与南坪"定坪军"》，给后人留下了宝贵的精神财富。他继承了爷爷的担当，敢作敢为，后来做了一件九寨沟历史上前无古人后无来者的一件事：民告官，为贫苦老百姓申冤，最后赢了官司。

因为各方努力，因为"蒸面人"的计谋，使辛亥番变的战火没有殃及南坪这个边远小城，这个藏汉杂居的边地因此赢得了长时间的无战事。藏汉两个民族之间继续亲如一家，和睦相处。杨官成和杨夫人拯救了无数生灵的性命，他们的智慧和悲悯的情怀被世人传颂，他们应该得到世代的缅怀和敬仰。

然而，"蒸面人"的后果还需人承担责任，事情没有结束，还有后续情节。

最终，喇嘛们知道是杨夫人骗了他们，非常生气。他们诅咒了杨家。杨家的男儿49岁时都将死于非命或者疾病。家里没有主事的男丁，杨夫人就是家里袒护幼儿的母亲，总是时刻给予孩子们关注。她关注的不是一个小家的幸福，她更像一个全体人民的慈母，关注着她的子民的安危与饥饱。对于如此仁慈的杨夫人，百姓记着她的好。

杨夫人寿终正寝，她的后事异常风光。大舅爷给我描述了当时做道场的情景：

喇嘛超度杨夫人的念经声在安乐寨上空盘旋着，回鸣着，万物生灵、草木精灵都接受着佛的感化，人们心里对于和平更加向往。这是杨夫人毕生努力的结果，在九泉之下的她会高兴的。

在家里供奉的神灵面前，一个个金光闪闪的油灯碗里，放着一小块圆圆的酥油。大舅爷当时只有十来岁，他的任务是点酥油灯。这是一个细致的活，点灯人要不慌不忙、呼吸匀称，手不能抖动，一个一个地将灯点燃。七天七夜，大舅爷说不知道点了多少灯，他一门心思地只知道点灯、点灯、点灯……

十二个阴阳在老房子念经，念了七天七夜的经。为超度亡灵，汉人忌口，不杀生，吃素。还要做"杀鬼王、烧火焰山"的道场。"杀鬼王"是用五斤面做的鬼王模样的馍，在念完七天七夜的经后，将此鬼王"杀死"。"烧火焰山"，是在一个空旷的场坝用木头搭一个花架子，将草纸一摞一摞地码在花架子上，念经做道场，然后烧掉。

十二个喇嘛在碉楼里念经，也念了七天七夜。喇嘛不忌口，吃席。喇嘛用糌粑面捏手掌大的面人。念一段经，把带了七灾八难的面人送走一个。

杨夫人出殡那天，南坪街上的名流赵受百、袁承基、杜洪才等八大家的掌门人全部来了，并跟随送葬的队伍将杨夫人送到坟前。长枪短枪齐鸣，枪声震耳欲聋，在山里回荡了很久。坟前的子弹壳落了厚厚的一层。

在可持枪的年代，安乐寨一直保持着节庆红白喜事不放鞭炮，而是朝空中打枪的习惯。这是安乐寨与其他寨子截然不同的特色。

我劝大舅爷吃锅兰花烟，休息一下再讲。这时，大舅爷的藏族老兄弟杨永连听说大舅爷病了，专门来看他。他们做了一辈子的邻居，"远亲不如近邻"，他们的感情堪比亲人。几句简单的寒暄后，按一辈子的老习惯，两个老哥们各自摸出自己的烟锅子，按礼数该主人给客人点烟，可杨爷爷首先摸出打火机，"啪"的一声，一道明亮的光亮照亮两个老人的脸，大舅爷微笑着使劲吮吸着，脸颊凹陷，颧骨高高地凸出，淡蓝色的烟雾从大舅爷的烟锅子里飘出，大舅爷吐出一口气，黑红的皱纹如黑菊花般盛开。

我赶紧拍下这个画面，让比邻而居的藏汉老哥俩的亲热劲，和脸上如菊花般的笑容，连同皱纹里的故事成为永恒。

百年春华秋实

一

仓颉造字，汉字是可以想象和解释的。比如汉字"愚昧"的"愚"字，上半部分"禺"字的意思是："（山）角落。引申为（道路）不通达。"底下加上一个"心"，意思是一个人的心灵或者头脑阻塞，脑子不清楚，自己理不顺脉络，处于阻隔困顿的状态，看问题想不明白，思路不清杂乱无章，抓不住核心和要点。

愚字用在百年前的九寨沟，再合适不过。为什么呢？因为九寨沟地处岷山深处的一个角落，大多数人没有知识文化，又无法知道外面的世界，自然愚昧。愚昧延伸向另一个词语：无知。无知者无畏，民风剽悍，生活贫穷也理所当然了。

后来外出读书的人多了，人们逐渐意识到只有以文化之，才会打通愚昧的大脑。

近代，西方列强侵略，鸦片毒害，如何解决国人愚昧思想的问题？鸦片战争结束后洋务运动开始了，但是，一个国家要富强，必须文武兼治。鸦片战争打醒了一批有识之士，有人认为要有钢铁长城般的军队，于是组建北洋海军保卫国土；有人认为要唤醒沉睡的国人，就要兴办学堂，"启民智、开民心"。

受到历史使命的感召，一介书生殷文达回到家乡九寨沟，在家里兴办起了学堂。殷家大院的正厅门上悬挂着一个匾额：品重上庠。朝廷奖励他办学堂惠及乡里，赐给殷家这个鎏金匾额。

来殷家学堂就读的学生不只是殷家子孙，或者用人、佃户的孩子，还有附近山上的藏族孩子。这些孩子天亮就下山读书，天黑上山回家里。路途艰辛，狐狸、狼等动物无处不在，但就算危险也阻挡不了孩子们对文化知识的渴望。殷家不光是教文化知识，还管学生的中午饭，粗茶淡饭管够，殷家人和学生吃一锅饭。每天都是这样的场景：殷家老太太颤颤巍巍地亲自给学生盛饭，陪学生们吃饭。天长日久，山上的藏族不好意思了，给殷家一块十亩的土地，取名"殷家官地"。这块地种的粮食足够供读书的学生们吃饭。于是，殷家官地作为藏汉学生一起读书的见证，流传至今。时代在前进，退耕还林后，殷家官地如今只剩一个地名，故事依然在传承，并不妨碍殷家品重上庠的重教行为。

汉族学习孔孟之道，是开启智力的行为；而藏族也学习孔孟之道，则是有海纳百川的胸怀，向先进文化学习，提高民族素质的举动。

异地求学的学生就没有这么好的待遇。但凡能送孩子去异地求学的，也算是殷实之家。南坪学生去读书的，无外乎是松潘、汶川或者甘肃文县、碧口。下松潘读书，是梦想也是行动，哪怕冒着被土匪抢劫或者被杀害的危险。"求学路，几多苦，踏破山河千层履。乘风雨，驾云雾，山重水复松潘府。"

为什么叫下松潘呢？明明松潘海拔比南坪高近1000米。松潘的纬度是北纬32°，而南坪的纬度是北纬33°，说到底，南坪在松潘的上方，说下松潘也算对。男孩子骑马，女孩子坐滑竿，360多里的路程，没个七天八天走不到松潘府。

县内更多的私塾出现了。一般绅粮之家，家里总会请私塾老师给自家孩子教书，仁慈的绅粮也会让家里长短工的孩子或者邻居家的孩子一起读书，也算陪读。我的大舅爷就是和杨官成的孙子杨承先一起读书。杨家提供了场地，私塾老师可不愿意免费多教一个孩子，大舅爷家就每学期给老师两吊腊肉，一斗玉麦。他们读过《大学》《中庸》等古书籍。大舅爷是安乐寨最有文化的人之一，中华人民共和国成立后一直是队里的会计，很受人尊重。

藏族孩子不但要学习汉族的传统文化，也要学习藏文。一般汉文学七年，藏文学三年。在哪里学藏文？在寺庙里，或者在喇嘛那里。杨官成就是在罗依喇嘛那里学习藏文时和喇嘛兄弟家也在学习藏文的雷代女相识相爱，后来成就了"蒸馍避战"的一段佳话。

事实证明，但凡能拯救大众的人，都是有知识、有文化、有见识的人。

百年前，南坪本无学校，穷乡僻壤，人才匮乏，封闭落后。想强大，必办学。从无到有，仁人志士办学道路何其艰难。

《南坪乡土志》记载："松潘设高初两等小学校，附设师范传习所……南坪距松潘三百六十余里……光绪三十一年，南坪巡检德盛，以旧义学两堂，改为初等蒙学两所，期满送松毕业。莘莘学子，一困于财力，再困于路荒。十余年间，南坪学子无一人升入松学者。"从这段史料看出，几岁或者十几岁的孩子，想读书要骑马坐轿360余里去松潘，这该是怎样的艰难？大部分人家境贫寒，只有少数殷实之家的孩子才有读书的可能，但父母念其年龄尚幼，生活不能自理而作罢。十几年南坪竟然没有一个学生去松潘读书。如此下去，怎样出人才？怎样以文化人？

民国九年，学绅赵仕魁、徐步蟾，痛念南坪欲出人才，非改办高小学校不可。遂同邑绅马登洲、左培芝、左培荣、左奉璋会商，呈请县佐胡国清，转呈上峰，批准立案。十年，开办高等，校舍就都司署旁之萧曹馆培修……十二年，校长徐步蟾因学款支绌，呈请松潘县在南坪税收项下，每年拨洋四百元，补助本城高小经费。（《南坪乡土志》）

学校，是一个地方是否富强的标志。南坪的税收靠抽斗、秤、柴炭等税捐，在仅有的税收里拨大洋400元资助教育，让人感动。

"从来国家之强大，视乎人才，人才之消长，视乎学校，学校者圉强国之基础，育才之根本也。"（《南坪乡土志》）这就是当初非得在南坪办学的原因，一群有强烈家国情怀的绅粮，具有为国家强大、家乡发展办学的超前意识。不重视教育，无法为国家和家乡的发展建设提供人才支撑。

民国九年（1920），邑绅们争取资金、培修萧曹馆和武庙，筹备办南坪高等小学。在庙宇里办学，在中国几乎是一个惯例。因为庙宇是一个地方最好的建筑，也是最清净的场所。南坪但凡有"耕读传家"传统的家族，再难也要供孩子读书。"万般皆下品，唯有读书高"，知识可以改变命运，这是改换门庭的唯一机会。据说三代人的努力，可以培养出一个人才，路漫漫其修远兮！

1921年南坪第一所高等小学正式成立。徐步蟾热心学务，被委任为第一任校长。当时有两个老师，有20个学生。1924年，徐步蟾在开学典礼上对学生训词："学校教育以养成学生品格为宗旨。视品之良否在于操行。操行之美恶，在于管理。管理一职，位学生趋向所关，德业所系，稍有疏忽，不性骄兢之念易生，即要扶之风日炽。"这所学校就是九寨沟实验小学的前身。

曾经给我母亲取名的县佐闫子章对教育也非常关心，将原"都司衙门"衙舍全部修改，当作学校。还新建了教室6间、宿舍2间，还建了办公室、校长室、阅览室、体育场、厨房、厕所、花园，购头图书300余册，由学生自行管理。开设的课程有国文、算术、地理、历史、自然、公民、常识、手工、图画、体育、音乐等。学生人数120人。

老百姓对教育的呵护，体现在具体的每一件事中。关于教师的工资问题，曾经有地方官员克扣教师工资。母亲的祖父赵弼成亲自写状纸，成为南坪民告官并且打赢官司的第一人，维护了教师的权益。

1938年，学校改名为南坪各乡联立中心完小，是当时南坪唯一的比较完全、完整的公立小学。1941年，南坪各乡陆续在原有短期小学的基础上建起保国民学校。同年开办女子小学，在当时算是开了先河。1921 年到 1949 年，南坪高等小学先后开办 14 个班，成为当地学校教育的中心和最高学府。1953 年到 1957 年，全县已有完全小学 4 所，初级小学 17 所，入学人数达到 1032 人。

学校是一个地方文明进步的标志。1931 年吴佩孚来到南坪，作为"儒帅"的吴佩孚，重视教书育人。绅粮们在武庙的高等小学接待了这位大人物。我外公赵鑫宗端着倒满墨汁的铜盆，吴佩孚手拿一把棉花蘸饱墨汁，写下了"权衡三教"四个苍劲有力的大字。这三教是"儒释道"。儒教是官学，是圣教，是信仰，是中华民族传统文化的核心、精髓和灵魂，是中华上下五千年文明史的代表。由此可见吴佩孚对教育的重视。

二

1958 年，国家在武庙的原址上重新修建了第一小学。

小学虽然办得欣欣向荣，却没有一所中学让孩子们延续学业。1956 年，南坪学生多分布在汶川、茂县、松潘等地就读初中。如果去威师校读书，要从南坪走七八天的路到昭化，坐火车到成都，再从成都坐汽车到汶川。读书，需要的不只是钱财，还要有体力和胆量。这种情况下，一个女孩子能读书，那简直是不可能的事。

1958 年，南坪初级中学成立，是南坪第一所中学。1972 年增设高中部，学期两年制，南坪中学成为一所完全中学。

我婆婆妈徐桂英就是这所学校的第一届初中毕业生。和周围的女子相比，算是文凭很高的了。他们班上同学的年龄相差十来岁，同学中还有年龄较小的 15 岁的知青或者结婚了的 20 多岁的知青来学校学习。家在成都宽窄巷子的余慧蓉，来南坪当知青，当年只有十五六岁，年龄太小，被组织安排和婆婆妈一起读完初中。和婆婆妈同学的，还有李桂芬阿姨，她当时已经结婚，也要来读书。学校补助生活费，管吃管住。那个时候的初中毕业生，人们啧啧称赞，说那文化水平是相当地了得。

后也因为学工、学农、学军，学业被耽误。我父亲读书至 1960 年困难时期辍学，但所学的知识，父亲受用了一生。他也算是有文化的人。

这期间，各乡镇在乡镇所在地成立了中心小学。1955 年南坪土改，土改后离乡镇较远的村庄成立了村小。村小一般收一年级至三年级的学生，教学方式是复式教学法。"复式教育"大家比较生疏，就是一个村庄里一年级到三年级的学生都在一间屋子里上课。一个村子原本没多少学生，三个年级的学生加在一起无外乎一二十个人。老师则是聘请的民办教师上课。

我三舅爷的女儿刘吉英，我喊表娘，就在安乐寨当过民办教师。我奶奶带我去看过表娘，我在教室里还旁听过表娘讲课。一间屋子里，竖着摆放着三列桌椅，每一列桌椅坐着同一个年级的学生。表娘给一年级的学生上课，二年级和三年级的学生做作业，讲一二十分钟后，让一年级的学生做作业，给二年级的学生讲课。如此循环。我观察了一下，有的学生在做作业，有的学生在听别的年级的课，有的在搞小动作。这样学习，效果自然不会好。没办法，等到这些孩子长大一点，才能走几公里的山路，去中心小学上四年级。

复式教学法，是那个时代的特殊产物。

三

而我是幸运的。外婆和母亲生活的年代，一个女孩子想要读书该有多么艰难。虽然我家就在学校旁边，外婆也坚持要我到县城第一小学读书，她坚信第一小学这个历史悠久学校的文脉悠悠，她相信第一小学的质量首屈一指，她知道第一小学老师尽职尽责，她喜欢听校园里的书声琅琅。外婆和母亲将她们遥不可及的读书梦，加之于我，她们要让我接受最好的教育，她们想让我有个锦绣前程。

带着家人的期许，带着五彩的梦想，我到第一小学学习。学校威严神秘，老师严肃认真。高低两个台地上的教室呈倒U形分布。校园里一切显得井然有序，书香扑鼻。脚下的水泥地面被磨得发亮，显示出第一小学建校时间的悠久和学生的众多。地面发出黑灰色的光泽，这是被时间包浆了的色泽，似一面镜子隐隐约约地照出上面的房子和人的影子；院子里红砖镶嵌的地方中间明显地凹了下去，这是红砖对踩在它上面的小脚的托举。老师的讲课声和学生的诵读声，是天底下最好听的天籁，我为之着迷。

使我终身受益的，不光是课堂上所学的文化知识，还有每天下午放学后的兴趣小组的活动。我对什么都感兴趣，可能是那个年龄段孩子的好奇心使然，我报名参加了国画班、毛笔字班、模型班、武术班。

我买了毛笔和宣纸，跟着国画班的白登亚老师学习中国画，画竹子和兰花。跟白老师学习如何构图，下笔的轻重、运笔的快慢、构图的繁简。艺术是相通的，国画的表达方式让我明白文学作品中留白的重要性，以及作品中需要密集表达的地方和程度。这个理念延伸到今天，让我对写作也能触类旁通。张玉梅、刘锐、郭惠玉老师先后教我语文，教写毛笔字，主要是描红。我的大字本上经常有郭老师用红毛笔画的圆圈，红圆圈是对写得好的毛笔字的肯定，对我来说是极大的鼓励，数一页纸上得了几个红圆圈，不亚于考试得 100 分时的激动。记得郭老师经常拿着我的大字本在班上展示，这是让我对汉字产生浓厚兴趣的最早的启蒙。模型班在一个年轻男老师的带领下学习安装一艘船，木板组装的能自己前进的两层的木船，船身的各个部位是用白乳胶黏合的。船身里有一些简单的线路，安上一节电池，把船放入水中，启动开关，船就能向前划动。成功的喜悦冲淡了一段时间来的失败，以及反反复复拆装的郁闷。学习组装船模，磨砺了我的性格，培养了我的耐性，我受益匪浅。武术班的道具是一把剑，父亲给我用木头削成一把木剑，剑的尾部钻了一个孔，拴了一节红丝带，当手里拿着剑，红丝带迎风飘舞时，不知引来多少羡慕的眼神。音乐课需要风琴伴奏，课间十分钟时，就要组织同学把风琴抬到教室。周小红老师教音乐，课后练习时，她喜欢让我弹奏练习。得到周老师的表扬，我对弹琴又产生了浓厚的兴趣。20 世纪 80 年代，能拥有一架风琴或者电子琴，简直就是天方夜谭。浓厚的兴趣使得我做梦都在弹琴，但是怎么都弹不出声音。从梦中醒来，往往急得满头大汗。我想办法在纸上画风琴的音阶，在纸上弹琴。我弹琴的兴趣因种种原因被压制，被搁置，但从来没有被忘记过，这是我无法实现的梦想。

直到前年，我买了一台电子钢琴，想圆我童年时一个无法实现的梦。今非昔比，音乐知识早忘记了，自己摸索着弹简单的曲子，没老师指导，指法也不对，没法继续。但是老师培养的兴趣，一生都没有改变，我还是关注弹琴，我不知道以后会不会有时间、有机会学习弹琴。时过境迁，遗憾终究成了遗憾，但在我的心里如陈年老酒，历久弥香。

我们终究会长大离开。短短几年的学习，虽然只是人生长河里的一小段，但是这段时间对于我的重要性是不言而喻的。对各个学科和艺术种类的启蒙，改变了我看待周围事物的目光，让我努力做一个综合素质高的人；广泛的兴趣，伸展了我生命的宽度，培养我争取做一个"腹有诗书气自华"的人；丰富的课余生活，给我的人生画上五颜六色的色彩，并给我编织了一个坚实的理想翅膀，让我从这里起飞。

一晃四十多年过去了，在城关一小读书的美好时光让我终生难忘，这是岁月给我的烙印，是时间留给我的最美好的记忆。城关一小和老师们对我全方位的培养，给了我满满的自信，给了我立足的资本。在我的生命里如一块垫脚的砖石，结实、在位。因为有母校的托举，让我看得更高更远。母校用双手托起了我的人生，让我能有机会看见更广阔的美丽世界，并能发出自己的一份光和热。

切片范长江《中国的西北角》之九寨沟足迹

我生活在自己所处时代的时间缝隙里。这个缝隙是我的人生特有的通道。既不能上前一步跨越到父母的时间通道，也不能后退一步到儿子的时间通道，更不能越过两级到爷爷奶奶的时间通道。范长江的《中国的西北角》硬生生地将我拽到1935年，描述了一个个我既生疏又熟悉的场景。《中国的西北角》作为一个媒介，像黏合剂，范长江把我头脑中散乱的人和事，放在书里描写的特定场所里，让如烟而逝的人重新活了一遍，无论悲欢。为飘忽不定的、无处生根的人找到生活的背景，用于安放身体和灵魂。

跨越百年的人事，寻找事情发生的地点，这就是所谓的穿越吧！

我记忆里家族代代相传的故事，总是从松潘和九寨沟交界处的弓杠岭开始的，或者从秦蜀交界的柴门关或者野猪关开始。这是我的族人进入九寨沟这片区域的三个关隘。范长江和我的爷爷都走过这条路。1935年，红军长征第二年。范长江27岁，是《大公报》记者，写中国西北角的见闻。我爷爷25岁，血气方刚，是家里的顶梁柱。

"盖此平平之草地，乃一高四千余公尺之山梁，名弓杠岭，为嘉陵江正干之支流白龙江的支流白水江与岷江北源的分水岭。"正是在此处，一个叫"金线吊葫芦"的低矮山包处，今天岷江源头的地方，爷爷遭遇加巴（土匪），几乎丧命。如今，平躺着的葫芦山底部被取土而不再平整，葫芦山的前面一排玻璃房子挡住了视线，一切都物是人非。

松潘在军事上至关重要，胡宗南部和徐向前部在松潘激烈开战，红军失利后决定爬雪山过草地到陕北。松潘是边远小城，一向靠运输川中或者陇西的粮食过活。部队长时间驻扎，致使粮食非常紧张。松潘原是川军第二十八军邓锡侯防地，一直以来，官僚和军阀用各种名目剥削敲诈藏民。尖斗浮收，最后导致当地藏民发动"庚申事变"，这是后话。

南坪和松潘毗邻，自古商贸往来不断。弓杠岭既是青藏高原向四川盆地的过渡地带，又是松潘和南坪地域的分界。南坪的柴门关、野猪关位于川甘两省交界，地理位置特殊。保持这一区域的通道畅通，显然非常重要。松潘漳腊产黄金，范长江写道："平日采金工人一万三四千人，各路来此之商贾云集。"

这么多人吃喝用度需求量大，是难得的商贸活跃地带。爷爷瞅准这个机会，和邻居韩家爷爷，赶上骡马，驮上粮食、腊肉、本地粗布、成县大曲、草鞋等物品，希望卖给挖金人赚钱补贴家里的日常开销。

至于爷爷沿途所见所闻，我们不得而知。但是范长江还原了当时的情景：

> 军兴以后，交通断绝，粮食无来路，金货无出路，于是各厂皆相继停工。工人平日皆无存蓄，今一旦失业，生活毫无办法。且此地工人，大半吃鸦片，烟饭两缺，逃难他乡，亦不可能。其身体弱者，多死于章（漳）腊附近，身体稍能行动者，亦多死于数十里外之道途中。沿途饿殍载道，臭不可闻。

弓杠岭自古出土匪。加之粮食如此短缺，过往的商贾如同一块肥肉。爷爷去做买卖的这一趟，周边不知道有多少眼睛盯着爷爷赶的骡马背上的货物。不出所料，最终，爷爷被加巴劫持到金线吊葫芦山里的岩洞。所有的货物被抢，爷爷的头上挨了两刀。和千百人一样的命运，在如此乱世，命如草芥，爷爷最终无外乎会成为道旁的一具死尸，混入死人堆里，慢慢化为黑土。可是，爷爷命不该绝，在快要失去意识的最后一刻，爷爷砍断了拴马的缰绳。爷爷喂养的马，通人性、懂爷爷，它俯下身子趴在地上，驮上爷爷，绝尘而去。漳腊金厂有人看见一匹马驮着一个血人飞奔而来，警戒起来。金矿的管理者为洗清他们草菅人命的恶名，显示出他们对生命的关爱，特意去松潘城请来胡宗南的军医，军医拿出看家本领，用治疗军人刀枪伤的药给爷爷包扎治疗。被砍开了头骨，看得见脑髓的爷爷得救了。爷爷是幸运的，在他们特别的照顾下，捡回了一条命。军医把药的配方传授给爷爷：象皮一两、麝香一钱、冰片五钱、血竭一两、银珠五钱。从此周边有砍柴受伤的、剁猪草手受伤的或者挖地挖到脚的……爷爷都用这个配方免费为他们治疗。这也许是军医所希望看到的。不得不说，胡宗南部队的军医医者仁心。他是我们家的救命恩人，可是我们竟然连他的名字都不知道。

有关土匪的话题，自然牵扯出我们家的另一个故事。

这个故事和范长江书里记载的江油、草坝有关。

爷爷的姐姐，我的大姑奶奶，嫁到黑河草坝。范长江在此书里记载了这个地方："黑河亦为军事上要道，其重要不在踏藏下。然而山势之陡绝，远非踏藏所能比拟……在绝壁下行四十里至旗水坝（骑射坝）……欲由此再上至吊坝，然后东越青山梁。"黑河是种植鸦片的绝佳地方，出产的"南土"远近闻名。那一年鸦片大丰收，大姑奶奶一家人数着白花花的银圆，笑得合不拢嘴。平日里大姑奶奶忙于给家里请的几十个"花儿匠"（专职种大烟的人）煮饭，很久没回娘家了。这次收完鸦片该回刀格坝（今九寨沟县南坪镇）的娘家看看年老的父母了。大姑奶奶带着两个幼小的女儿，拿着大姑爷爷带给丈人的银圆和丰厚的礼物，回到娘家。谁曾想到，这次回娘家竟然救了娘仨的命。

大姑奶奶回娘家的那晚，大姑爷爷一家十四口人遭遇灭门之灾。显而易见，是鸦片和银圆惹的祸。这是什么人所为，如此大胆？土匪，或者是家里做活的花儿匠？草坝离青山梁子不远，很有可能是盘踞在青山梁子附近的土匪所为。

范长江写道："我们的目的，欲由此再上至吊坝，然后东越青山梁以至甘肃之西固县。抵旗水坝后，遍寻向导，皆无曾行此路者。某汉人保长云，伊在二十年前曾经过此路，今已被藏民挖去道路，根本不能通。"虽说路不通，但是本地的猎人、山两边的商人和土匪还是往来于此路，从没间断过。无人愿意带路，是怕丢掉性命。范长江等人只有从南坪翻越野猪关到甘肃。多日后，当他们历经千辛万苦，抵达西固（今甘肃舟曲）县城时，"遇到某君自吊坝过青山梁子来。记者惊之问。据云，伊系在草坝（吊坝北）寻得一汉人樵夫作向导，此樵夫此生亦只走过两次青山梁……山之西面，多藏人。皆所谓'生番'，喜劫杀路人。青山梁以森林密茂而得名，山中无明显道路，只沿水溪行。水发蒸汽，不易辨路，须以手电烛之……最难者，即上顶之后，须爬行二三十里之绝壁崭崖，旧有人行路已被藏人破坏，今全须攀木附藤而过，下山亦无路，全系吊坠而下。他们天刚明入山，天黑尽，始行出山。山中时闻怪兽狂鸣，常发巨声"。

父亲讲过，青山梁子上有很长的一段路在绝壁上，只能一个人通过，路面仅能放下一只脚，胆子小的人无法通过。想两个人并排走或是相向而行，绝无此可能。上了这条路，只能前行，绝无后退的可能。即使眼看着前面有土匪，也只有硬着头皮往前走，要不，只有跳入深渊，性命不保。来往的商贾，不知多少人丧命于此。或是走过悬崖峭壁，也会被两边潜伏的杀人越货的土匪抢劫。舅爷爷说，也有土匪只抢东西，不杀人的。怕人追来，把人绑在树上，十天半月，渴死饿死的不计其数。

爷爷深受匪患之苦，与土匪誓不两立。土匪猖狂，致使山两边的商业受到很大影响，两边的政府下决心清除匪患，恢复正常的商业贸易。爷爷和舅爷爷积极参加剿匪的行动，在青山梁子守卫了两年，此后，土匪不再嚣张。记忆里印象很深的一句骂人的话："棒老二，青山梁子下来的。"猛一听到，感觉此话骂人无比恶毒。

大姑奶奶的夫家全家被灭门，她这么年轻，况且一个女人家，拉扯两个娃，日子没法过。家里人给她物色一个能帮衬她的人。通常情况下江油的壮丁背粮食到南坪后，不愿再回江油，老家没人了，回去还是只有当壮丁，死于路上。范长江写道："送米上平武、松潘，一去就十天半月不能回来。其死于路途者，尤比比皆是。""因'为政'不能得罪'巨室'，一切差役，皆课之于中下之家。记者亲见盲眼老者，与跛脚木匠，皆被派当夫。道路上呻吟叹息之声，不绝于耳。"为逃避当壮丁的命运，江油流落到南坪大户人家当长工的人不在少数。一个江油的马姓年轻壮丁，给大姑奶奶舅舅家——侯家当长工。他人老实，做事踏实，被相中给大姑奶奶当了上门女婿，和大姑奶奶攒家过起日子。这千里的姻缘，竟然是被命运如此牵连在一起。

范长江一行从弓杠岭下来，满眼翠绿，漫山遍野高耸入云的松树，遮盖了天日。这个景观和今天我们看到的一样。第二天到了隆康（今九寨沟沟口）："在近隆康处，森林始渐稀少。途中村落渐多，唯藏人仍居多数。白水江江流渐大，谷面亦较宽，山势则转高峻。三十日宿隆康一汉人团总家。"这一段描述就是今九寨沟景区外围的隆康火地坝的情景。九寨沟景区的宝镜岩及周边山体，确实如范长江所说山势高峻。范长江可能算得上是有文字记载的从九寨沟景区外围边擦肩而过的第一人。遗憾的是他最终无缘和九寨沟谋面。这既是范长江的遗憾，也是九寨沟的遗憾。

我特别想知道假如他误入九寨沟景区，面对如此绝世美景，作为文人的他会如何记录？作为记者的他会如何报道？假如全国人民通过范长江的报道，知道这深山之中有绝世的九寨沟存在，九寨沟早期是否会免于被砍伐和破坏的命运？遗憾终将是遗憾。是范长江的遗憾，更是九寨沟的遗憾。所幸，磨难后一切安好。

范长江夜宿隆康的汉人团总家，汉人团总家就是沈家。沈家是大户人家，儿女众多。虽是汉人，但长期生活在藏族聚居区，包括沈家的男男女女们，逐渐被藏族同化了。我小时候的邻居严家奶奶，就是沈家的大女儿，也会说一口流利的藏话。在藏族土司和汉族保长那里，沈大爷都是有头有脸的人，是说得起硬话的人。沈家人人能说藏话，在化解藏汉民族矛盾上，沈家功不可没。沈家在隆康，就像是桥梁纽带，连接着藏汉民族；就像润滑剂，化解着两个民族的锋芒毕露；更像一团火，用自己的炙热焐热早就千疮百孔冰冷的心。范长江夜宿沈家，原本就是情理之中的事。而且这一夜，热情好客的沈家，定然是好酒好菜款待来宾，绝不会有半点失礼之处。可惜范长江没有记录。作为文学作品，范长江这样写没有错，也正是他好文笔的表现。只是作为后代，遗憾之情不言而喻。

我好奇沈家为什么不给范长江介绍九寨沟内的情景。是天长日久的麻木，还是文化不自信的表现？如果那一夜沈家给范长江介绍了九寨沟，范长江也进去欣赏了九寨沟的奇境，范长江会如何书写九寨沟呢？九寨沟的命运又是如何？

一切都是假设，只是我的希望而已。

再往下，是南坪城。

> 途中汉人渐多，购买饮食亦较易。将到南坪处，山势紧抱，白水河迂回折曲于顽固之石狭中。大路则凿石崖而过，若干处已成栈道，过一关口即见南坪。南坪虽不平，然而自久行山林之旅行者视之，已算非常开旷之平野矣。

这一处所描写的是入县城的重要关隘——岭岗岩。岭岗岩是北方进入南坪的唯一通道。地势险要，只容一人通过。土匪在此杀人越货，只需一推，被抢之人就会直直掉入白水河。

因山势紧抱，恰巧这里是白水河转弯的地方，水流在右转90°的直角处形成漩滩。岭岗岩的龙头山横着阻碍了白水河的奔流直下。山是刚毅的，水是迂回的。水从来不会和山硬碰硬，水谦卑地在山脚下寻找出口，确定着新的流向。犹豫、转身，水形成了漩涡，迂回在此等候着打前站的水的回音。前方的水转身90°，寻找到龙头和凤头耳鬓厮磨之间的缝隙，于是从它们头颈相交的缝隙里流出，眼前豁然开朗，它们欢快地朝前飞奔，生怕又回到漩涡里，被旋昏了头。漩滩是贪婪的，不论什么都想吃进肚子里，包括岭岗岩上被土匪一掌推下的路人。

岭岗岩上岩石耸立，这里原本无路，生生地被凿开一条小路，蜿蜒而下。一块巨大的岩石从中间被破开，切面还算整齐，留有凿子的印痕。石阶小路从岩石的中央底部穿过，向上下延伸。至今，岩石上用凿子凿有脚夫歇脚的歇台，小道的石阶面上的凿痕早被来来往往的鞋磨损得包浆，没有了印痕。

范长江一行从岭岗岩上下来，首先经过的是扶州残城，"无城垣，仅有土堡。街市亦具有马路略形"。范长江看到的扶州城早被战火摧毁，土夯的城墙只留下残败的景象，哪里还有千年古城的样子？再往南走，就是1725年建造的南坪城。很小巧的一座土城，并无高大的砖墙，让人头脑中城池的惯性思维失去了依托。就连房屋，也多是盖着松木板子的塔板房，或者是用黄土石灰糯米混合的三合土的土棚房。天长日久，灰蒙蒙、黑漆漆一片，城里绝无生气可言。

范长江在南坪城住了一夜。这一夜，他是住在脚店，还是住在扶州茶社？我想范长江此时的心情应该是激动的。因为过南坪后，就快要到达目的地了。连日来的辛苦和担惊受怕，让他的神经绷得紧紧的。中国的西北角的贫穷愚昧落后，让他触目惊心。

这一趟，范长江考证了历史，翻越了人迹罕至的雪宝顶，沿途看到战争后的荒凉，让他心疼；他体验了这一区域藏族和汉族独特的文化，发现了人性的美，也看到了人性的险恶与贪婪；他也看到民族的天然之美，让他由衷地赞美；暴露出的各民族思想的狭隘，发展的局限，让他感伤；大面积种植的鸦片，国民的麻木，让他对未来感到失望，对中国的西北角的前途感到渺茫。让他自豪的是他作为从国统区进入延安的第一个中国新闻记者，凭良心真实地报道了红军及其长征的故事。在当时的环境下，这需要勇气和智慧。

明天，明天就能翻过南坪城东边的这座大山，只需一天或者两天，过了野猪关就是甘肃的地界，西固离他不远了。也许，西固有不一样的天地。

歇了一夜，范长江雇了六个轿夫，向野猪关出发。

> 六人皆吸大烟，皮肤长满疮疖，瘦如骷髅。三里一休息，五里一抽烟，状至可憎。然而南坪附地欲寻不抽大烟之力夫，根本无之，即如此者，亦已经相当选择而来，尚非易得者。

大舅说过，南坪人根本不屑做抬轿这样的活，高不成低不就，他们把脸面看得很重，就算没饭吃，也是饿着肚子假清高。这些衣着褴褛的力夫，是外地来赶烟场的人，没挣到钱，穿着浑身挂满白晃晃棉花的棉衣，腰上捆着草绳，绳子的一头吊着一个洋瓷碗，双手交叉环抱在胸前，站在白水江边的照壁前，等着雇主的挑选。原本以为下力气的人，劳动一天，挣的钱或给家人买食物果腹，或给年老的父母抓一服药，或供养家中年幼的孩子。其实不然。这些烟民，下力气挣钱是为了能吸上几口鸦片烟。至于吃的穿的，能填饱肚子，能遮羞就可以了。人们的观念发生了变化，认为如果是孝顺孩子，孝敬父母的可以不是粮食和肉，而是用劳动一天所得换来的鸦片。这种供养父母的方式，在自己心里和别人眼里才是孝子所为。

鸦片何等厉害，不但毁掉了一代人的身体，更摧毁了几千年来中国人的三观。鸦片对国人造成的危害触目惊心："某君自文县来相遇，曾痛谓：'中国再如此过活十年，这些地方的人口恐怕将至绝种了！'"

这些烟民和范长江爬上野猪关。野猪关，是村庄的名字。顾名思义，也是有野猪的关口。这是范长江在南坪境内的最后一站。

> 野猪关梁，产野猪甚多，大者重五六百斤，常结对五六十为群，出山吃农作物，农民莫可如之何。因此等野猪过大，獠牙伸出口外尺余，较小之树，被其一撞即倒。如以枪击之，中二三枪毫无关系。但猎者如被其发现且被追到，则断难幸免。

在深山老林里行走，避让野猪，快速通过。范长江一行走错了路，幸未遇到野猪，改道再上山。此时天下起了雨，另一队人马则失去了消息。三十里无人烟，山路湿滑，数次跌倒，全身皆染泥污。

"及过半山以上，只见雨在山下落，云从脚底起。"范长江看到的，却是野猪关的一大奇观"雨在山下落，云从脚底起"。为什么会是这样呢？是野猪关的小气候决定的。其背靠野猪关梁大山，冷暖气流交汇，空气遇冷变成了雨，这雨既不是大面积下，也不会下个不停。所以，野猪关不光是川甘交界的关口，也是出产最好，风景绝佳之地。范长江站在甘肃的土地上，"回首望南坪白水江，仍历历如在目下"。

范长江沿着白水河、黑河行走，在南坪境内短短的五天行程就此结束。五天时间，他的经历，并没有全部记录下来。作为一名记者，他以敏锐的眼光看着这片大地上的人和事，感知着不一样的风土人情。他边走边印证着历史，惆怅着现在，憧憬着未来。他的足迹，带着我的思绪从弓杠岭到野猪关，穿越近百年的光阴。他用文字将我的记忆和悲欢离合放在他的足迹里，在《中国的西北角》里。

约瑟夫·洛克的岷山印记

　　1925 年春天，一种叫山金花的植物让约瑟夫·洛克魂牵梦绕。也许秦岭西方的余脉和岷山北端之间的卓尼，就是山金花的天堂。岷山山脉将卓尼、迭部和九寨沟隔开，对于九寨沟地区的人来说，"山后"就是对这片土地的统称。"山后"生长着大片的野山金花，山金花未染尘埃的纯洁，也许在这个海拔、纬度或者这片土地上显得格外超凡脱俗，打动洛克，山金花像是发出了强烈磁场吸引着洛克。作为植物学家，对植物的痴迷本无可厚非。况且，这里对于洛克是未知的。况且，这里离阿尼玛卿山似乎更近了一些。探险家也是洛克头上闪亮的头衔。征服阿尼玛卿山，测量阿尼玛卿山的高度，是洛克的理想。

　　那时的天空更加湛蓝，空气的透明度极高，如果不是远处的高山阻挡了视线，目光所及，可能是地平线与天的交际处；冰冷清冽的空气被吸入肺里，胸腔里是凉凉的感觉，在氧气和二氧化碳转化的过程中，肺泡消耗了自身的能量才将冰冷的氧气焐热；远处山坡上的羊群，是放羊的孩子顺手从天上扯下的几朵白云，而羊儿调皮地跑到天上，云朵立马包裹住羊儿，它们打打闹闹，幻化身影。牧羊孩子躺在墨绿色厚厚的青草地毯上，暖暖的阳光包裹着他，他的眼皮越来越沉，在快要合上眼皮的最后一瞬间，他坐起身子，得再看看羊子们可在好好吃草。在牧羊孩子的惊叫声中，羊子极不情愿地跳下云朵，悄悄低头吃草去了。

　　白云闲庭阔步，清风更加纯粹。这一切让洛克看呆了，原来这里这么美！

　　吸引洛克来到这里的，除了卓尼的两棵松树，虬枝伸向空中的白杨树，大面积白色的粉色的芍药、淡紫色的丁香，以及如墨绿地毯式的青草覆盖着的起伏圆润的山峰，最重要的还是山金花。山金花又名金银花、忍冬，因有清热解毒，疏散风热的功效，每十服中药里，有七服中药加了山金花，山金花在中医里的重要性不言而喻。了解中国医药，应该从山金花入手。作为植物猎人，洛克认为山金花的标本应该在美国展示，山金花的种子，应该在美国的土地上生根发芽。

　　洛克从四川成都出发到甘肃碧口，军阀杨森从成都派 140 人全副武装护卫，到绵阳时护卫增加到 190 人。沿途的旅人，看到有军队护送，土匪棒老二不敢打劫，都躲得无影无踪，于是纷纷加入洛克的队伍里，跟着他们走，队伍足足有半里长。

芍药花或者丁香花既是蜜蜂的蜜源，又是中药材，它们最终要被送到中国西部最大的药材市场——江油中坝交易市场。江油中坝在大山和平原的交界处，山里有药材、麝香、皮毛等山货，山外有布匹、盐巴、针线等货物，山里的山货送出来到中坝，山外的货物送进去到中坝，中坝像货物的关口，囤积、交易。江油的交易市场店铺林立，人头攒动，热闹非凡。江油的交易市场给身为植物学家的洛克留下了深刻的印象。这里汇聚了中国西南方和西北方的植物，种类之多，令洛克咋舌。况且，作为园林之母的青藏高原，本身植物丰富多样，还是块处女地，需要植物学家探索研究。

洛克清楚地感觉到，圣洁的青藏高原对他的呼唤，植物们对他的期盼。它们自怜自爱，没人知道它们娇媚的模样，芳香的气味，它们的性格比牡丹坚强，它们的花色比月季娇艳，它们经历过严寒、霜冻、狂风暴雨、干旱，它们一如既往地发芽、生长、开花、结果，再发芽……如养在深闺的女子，等着懂它的人来爱怜它，关注它，给它爱的精神享受，并帮助它们扩枝散叶，扩大种族、扩大地域。风、蜜蜂、鸟都是植物种子的媒介，这是一粒种子基因里携带的生命密码，是植物们的使命，也是它们的宿命。

洛克经过的江油、碧口、九寨沟，在地图上呈三角形。九寨沟的刀党、麝香、皮革等货物被送到江油或者碧口，从陆路或者白龙江水路送到全国各地。

也许植物们盼着的这个人就是洛克。

洛克从江油到了卓尼。跟随着洛克，我们的话题还是回到卓尼，回到卓尼土司杨吉庆身上。

卓尼亘古不变的天空下，香味环绕，空气中始终响着低沉厚重的诵经声，那声音像一群蜜蜂在花季时亢奋地扇动着翅膀一样。这声音似背景音乐，让杨土司的讲述充满了神秘和自豪：祖先出身于西藏官员家庭，他们离开了自己的领地，沿着这个方向，穿越四川和岷山山脉，1404年到达甘肃的洮河沿岸。他们征服并安顿了沿途的部落和村庄，紧接着，向当时位于北京的明朝廷报告了所征服的这片土地的版图。于是朝廷恩准其家族头领总领卓尼地区的政教大权，土司、僧纲世袭。当时永乐皇帝还赐予他们一枚官印，和一个汉姓——杨。杨家的祖先曾和统治甘肃北部的蒙古阿拉善亲王家的女眷通婚。这是无比显赫的一个家族，前无古人，后无来者。

能被文字记载下来的人和事不只是当事人三生有幸，更会受到后人的敬仰，仿佛一团迷雾中有人开启一盏明灯，一切逐渐明朗。洛克就用文字搭建了一个跨时代、跨空间的聚集点，杨土司、阿拉善亲王、我的先祖千户侯李通在历史的时空里相会，他们尽释前嫌，握手言和，神秘的微笑后，隐藏着无数的未解之谜。

明朝，于我的家族和我而言是一个极其敏感的词语。应天府的一声召唤，一纸诏书，先祖李通带领将士披上搁置多日的盔甲，拉出膘肥体壮的战马，一路向北，向北，到巩昌府驻扎戍边。家族本在江苏南京，族人习惯于吃大米鲜鱼游长江。每到夜深人静的时候，将士们总会怀念家乡空气中稻花的香味，长江鱼的鲜美，长江水顺着黝黑的脊背流下时的舒服和畅快。他们保留了明朝的穿戴和生活方式。李敬泽老师的《上河记》写道："洮河上游的临潭县有很多汉人是明初由南京、徐州凤阳等地迁来……六十年前，顾颉刚先生到临潭，见妇女着凤头鞋，履尖上翘，头上云髻峨峨，走在人丛中倒像进了博物馆，不禁叹为快事。"他们保留着故乡的服饰习俗，是想有朝一日回到故乡吗？回不去了！这里，已经离家万里。并且，他们战功赫赫，戍守着边防，为洪武之治提供军事上的保障。

家族最老的残缺的族谱记载：

　　洪武二年，巩昌归×××××收集旧管军士就管听调。洪武四年，御×××调守青州。十月，调守巩昌。洪武五年，调守会×县守把青家驿。洪武七年正月，除授昭信校尉巩昌卫流官百户，仍守本驿。洪武九年七月，钦授流官。洪武十一年二月十三日，钦授世袭敕命。洪武十二年征进西番克洮州纳怜火巴等处，征进金佛寺、薛尔崇等处。六月，回守巩昌。洪武十五年，征进西番必，而即回还。洪武十六年，××幅失亡。洪武二十一年正月十一日，×××祖札上遗笔，年四十五岁，巩昌府秦州×××元总帅府千户。遗笔内容：云金佛寺有金佛一座，因寺伤损，请在本营，唯望后代，若有寺堂，将像仍送至金佛寺免尘。委庶神赐百福，子孙永昌矣。遵之勿误。遗笔终。

笔者，先祖李通。金佛寺，在甘肃酒泉。

有几个信息值得关注：第一，洪武十二年征进西番克洮州纳怜火巴等处，征进金佛寺、薛尔崇等处。意思就是先祖李通征战之地远在河西走廊玉门关附近，与之作战的是西番藏兵。这是藏汉之间长期的拉锯战。第二，洪武十五年，征进西番必，而即回还。第三，洪武二十一年正月十一日，巩昌府秦州×××元总帅府千户李通在×××祖札上留下遗笔，四十五岁时战死。

李通部队不但要和蒙古大军作战，还要和西番部队作战。李通部队在洮州纳怜火巴、金佛寺、薛尔崇之地，与西番作战，李通于洪武二十一年正月十一日战死洮州，时年四十五岁，正值壮年，多美好的年龄。

"洮州"这个名字如一束强烈的聚光，将杨土司、阿拉善亲王、千户侯李通聚集在历史的舞台，他们浓妆艳抹，手拿钢刀，比比画画，咿咿呀呀，只为我一人表演。舞台上，他们在锣鼓激烈的伴奏下，有激战，有怒喝，有理论，平安无事；舞台下，我为他们的表演鼓掌，心潮澎湃，思绪万千。

历史如果真如戏曲这样，该多好！

思绪像风筝一样，漫天飞扬。是洛克收起风筝的线，将我的思绪拉回到文字里，拉回到他生活的时代，杨土司生活的年代。

洛克在杨土司的领地生活两年多的时间，这期间，洛克享受到最高待遇。

卓尼土司在我驻留期间对我极其热情友善。他下令让喇嘛们帮助我摄影，还邀请我去参加所有的宗教仪式和庆典，并且在这些场合给予我尊崇的地位。因此，在这里我几乎可以得到一切我想要的资料。

是的，洛克说的没错。他不但得到喝青稞酒的款待，还喝到日本的清酒，吃到土司家自制的冰激凌，这让洛克瞠目咋舌。这是一个极会享受生活的土司，也是一个能接受外来美好事物的土司，他的思想既保守又开放，他有四房太太，他不光穿藏装、穿马褂，也穿西装。土司对外国人洛克是尊重的，同时也是好奇的。他愿意听洛克讲外国的国家治理方式和上流社会的生活。

所有的场所、宗教仪式都对洛克开放，作为一个外国人，洛克见证了最原始的历经6个世纪都没有变化过的宗教仪式和仪式仪轨，见证了政教统一的极度权威。但是这一切，如风中的烛光，随时可能消亡。

1928年3月22日寄来的一封信中谈到，卓尼土司的世袭称谓以及军衔已经被削弱，他的领地也曾经被没收，因此，本文很有可能记载了古老的土司制度的终结。土司已经很少能够继续在原辖区统治了，他们都顺从兰州政府的意愿搬走了。

是的，土司搬走了，搬到离九寨沟县永和乡直线距离仅仅几十公里的甘肃省舟曲县博裕。从九寨沟山后翻野猪关山梁，也就是半天的路程。一个从历史中走出来的土司，浑身散发着霉味的土司，仅凭着穿穿西装，喝喝洋酒、咖啡，或者吃吃果冻，不能从根本上改变统治制度的腐朽。

1936 年，甘肃军阀鲁大昌派人潜入博裕的土司官寨，暗杀了土司及其几乎全部家人。传说只有一个小孩被藏在床底下，得以保全性命。据说这个侥幸保住性命的孩子，翻过野猪关梁子，在漆黑的夜晚叩响了中田四寨杨土守备家的大门。夜的漆黑深邃很快包裹这个秘密，并将痕迹擦拭得干干净净。我奶奶的娘家在土守备家的隔壁住，奶奶说那天邻居们除了听到狗激烈的叫声，以及狗紧闭的口里继而发出悠长的嗯嗯显示亲近的声音外，日子和往日没有任何不同。寨子里既没见一个生人来，也没见军人来询问盘查。安乐寨的习俗可是一家来了客人，就是全寨子的客人，家家轮流请客吃饭。虽然是粗茶淡饭，但是热情好客的安乐寨人认为，这才是待客之道。这一夜，无外乎只是普通得不能再普通的一个夜晚。

两年后，当安乐寨的几十户人听到守备家藏了一个山后逃命来的土司家的孩子时，全傻眼了。深深的自责，伴着他们久久不安的内疚，这就成了放不下的话题。军阀鲁大昌的名字被无数次提起，人人唾之、咒之。鲁大昌的名字被浸泡在女人们的眼泪里，被钉在吐到地上的唾沫星里，并被狠狠地踩上几脚，埋入土里。

洛克没有看到这一幕，他早就从迭部翻山顺着多尔小道到九寨沟境内的伊娃（玉瓦），去松潘途中遇到 18 个土匪，险些丧命。无疑，洛克的生命与众不同，他的所作所为完全可以证实，一个有理想的人，通过努力是可以实现初心的。他的大半生时光，用在猎取植物的标本和种子上，经历了鲜为人知的困境乃至绝境，他用银子开道，用手枪震慑，寻求多方的庇护，官员和土匪都能为他所用，不论是活佛或者悍匪。这一切当然免不了有强大的后援支撑，更重要的是他有斡旋各类人物的高情商，有能处理各类复杂局面的能力与胆识。

洛克的著作让我的思绪不停转换场地。看着洛克的《发现梦中的香格里拉》，跟着洛克的旅行笔记，沿着洛克在岷山的足迹，搜寻着点滴熟悉的过往，对比着各自不同的人生，感叹着洛克为实现理想而付出的努力，追寻着最后的精神皈依！

雄关漫道玉瓦关

一

在玉瓦关，时间是用来丈量的刻度。是动词。

并不是我要随意篡改时间的词性。当我在四道城第四次向当地人问玉瓦关在什么地方时，一个白发的老人认真地摇头说，我们这里没有玉瓦关。瞬间我肯定听到了时间胜利的狂笑，笑得有些忘记了该换换气，笑得狂风四起，笑得小桥上悬挂着的一串串的喇嘛旗啪啪地拍手，笑得我心里发凉，笑得我好像是个外星人，笑得我好像问错了什么话似的。

果真没有人知道玉瓦关吗？

卯大爷说他知道玉瓦关，这时候他没事，带我们去。

说是快要见到玉瓦关了。我的心突突地跳，欣喜和期盼让我满脸红霞，就像一个少女即将见到久别重逢的情人一样激动。

玉瓦关被时间藏了起来，我们正在穿越一千多年的时间隧道，揭开时间的烟幕弹，即将见到玉瓦关的真容。

二

眼前左右两匹山像被一种神奇的力量拉拢聚合在一起，高万仞，长无垠，看着山脚的长流水，我还是被征服了。玉瓦关，真险要！我见过无数的大山，对于在大山里生活了几十年的我来说，这是发自内心的感叹。此时的玉瓦关早已不是彼时的玉瓦关，一千多年的磨难让关口落下了残疾，身体的一部分被截肢，被时间藏匿。要想恢复当日玉瓦关的雄风，只有沿着大山的轮廓，在空白处沿着山的走向填图，在大脑里想象当年玉瓦关的容貌。远去的时间不远，前七十年即可。

只有这里才符合三道城的周大爷说的，玉瓦关险要得"连一只麻雀都飞不过去"。

眼前的这些山，难道就是当年"关隘险要，十可当百，闻昔年建关时，土中掘得玉瓦一片，故名，此瓦后落河中"（《南坪乡土志》）的玉瓦关吗？

初春季节，站在玉瓦关，向左右看去，一切一目了然，一切如此不同：关外山势逐渐上升，山上的松树墨绿如初，夹杂着紫黄色干枯叶子的青冈；关内漫山遍野一派荒凉，山上的青冈树成了主力，夹杂着小檗等杂树。关内直接裸露着黄黄的土层和青青的岩石，关外的草场上马匹、牛羊悠闲地吃着草。关内农耕区特征明显，地里一堆堆的粪堆，是农耕区一直沿袭的生产方式，千百年来如此，化肥没有用武之地……关内关外，一个关口的两边，是两个气候，是两个民族，是两种生活方式，是两个生产方式。

大山阻挡不住人类的迁徙。无法选择原生家庭和生活，造就了生活在这里的人的性格和命运。卯大爷说，他们从不过关口，甚至从来不来这里。他们叫这里大录口子，几乎没人知道这里就是著名的玉瓦关。那玉瓦关呢，你们把它遗落到哪里了？玉瓦关被人遗忘，一头落在关外，一头落在了关内。

昔日玉瓦关的雄风呢？

两座根部相连的大山，阻断了东南向西北的季风和热气，也阻挡了高原的寒流，更重要的是阻挡了游牧的党项、吐蕃、吐谷浑等少数民族南下的脚步。周大爷说两座大山的缝隙中天然形成馒头似的山包，山包上建着一座瞭望台，四周的水聚成漩滩，从水路无法经过。

玉瓦关是通往松潘草地、包座草地和甘肃迭部的重要关隘。

三

紧邻玉瓦关的是四道城。从扶州开始，到玉瓦关结束，沿途建有四道防御城池，分别是头道城、二道城、三道城、四道城。几道城池位于玉瓦关和扶州之间，功能是驻守、防御、指挥。最大的、位置最险要的是紧邻玉瓦关的四道城，它是典型的边关军事要塞。因此从玉瓦关到扶州这一线的地名多与战争有关：玉瓦关、四道城、三道城、二道城、头道城、骑射坝、将军地、队场里、酒坊、营盘地、永靖关、南坪营、教场坝……无一不是战争遗留下来的古迹古名。

四道城的名称被叫了一千多年，直到1950年城池依然还在。城池靠山而建，黑河从城前流过，城垣呈环形，长1.3公里，城墙厚3米，高3米，有4个城门，城中设府衙，还有四五十户老百姓安居其中。

关于玉瓦关，绕不过的一个人是蒋善合。《南坪县志》大事记述：

> 唐武德七年（624）五月，党项和吐谷浑寇松州，益州行台窦轨、扶州刺史蒋善合分别领兵于翼州南路、芳州北路合击，胜。六月扶州僚人起事，南尹州都督李光度领兵来平。吐谷浑又骚扰扶州。武德八年（625）十月，吐谷浑攻叠州（今甘肃境内），令扶州刺史蒋善合率兵救援。

当时扶州直接归中央管辖。因为扶州地理位置特殊，刺史这个官职已经很高了。关于那一场史书记载的战争，蒋刺史带领驻军和民兵万余人，与窦轨三万大军形成合击，击退了党项、吐谷浑人，大获全胜。听朋友白林讲过，蒋善合是瓦岗寨出身，是一名降将，后负责镇守边关扶州。蒋刺史得到善终，最终告老还乡病老故里。窦轨就没那么好的结局了，他虽然年轻有为，但治军严苛，最终命丧哗变。

关于杜孝升，《南坪县志》大事记述：

> 仪凤二年（677）五月，吐蕃攻占扶州，临河镇（今头道城）守将杜孝升被俘，蕃军逼杜孝升投书松州都督使武居寂，投降吐蕃，杜孝升不从。未许吐蕃退兵扶州，舍孝升而去，杜孝升率余兵守临河镇，升游击将军。

有资料记载，当时扶州失陷，杜孝升誓死守卫玉瓦关，身中六创，他的妻子也被吐蕃兵虏为人质，然后胁迫杜孝升修书劝降松州武都督投降吐蕃，可能是扶州突发险情，吐蕃放弃了杜孝升，守扶州去了。杜孝升捡回了一条命，继续带领余兵守住了四道城池，事迹上报朝廷后，被封为游击将军。

唐朝大将英勇抗击外敌的故事，给玉瓦关蒙上了悲壮的色彩。唐松赞干布遗留下来的20万大军，在岷山的褶皱里生儿育女。元成吉思汗的大兵遗留下的盔甲上还有些许的汗味。我们只有从他们遗留的语言或些许的汗渍里，进入时间，偷窥灰尘满天的那一段时间里的事实真相，我看到英勇的将士舍命保卫家园；我看到外敌突破玉瓦关和四道城池，长驱直入杀入扶州，扶州沦陷；我看到宇文庆由文州道进兵攻破之；扶州僚人起事，南尹州都督李光度领兵来平；我看到上四庄的老百姓在一个叫李碧辉的带领下保卫自己的家园……

难道仅仅在唐朝才抵抗游牧民族吗？肯定不是。但是我能找到的资料上有记载的只有这个时间段，蒋善合和杜孝升是时代的代表，在尘封了的空间里，他们英勇杀敌，誓死与玉瓦关同在，与四道城池同生死，与扶州共存亡。更多的人影和刀枪的撞击声，是守卫自己家园的老百姓发出的声音。

玉瓦关离我们生活的时代太遥远了，难怪人们不知道玉瓦关。有家谱传承的人家，从明朝开始记录就很罕见了，何况要记录距离明朝四百多年的唐朝，这中间的时间太长远，如一个巨大的鸿沟，无法连接。

豹窥一斑而知全貌，我们只有说说周大爷、卯大爷口中的英雄——李碧辉。褪去他的个人英雄主义光环，看看中华人民共和国成立前老百姓的生活和玉瓦关关内关外的人情与日常。

四

乱世出英豪。

身处乱世的李碧辉从人群中冒了出来，谁让他拥有过人的胆识，缜密的思维，百发百中的枪法和敏捷的身手呢？更重要的是他有颗悲悯包容的心。

在他眼里，藏族和汉族的生命同样珍贵。

国有国法，家有家规。藏族聚居区的一个藏民触犯了民法，按律一家人要被扔进河里淹死。不能眼看着老婆孩子跟着自己送命。怎么办？只有逃命。平日里李碧辉和这个藏民是好朋友，两人经常一起喝酒。眼看着朋友有难，李碧辉性格豪爽不能不管。他决定帮助朋友一家。黑河马家沟里有个岩洞，那里是上四庄的地盘，李碧辉做得了主。他将朋友一家人藏在岩洞里躲避追杀。兄弟们不愿无缘无故惹火烧身，多次劝说李碧辉，如果知道他们藏了罪犯，那上四庄的土都会被翻转过来，会惹来多大的麻烦，得死多少人。李碧辉扛着压力，默不作声。人们就这样战战兢兢地过了几年，不知道是真不知道李碧辉藏了人犯，还是碍于李碧辉的名声不愿惹事，还是不愿同胞灭门，这么长时间反正相安无事。李碧辉在寻找机会，他要让这家人一生平安，好好地活下去。几年过去了，机会终于被等来了。朋友的弟弟当了喇嘛，喇嘛这个位置在藏民心里可是至高无上的。按惯例，喇嘛拥有自己的羊足山游牧草场，草场有牛马和牧人，这是很正常的事。朋友一家人到了喇嘛弟弟的冬牧场放牧，过上了平常日子。这时，谁都拿他没有办法了，谁敢惹喇嘛？

羊足山在石蜡对面的山上。站在羊足山上，一览众山小。黑河大峡谷一改往日的绿色，由近到远逐渐变成薄雾蓝、浅蓝、深蓝、墨蓝各种不同程度的蓝，有层次地向远方散开，感觉不是站在大山上，而是站在大海边，群山的山巅就像大海翻滚的波浪，起伏不断，延绵不绝。温柔的风吹在脸上，有些凉意，五颜六色的经幡在风中诵经，啪啪作响。几户人家的房子建在山坡上，错落有致。低矮的木头房子的木头有些发黑，这是常年被柴火烟熏黑的，煨桑的炉子里烟火不断，飘出来的烟迅速被蓝色收管，加重了蓝色的浓度。黄土地上铺满了手臂般粗细的木头，走在上面如同走在原始森林，有一种穿越的感觉。木头房子里柜子上摆放着一对不大的有些发黄的鹿角和为数不多的几样铜器，显得有些陈旧和简陋。地上铺着黢黑的木地板，天长日久被灰尘和垢痂覆盖，以为是土地，走上几步，脚下发出"咚咚"的声响，屋外的石板上晾晒着从山坡上捡回的野菌子，和周围的野草刚好搭调。一切都如此原始，没有更多的人工痕迹。

李碧辉庇护过的朋友过上了神仙般的日子。

五

李碧辉绝对的领导才能和他的有胆有谋，让老百姓养成对他言听计从的习惯。这让地方统治者怀疑、害怕，差点让李碧辉送了命。

中华人民共和国成立前夕，黑河沟以及玉瓦关的关内关外，只要是有土的地方，都种有罂粟，老百姓叫大烟。只要是罂粟开花的季节，空气中都是浓浓的罂粟的花香，或是熬制大烟的味道。巨额利润的引诱，形成了各种势力，各派土匪盘压剥削老百姓，轻者被抢，重者灭门。而各种势力之间，也是大鱼吃小鱼，小鱼吃虾米，虾米吃泥巴。保护父老乡亲的利益，是当保正的李碧辉的主要工作。对于土匪，李碧辉毫不留情。听说土匪抢夺百姓的钱财，李碧辉坐不住了。南坪城杜县长命令保正李碧辉就地歼灭土匪。

南坪因特殊的地理环境，自古就有"平时为民，战时为兵"的习俗。老百姓丢下锄头，拿起武器就是战士。李碧辉带领上四庄的兵团，与土匪激烈地打了一场，打得土匪丢盔弃甲，黑龙滩附近的地上，到处都是土匪的尸体。剩余的土匪朝舟曲、迭部方向逃去，黑河沟暂时清静了。

"收兵！"李碧辉下达了命令。

当杜县长带兵赶到黑河沟时，土匪早跑得无影无踪。土匪怎么会跑了？必有内奸通风报信！杜县长用怀疑的眼光看向李碧辉，黑河沟里土匪能顺利逃脱，不是李碧辉故意放掉的谁还有这个能耐和胆量？难道我们养虎为患了？

"绑了！"杜县长一声令下，李碧辉被绑了。

"拖出去杀了！"杜县长声音里的威严让人害怕，他眼睛里的怒火熊熊燃烧。

"杜县长，刀下留人！冤枉！没人通风报信，土匪是被我们打跑了的。"

李碧辉的兄弟们跪下求饶。

"杀!"杜县长认为被李碧辉出卖了,面对奸细,绝不姑息养奸。

"不妥。严格羁押李碧辉,等我们几个去黑龙滩侦察一番就明白了。"跟随杜县长来的下塘乡的三个保长出来求情。

杜县长觉得三个保长说的有道理。

"准了。"

三个保长带人从黑龙滩回来,给杜县长汇报,黑龙滩满地都是土匪的尸体,其他土匪已向甘肃方向逃去。杜县长一听,知道是冤枉了李碧辉,亲自给李碧辉解开了绳索,并表扬:"李保正忠勇,打死了几十个土匪。"

被人冤枉的感觉真不好受。虽然澄清了事实,李碧辉内心还窝着火。

下塘勿角方向土匪猖狂,杜县长决定把大队伍拉到勿角,以打靶的名义敲山震虎恐吓土匪。银圆被放在远处,杜县长让李碧辉先打,李碧辉还在生气,说:"我算什么,让其他的保长先来打。"其他几个乡的保长枪法哪里有李碧辉好,打了几枪就是打不到银圆,杜县长觉得很没有面子。李碧辉亮出武器,也不要枪架,扬起手枪一枪打中银圆,众人一片欢呼。

杜县长的脸色好了,李碧辉也觉得扬眉吐气了。

李碧辉就是乱世枭雄。当枭雄也得要有本事。周大爷说李碧辉个子不高,墩笃,敏捷。我头脑中出现的李碧辉的形象,和玉瓦关的大山一样,他们都是老百姓的守护神。

六

玉瓦,很多上年纪的人读 rǔ wa,我相信这是长期以来藏汉交往时保留的音译,藏语的意思是"下面比较平坦的地方"。一个名字把一段沟谷狭长的地形分为上面和下面,分为陡峭和平坦。

玉瓦关是借助山势的险要自然而成的分界。在历史的长河中,一个关隘的硬朗,是不移动的硬朗,是固定的标志。被玉瓦关分界的还有关外的藏族居住区和关内的汉族居住区,游牧文明和农耕文明。其实,玉瓦关外的藏族地区如八屯、大录、东北等地是游牧和农耕之间的缓冲区,他们和关内的各民族长期以来既有战斗的硝烟又有友谊的笑声,关外的藏族从四道城到南坪城,到处都有朋友,能有酒喝有饭吃,更多的时候他们驾驭着友谊的小船,平稳地行驶在矛盾的海洋中怡然自乐,他们称关内朋友家为"主家"。

玉瓦关硬朗的心和威严被友谊和酒肉软化,被矛盾覆盖的岁月暂时静好。

但是终究抵挡不住生活的逼迫和习惯的使然。抢夺习惯的惯性让他们从高海拔到低海拔，从上而下刹不住脚。为何就止步于划定的一个关口？

玉瓦桥，玉瓦关下一个新的界限被划定。桥上面是保护区，下面的就可以为所欲为。他们给玉瓦寨中有关系的人家一个经幡，划定了抢夺的范围，除有经幡的这一家人会受保护外，其余的藏族也是被抢的对象。

并非因为懒惰，他们习惯睡觉不脱衣服，是因为战斗随时会打响。如此凶险的环境，造就了人们凶悍的性格。如此凶险的环境，造就了人团结的性格。如此凶险的环境，造就了拼搏想改变环境的性格。真是一方水土养一方人，一方水土造就一方人。

玉瓦桥，承担了玉瓦关划分界限的职责，虽然它只是一座桥。玉瓦桥在周边人的生活中是重要的，是人们经常去的地方，那里有他们赖以为生耕种的土地，有他们的家，所以，人人知道玉瓦桥不知道玉瓦关也可以理解了。

七

我肯定从九若公路（九寨沟—若尔盖）的玉瓦关路过三次。但是我根本就不知道这里是玉瓦关。

第一次去时九若路正在修建中，我和白林写脱贫攻坚报告文学《心安》，要去大录采访，原本可以一天来回，因为正在修路，只有在大录留宿一晚。第二次是两年前去若尔盖参加文友扎西措的作品研讨会，弟弟接我翻喇嘛岭过玉瓦关回家。第三次是和朋友老杜、徐兰去若尔盖办事，也是从这条路回九寨沟的。

原来这里设立玉瓦关是为了阻挡从小路上来往的人，河道中的小山包上的哨岗里有几挺叫"洋台"的小钢炮，炮口始终对准关外。火药、石子、生铁装在炮筒里，打出去就是死伤一大片。通往若尔盖包座方向的这条路被玉瓦关从中截断，保证老百姓的安全。

藏汉民之间也有朋友，平日里你来我往，喝酒吃肉，是好朋友。如若一反，也不认汉族朋友了，在动刀前，总要认真地解释："我们两个是朋友，刀不是朋友，是刀杀你，不是我杀你。"这一番解释，算是对一段友谊终结的告白。

曾经需要堵截的地方，如今要放开，还认为放开的地方不够大，需要把山炸开，扩宽路面。卯大爷说，民族团结的政策真是好啊，现在藏汉团结是一家，头脑中紧绷的那根弦放下了，再不会为财物被抢担心，再不会为生命安全担惊受怕了。

为了扩大路面，保证道路通畅，玉瓦关被截肢被毁容，对面的两山不再相接，河中的山包被炸毁，所以我认不出来。但是当我认出玉瓦关时，它不再是一道雄关，而是一条通道，通往和谐幸福。我真希望后人不再知道玉瓦关的名字，不再知道玉瓦关的位置，让它继续在一千多年前的时间中当它的雄关，如今它只是一条通道。

亲爱的柴门关

你，以一夫当关万夫莫开的险峻，过滤着历史、时间、战争、天气，挤进这个漏斗眼的文化，"咚"的一声打破了千年平静，涟漪回荡、沉底、消失，突破、附着、杂糅，再咕咚一声冒出气泡，气泡是一个全新的状态，今天的状态。既不是秦国的黑色，也不是青藏高原的白色，而是色彩斑斓的彩色：西山清晨耀眼的金色，白水河蜿蜒着九寨蓝的神秘，原始森林散发出墨绿的醇厚，人间的早晨是蓝灰的炊烟，空气中的火锅味是辣椒的红色，还少不了圆根酸菜的清香。柴门关挡不住的南风裹挟着南方来的热气腾腾、繁华热闹，涌过柴门关狭窄的山门。雪是青藏高原的先头部队，它的身后需要冷空气的声援。面对着从柴门关势不可当迎面而来的热空气，雪线知趣地往山顶退去。寡不敌众，何必无谓抵抗。

柴门关高险，挡不住文化润物细无声的浸润。

躺在记忆里睡大觉的一句邻里之间普通的对话，在我看到书本上的"摩天岭"这三个字时被唤醒，和记忆里的摩天岭无缝衔接，如一对齿轮合上时严丝合缝的协调。记忆里的场景苏醒了，一个普通打招呼的场景。

太阳挂在西山顶上，匆忙地收回洒向扶州古老大地上的万丈光芒，没有阳光透视的大地瞬间盖上了一层淡淡的咖啡色的色调。一个农人扛着锄头朝地里走去。旁边乘凉的人说："这时去地里做活，恐怕要打摩天岭吧。"做活和打摩天岭有关系吗？听不懂了吧！"摩天岭"原本是一个地名，属性名词。"打"，是不折不扣的动词。"打摩天岭"，是一句人们挂在口边的谚语，意思其实很简单：天要黑了，还去野外工作。

乡野农夫之间流传了一千多年的一句话，到底暗含了什么信息？

摩天岭的位置在柴门关对面的岷山余脉上，古称"阴平小道"。据说是邮驿的主要通道，后来主要供商贾通行，或是打猎的人偶尔走之，是典型的荒野小道，只能一人通行，山高坡陡，野兽出没，百里无人烟。

打摩天岭这句话重点在"打"字上。"打"字透露出战争的信息。谁和谁打？当然是三国时期灭蜀的名将邓艾和蜀国的名将姜维。邓艾打摩天岭，其实是邓艾在黑夜里裹毡和士兵滚下万仞绝壁的摩天岭，此次行动决定了邓艾到江油关，到绵州的神出鬼没，以及蜀国的灭亡。三国的故事散落到民间后经过演绎，从秦蜀交界的柴门关，到宕昌和九寨沟交界的青山梁，再到扶州地区，成为妇孺皆知的故事。一千多年的时间暗淡了刀光剑影，磨去了这句话中战争的因素，单纯只是代表时间，代表夜幕降临后的黑暗，以及黑暗中的一切可能。

上古苍苍，这片大地上发生的事件都留下印痕。柴门关附近三国文化区的原住民捡拾起三国时期的邓艾打摩天岭这个事件，用时间打磨抛光，将其变成一个比喻，打摩天岭等同于天黑这段时间里发生的事，借指一段时间，也暗指攻克一个障碍，成为历史的见证与独特身份的象征，代代口头流传至今。

艺术和生活是紧密相连的，艺术来源于生活，并高于生活。让我彻底领悟这句话的是柴门关的边关年文化，让我敬佩人民智慧的，是柴门关的年文化夜春官。

夜春官的主角是春天夜里巡逻的将领。

当上弦月冰冷地照在柴门关，陡峭的大山笔直黢黑地直插黑蓝的苍穹，就连山脚下的白水河都没有了声响，像一根细带子悄无声息地围着大山，感觉不到河水的流动。月冷风冷，无边的寂静，加剧了边关生活的孤独。在正月的这个时候，孤独和冷清呈几何级数放大，蔓延在每个戍边战士的心里。每年从正月初六开始，锣鼓喧天，鼓号齐鸣，正月间开始闹新年耍花灯了。九莲灯的花棒，在英姿飒爽的女子们的肩上、背上、腿上花式转动。车车灯里那个美若天仙的小娘子，左顾右盼，眼含秋波，其实是由货真价实的男子所扮；舞动的龙灯，需要真本事，上蹿下跳的刚性，是血性男儿的豪放。被思恋之情淹没的这群汉子，好像听到了闹花灯的喜悦和热闹。都说男儿有泪不轻弹，正月的上弦月让他们泪眼婆娑。

"嗨，琵琶拿来！"唱上一曲《挂红灯》，再唱上一曲《月儿高照》。冰冷的月光很快将苍凉的声音也染上了苍凉，多了些悲壮。苍凉和悲壮，这原本就是边关本来的色彩，千百年来，谁能改变？巡逻的马蹄声嗒嗒地敲打着石阶，马背上的战士看着新年花花绿绿的衣服，心里痒痒，巡逻时穿上新年的新衣，给坚硬冰冷的铠甲一些柔软，给单一的日子一些色彩，如何？骑马巡逻的战士铠甲上套了艳丽的服装，手拿金戈，把冰冷的日子焐热，将单调的日子过繁杂，给灰暗的日子描彩。

夜春官，边关守将的春节，将热气腾腾的年味加入兵营，是对和平的追求。但愿岁月静好，天下无战事。

我纵观祖上的生活轨迹，始终围绕着柴门关内外展开。柴门关只是秦蜀地域的分界线，战争割不断关内外相连的亲情和血脉。

人往高处走，水往低处流。逆白水河过柴门关而上的是我的先祖，金戈铁马，戍边扶州，插占为业，是他们的人生。后来柴门关成了秦蜀两国的分界线，关内外的亲人不得相见。站在柴门关遥望关外先祖的坟茔而不能祭拜时，该是怎样的心情？

后来，无战事。柴门关挡不住关内外百姓之间的通婚。一两百年前南坪的大户人家，总要将一个女儿嫁给柴门关外的人家。无他，只是因为从南坪到柴门关外正好要走一天，这个距离，这个时辰，急需吃饭睡觉补充体能，远嫁到柴门关外的女儿的家便成了歇脚的驿站。柴门关内外不免有矛盾冲突的时候，姻亲关系使得安全更有保障。而我的外婆和我先生的外婆，或是为了避祸，或是为了爱情，身为柴门关外的女子，嫁给了柴门关内南坪城里的人家。对于我们而言，说起柴门关，就像说起外婆家一样亲切。

外婆的娘家在柴门关外的文县四大边寨的哈南寨，紧挨着柴门关的关隘上可清楚地看到哈南寨里的一切情形。外婆的娘家家境殷实，家里的气氛却有些诡异。屋里多蛇，床上、面桶里、灶眼里、地面上，蛇无处不在。家里的用人对这些冷冰冰软绵绵的东西惧怕到骨头里，可是东家全家人却不怕蛇。他们认为蛇能通灵，是风水好、运行好的体现。走路时如果蛇挡着路了，用脚将蛇往边上挪挪；睡觉时如果蛇在被子里，用脚踢下床去；生火煮饭时如果蛇在灶眼里，用火钳夹出去；如果蛇在面桶里，抓起蛇扔在地上。家人不怕蛇，家里的用人怕呀。一天，有亲戚结婚，一家人全吃喜酒去了。一条蛇"啪"地从房梁上落到正在厨房做事的用人的脖子上，用人的七魂吓掉了六魄。这日子可怎么过？园子里的竹子根下还有一窝蛇刚刚孵化出来，等那些蛇长大，还不把人吃了！趁东家没回家，用人烧了一锅开水，从洞窟灌了下去。世界安静了，用人没有表现出丝毫异常。蛇不见了，家人觉得奇怪，家里横行霸道的蛇突然消失了，好像蛇从来没有存在过一样。

几天后，园子的竹子那方传来恶臭，家人才发现蛇窝被毁，外婆的爷爷奶奶生气地连连跺脚。从此，家里的厄运接踵而来。土匪猖獗来袭，家人留卜足够的银圆、布匹、粮食，躲得远远的，只求土匪不要烧掉房子。看到土匪轻易地拿走辛苦攒下的财产，躲在房顶上的外婆的爷爷轻声骂了一句："我的银圆哦，狗日的棒老二！"被一个土匪听到，已经转身离开的土匪回身朝房顶随便开了一枪，也许只是为了吓唬吓唬。土匪满载而归，外婆的爷爷的血却顺着瓦沟像雨水一样流下来。这一枪打在手臂上，虽不致命，但当时没人会做手术，几天后外婆的爷爷血流过多而死。不久，外婆的父亲也病死。家道中落，孤儿寡母的生活没有了着落。

柴门关外的甘肃和关内的四川，是在政策上截然不同的两重天地。甘肃正在抓壮丁，外婆有两个弟弟一个妹妹，有两个男孩的家庭必须出一个当壮丁。为保全孩子，外婆的母亲抛家舍业，带着四个孩子回到柴门关内的四川娘家。一时间家境从衣食无忧变成勉强能填饱肚子。于是按照约定，年仅十二岁的外婆在她南坪城里的姨娘家当了童养媳，那时流行"竹根亲"，表哥表妹结婚司空见惯。外婆还在她妈妈肚子里时就定下了这门亲事。柴门关见证了外婆从富家小姐到童养媳的剧变，见证了外婆艰难坎坷的一生。

外婆的外婆家生了七个女儿，没有儿子始终不会罢生。继续生是肯定的，只是怎么才能生个儿子？他们得到高人指点，让修柴门关的路。外婆的外公把柴门关最窄的地方用凿子凿宽，以前只能过一个人，凿宽后可以过一匹牲口。往来的商贾可以顺畅通行，这相当于做了一件好事。果然，后来生了一个儿子。外婆喊小舅舅，年纪还没有外婆大。外婆的小舅舅经常来外婆家，那时我只有几岁，我见过这个小老头，他满口之乎者也，就不会说平常话、日常话。

柴门关，您真是信守诺言，说修路给个儿子，果然如此。

先生的外婆也是柴门关外甘肃哈南寨人，为了爱情，远嫁到四川南坪。听说外婆的娘家人不同意这门亲事，因为当年外公来家里时骑着马背着枪，他们认为有耀武扬威之意，骑着马显得有些张扬有些显贵了。其实外公并不是来相亲的，他的祖籍也在甘肃文县徐家山，外公是回老家徐家山上坟去的。前几代人有姻亲关系，路过外婆家，总要到外婆的娘家打个尖或者是借宿一夜的。外公二十多岁，还没有结婚，在当时属于大龄未婚青年。外公识文断字，接受新思想，拒绝家人安排的婚姻，坚持自己寻找爱人。他要寻找的是中意的有共同语言的女子，也许到亲戚家借宿就是缘分。外公和外婆一见钟情，这在当时是罕见的。外婆义无反顾地要嫁给外公，娘家人不愿意。说，你要是过了柴门关，一辈子就不要再过柴门关，我们死了都不要回来。

一个女子，一句话，一辈子。

以柴门关为界划定了两片天地，哈南寨的亲人在那边，外婆在这边。柴门关成了外婆和娘家不可逾越的天堑鸿沟。外婆的世界只有随着纬度升高向高处延伸，外婆相信度过柴门关的春风里，有故乡的气息，有亲人的信息。外婆遵守承诺，一生不过柴门关，柴门关成了外婆一辈子无法逾越的障碍，更是外婆心理上的巨大阴影。外婆的世界向上延伸，她晚年时被子孙带去游览过九寨沟，可是没有人提出陪外婆回一趟哈南寨的娘家。没人敢提，柴门关是外婆无法逾越的红线。回娘家是外婆无缘使用的一个词语，外婆老家更是她的孩子们的禁忌词。侄儿侄女倒是经常过柴门关到南坪来看外婆，外婆戴着老花眼镜，停下手中的针线活，抬头看着南方的柴门关山脉，欲言又止，只是问侄儿侄女："庙子前的那棵老柏树还在不在？那棵蜡梅还在开花吗？"叮嘱孩子们上坟时给他们的爷爷奶奶多烧点纸钱。外婆去世后，她娘家的侄儿悔恨地说："什么一生不准过柴门关，我该赶个驴来把姑姑接回家去看看。爷爷奶奶去世了，这规矩早就作废了。"

一生不过柴门关，就是一生不回娘家，就是一生不见父母，外婆的心里不知道被孤独淹没过多少次？一别就是永别，外婆的心里不知道有多痛。亲爱的柴门关，你成了帮凶！你看到那个从你身边走过的年轻女子，那坚毅的眼神，那倔强的模样，还有那最后一次回望你时，眼中滚下的泪水，你能感知那是滚烫的，也是酸楚的。她的身影在转弯处消失不见，从此柴门关再也不曾看见过她。

许多年后的冬天，当我站在甘肃、四川交界的柴门关，心里只有感慨：雄关漫道真如铁！那万丈的高山，依然鸟都飞不过去；那寸草不生的如镜的青色石壁，雨水侵蚀过的地方，依然有黑色苔藓这样低调的生命在冬眠，我真希望春天的雨季时再来看看，这些沉睡的生命是否被春雷唤醒，是否能在这没有土壤的石头上生长出绿色。

山上一块巨大石头上刻着"秦蜀锁钥"四个字，忠实地强调着界限，它拥有至高的权威。几百年的风雨将石头上的字迹抹淡，天下一统，再没有界限。柴门关对面山脚开辟了公路——国道212线。看着对面的车水马龙，柴门关知道自己完成了历史使命，该休息了，于是荒芜蔓延。

当我沿着羊肠小道下山时，迎面走来了一队白马姑娘，擦身而过时没有太多的印象，只是太平常太普通的一面之缘。转弯时回头一望，我的心猛地一跳，眼前的白马姑娘沿着小道逐渐变小变模糊，如古老的白马人走向历史的深处，留下的只是背影。触景生情，这个画面竟然让我热泪盈眶，在以后的岁月里不时被想起，在我的心里顽固地占据了一隅。因为这个画面让我想到了很多：迁徙、生存、战争、毁灭、躲避、消失……

于是柴门关和白马人合并成一个词语：历史；合并成一个意向：过往。

站在柴门关山脚，我像在观看一场电影的结尾部分，让人反思、回味，又让人忍不住想探寻，想揭秘。

野猪关拾遗

一

山野、关口、石门。

达盖山和东山，两座山还没怎么着，只是有了类似于轻轻碰手的机会，就被定格了，而且是放大了的特写。目光聚焦的地方，只是刚刚相遇时礼数之内的接触，浅浅的、轻轻的。这就是眼前的山梁给我的印象。

当关口的石门被历史"当"的一声关上，那些过往的历史在里面探头探脑，也许还没等到探出头，就被身后的跃跃欲试一把攥去，踩在脚下当了垫脚石。最终能被我看见的，总保是生命特别顽强的，或者是人脉特别好的，或者是谁都不能忘，也不会忘的事。比如地名、比如出人头地或者与众不同的人或事。

自古从甘肃入川进入九寨沟地界，有两个关口可供选择：柴门关和野猪关。

耳边回响着两个老人背的顺口溜："凤凰落在张家湾，二龙抢宝野猪关，秀才出在保华山。清朝手里（时期）大辫子，皇上落在锣架子……"

野猪关很老了，比我眼前90多岁的杜爷爷和80多岁的陶爷爷还要老许多。他们俩绞尽脑汁，在脑海里、在过往的时间里给我打捞出的故事内核，在春日暖阳下，被开封、被解冻。就像杜爷爷家院子里正在阳光下暴晒的洋芋种子，种类、形状、颜色各不相同，每一颗种子终将成为一个独立的个体，在它生命的时间和空间里发芽、开花、结果。

历史的大幕拉开，阳光下一切暴露无遗。舞台被指代控制，此地被冠以过许多名字，而最终遗留下来的还是野猪关。不论你如何理解，这个关口被野猪指代，被世人接受，被历史承认。

二

如一潭水里冒出的一串泡泡，野猪关、野住关、义诸关，甚至还有尖尖滩、尖尖山、俄洞、黑戈朗都冒了出来。水泡游弋在我的面前，表面是五光十色的幻化，仔细一看，内部却是空空如也的虚无。甚至有些泡泡不等我细看，"啪"的一声，魂飞魄散，除了水面留下小小的涟漪荡漾，没有一丝存在过的痕迹。

野猪关、野住关，心中默念几声，我瞬间明白是南坪方言的声调作祟，是耳朵出现了听觉故障继而欺骗了大脑的结果。

取名字是有讲究的，一个重要关隘，我想怎么也不会用野猪命名，显得太不正式也太没有文化了。关于名字有人强辩，是寨子后面的山形像一头野猪，所以叫野猪关。自古以地形命名的也有之，我左看右看，怎么也看不出山体像野猪的形状。也许"只缘身在此山中"，可能是我距离太近的原因。

我偏向于野住关的叫法。其实叫野猪关或者野住关对这里种庄稼的人来说，发音都是zhū，都一样。但是"猪"和"住"这俩字一旦写出来，名词和动词毫不搭界，意义完全不同。这只是表象。

为什么是"野住"，有历史、地理、人文等更深层次的含义。

往来之人投宿，自古以来在这里显得非常正常。翻过野猪关，天色已晚，村民们认为不留宿来往的过客好像极不仁义。粗茶淡饭，或是一口鸦片烟，这里的村民是舍得的。一来二去，过往的商人或者脚夫和村民成了朋友，都是在江湖上混的，迟早有用得上人家的时候。因为地理位置，提供食宿，方便过往客人，这是"野住"二字用在这方土地上最合适的解释。

野住关的解释，给人温暖和希望，显现人性的善良和美好。虽然偶尔有见财起意的事件发生，但不影响它作为一个关口给人身心带来的安全感。

还有一种说法是胡宗南部队围堵红军时，有部队驻扎在这里。部队称为野外扎营，本地人称住在野外为野住。

义诸关，一个不错的名字。丝绸之路上货物交易频繁，强调和突出对情谊的重视，这符合人们的普遍心态：在家靠父母，出门靠朋友。也许这里发生过许多有情有义的故事，这些故事如水面的又一个泡泡，在微风中瞬间就消失得没有了踪影，在历史这摊死水中没留下一丝微澜。

三

俗话说："人无横财不富，马无夜草不肥。"地处这么重要关口的人家，怎样对待身外之物的诱惑？

有一家人，生活极其困难。困难到什么程度，吃了上顿没下顿。一天，和邻居们上山去干活，到了吃干粮的时间，邻居拿出黄黄的玉米面馍馍，你掰一块我掰一块吃起来。扭头看去，那家人傻傻地坐在地里，不吃也不喝。邻居想到那家人生活困难，可能没有带吃的，就喊来一起吃馍。自尊心极强的那家人怎么会受人施舍，情急之中，看到地上黄黄的土疙瘩，像极了火烧馍，拿起一块就啃起来，说："我们带了干粮的。"邻居看到那家人嘴巴上沾上一层黄黄的土，不好再说什么。他们知道，对这家人来说自尊心比饥饿更重要。

八月十五后的一天，这家的老两口去街上卖党参。回家时天快黑了。老太太内急，蹲下解手，老汉一个人自顾自地回家了。朦胧的天色中，老太太看见一窝白色的小鸡钻到前面的石墙里，不见了踪迹。老太太平日里听人说过，天明天暗时看见的白色小鸡或者白色鸽子，是银子的化身，这周围注定有银子。老太太惊呆了，难道传说中的情景再现了？她知道自己看见的不是白色的小鸡，是白花花的银子，小鸡是银子的幻影。于是她悄悄地做了标记，记下了周边的环境，快步回家去。第二天天还没亮，老两口已经到了昨天老太太看见小鸡的地方，东找西找，从石墙里找到了一坛银圆。从此，这家人买田买地，置办家务，情景大不同从前。昔日吃土疙瘩的情景永远也不会再现。

可是，这是谁留下的一坛银子？为什么不取走？显然，翻过野猪关后，银子的主人要不被土匪害了，要不远走他乡。也许永远都不会有答案。

对捡到银子这件事，这家人不需要避讳任何人，老百姓朴素的观念认为，捡到的就是买到的，没有任何违和感，用得心安理得。生死有命富贵在天，其他人如果要有什么意见，只有怪自己没有这个命享受这份禄粮了。

另一户人家的行为，就违背了人们普世的价值观了。

不知是哪个朝代留下的故事说，陕西的两个大客，赶着两匹牲口，驮着体积不大却又很重的东西，翻过野猪关，住到一户人家里。也许，他们是这家的常客，没多少警觉就歇脚了。也许，他们追着光阴紧赶慢赶，就是为了来这家歇脚。也许，他们的潜意识里，这家人厚道，况且他们还有多年的交情。这家人帮忙卸货时发现，这次的货可不比平常，看上去少，却是很有分量的，不是金条是什么？一家人互相对视的眼神里有了特别的含义。

客人们远途跋涉，吃饱喝好，极度疲倦的他们睡意早早来袭。这家人却被这些金条折磨得睡意全无。剧烈的思想斗争在脑海里拼杀：良善人家，挣点辛苦小钱养家糊口就好。另一个念头一剑将这个念头杀死：只此一次，从此洗心革面，好好做人。

人心隔肚皮，谁知道谁心里怎么想的。

传说他们只是得了金子，赶跑了两个大客。

我怎么也不相信这两个人能活命。人为财死鸟为食亡，千古定律不变。

平静的生活里掀起了波澜，赞赏的、唾弃的、沉默的……每个人都有自己的想法和看法，议论一阵后，各人忙着种庄稼、种党参、种大烟。告诫后人，当好庄户人，种好庄稼才是养活人的本分。

往事早就烟消灰灭。一个关口因为有了这些故事，而显得格外复杂和重要。

四

时间易逝，野猪关不老。野猪关的记忆里，不会忘记这样一群人。

"扶州番变"，年羹尧急忙调集松潘漳腊营守备柳得胜弹压扶州反民。眼看扶州即将失守，柳得胜半夜时分带领残部翻越野猪关，到甘肃文县的哈西墩。据《南坪乡土志·沿革》记载："惧丧地失律，遂自缢。"柳得胜自缢于甘肃文县中寨，到扶州的直线距离不到 50 公里，就是翻越野猪关的距离。

战火纷飞，当野猪关看到这样一群丢盔弃甲的将士，不知道是怎么想的。它难道没想过将他们藏在怀抱里，那里沟渠蜿蜒、山梁高耸、古树遮天。难道野猪关不知道扶州乃至野猪关需要将士的守卫？我不相信野猪关没有给这群战士一点庇护，哪怕是用黑黑的夜色，掩护匆匆的行军。

家族流传下来的故事，是咸丰十年（1860）的"庚申事变"。

> 南坪营都司因征粮激变，头目欧利哇聚众围南坪城。……南坪城北围久，粮尽来文县告急，援粮被劫。民乘夜弃城走，欧等追至野猪关，杀掠甚多，余悉逃入文境。（《文县志》大事记）

当时野猪关发生了怎样的杀戮，我们不得而知。但是这一群人中，有我母亲的高祖父赵铸九。年幼的赵铸九属于"余悉"之类，逃入文县境内，颠沛流离了十年之久。"在咸丰庚申之变中，余避难逃生阴平（今甘肃文县），前后近十年，所经磨难，言之痛心……"（赵弼成于 1921 年 12 月所写的回忆他祖父赵铸九的文章《辛亥革命与南坪"定坪军"》）。赵铸九的幼年深受"庚申事变"其祸，流离失所近十年。吃的苦，受的罪，不堪回首。一句不堪回首，说尽了人世间的苦难与艰辛。

野猪关见证了叛乱带给人们的灾难。难民扶老携幼，舍家弃业，衣冠不整，哭天喊地。老弱的难民怎么逃得了身强力壮的追赶者的屠杀，野猪关眼睁睁地看着难民命丧黄泉，他们的鲜血染红了脚下的大地，他们的亡灵因无人祭拜而到处游荡。活着的人，目标只有一个，跑，快跑，翻过野猪关就是文县的地界了，那里就安全了。

战争将野猪关染成了红色。

野猪关遗留下来的不光是史志里记载的杀戮和民间流传的故事，还有文人记者寄情于山水的文字。

民国《大公报》记者范长江在《中国的西北角》一书中记载了野猪关。

范长江没有机会更多地了解这里的历史，他不知道野猪关名字的来由。范长江认为野猪关既是村庄的名字，也是有野猪的关口。

> 野猪关梁，产野猪甚多，大者重五六百斤，常结对五六十为群，出山吃农作物，农民莫可如之何。因此等野猪过大，獠牙伸出口外尺余，较小之树，被其一撞即倒。如以枪击之，中二三枪毫无关系。但猎者如被其发现且被追到，则断难幸免。

范长江的注意力集中在野猪关的字面意义上了。意识影响行动，他们一行在深山老林里行走，强调避让野猪，快速通过。"及过半山以上，只见雨在山下落，云从脚底起"，范长江看到的，是野猪关的一大奇观。野猪关不光是川甘交界的关口，也是出产最好，风景绝佳之地。当范长江翻过野猪关，站在甘肃的土地上，"回首望南坪白水江，仍历历如在目下"。白水江如一条缎带，无声无息地在地面蜿蜒。

历史留给野猪关的不光是耕读的时光与日常，刀光剑影的冷酷和麻木，也有文人的激情和回望。历史就是由这些深深浅浅的、明明暗暗的脚印，还有那些在山林里回荡的号子声、欢笑声、呐喊声，以及那不间断的马队的铃铛声交织而成的。

五

藏语产生了个新名词："新名家"或者"支己家"（藏语音译）。

当听到野猪关的两个老人再次说起"新名家"这个词时，我的大脑里幼年记忆存储区域的门突然打开。记忆里说过这个词的人是我爷爷。他说这个词是针对"西番家""峡勿家"还是"南岸家"说的，我记不清楚。对这词的意思，我好像有与生俱来的熟悉感，就像许久不见的熟人。

黑戈朗、尖尖滩、尖尖山、俄洞、达盖山，这些名字都富有浓郁的藏族特色，仿佛酥油花一样好辨识。赋予这片土地名字的是土地的主人——藏族人。传说他们听到周达武周老大人和李铁匠李大人说"去高山，骑马做高官"，误听成"坐高山"。这一区域居住的藏族除杨家和龙家外，都搬离到了九寨沟或者草地，留下黑戈朗、尖尖滩、尖尖山、俄洞、达盖山的名字，代表着他们和岁月做最后的抵抗。岁月从不败任何人和事，只有达盖山的名字还在沿用，其余的名字，被老年人带到地下睡大觉去了。

"新名家"或者"支己家"，是对长久居住在河坝地区的藏民的统称，带着躲避的眼神，带着满腹的疑惑和对忠诚的怀疑。在藏族人眼里，他们是汉化了的藏族。在汉族人眼里，他们是有不同信仰的藏族。

庚申事变，又杀回来的藏民不放过任何人，包括安乐寨来的藏民杨家和龙康来的藏民龙家。因为他们是"新名家"或者是"支己家"，他们涉嫌和汉人私通，不再是和他们有着一样骨头的人了。没办法，杨家一家人带上一条狗躲到深山里，被搜山的藏兵搜了出来。藏兵念其骨肉情，想放了杨家人，但是军令如山，刀上不见血，他们交不了差。无奈，藏兵杀了狗，刀刃上沾满狗血，拿狗血回去交了差。藏民杨家侥幸从藏兵的刀下活了下来。

龙家在黑戈朗时间长了，有了根基，在达盖山上有了自己的庄子。龙家也是黑名单上的人，要想活命，非得躲避不可。无奈之下，一家人带上一切可以带走的东西，躲在达盖山上避难。藏兵没有找到龙家人，只有放弃对他们家的追杀。

此后，藏民杨家和龙家就和汉人一起居住、生活。他们和汉族一样种庄稼，养猪养鸡，和汉族穿一样的衣服，吃一样的饭菜，说汉话，谁都看不出他们曾经的过往。

当九寨沟内的居民说起黑戈朗、尖尖滩、尖尖山、俄洞、达盖山时，说那里是我们的老家，你们是老家来的人时，双方相视一笑。渡尽劫波兄弟在，相逢一笑泯恩仇。

那些被指代过的和被融合后的一切，见证了紧握的一双双大手的力道和一张张笑脸的真诚。

会讲故事的康珠泽里

在满山野桃花又一次盛开的季节，能木杰给我当向导，我见到了康珠泽里叔叔。我到大录的那天是 3 月末，正是春季里最好的时间，漫山遍野桃花的灵动和艳丽把千年古藏寨的质朴和寂寞调动起来，再加以经幡迎风的舞动，大录千年古藏寨好像活了起来，动了起来。在冰天雪地、大雪纷飞的天气里，我的心也跟着热了起来。

满山盛开的桃花也阻挡不住满天的飞雪，在乍暖还寒的春季，温暖和寒冷互不让步，桃花开你的，大雪下你的，大不了桃花含苞的花蕊迟几天绽放，火炉里多放上些柴火，如此而已。这里的人们习惯这种混搭的季节，就像大热天他们能穿皮袄，也能穿薄薄的氆氇，对生活在高寒地区的人们而言，包容是最大的修行。

康珠泽里叔叔家住在大录神仙坪，在嫩恩桑措（神仙池）景区的门前。神仙坪，顾名思义就是一块平整的地方，周围松树碧绿，山腰白雪覆盖，这里的人们过惯了慢生活，就连烟囱里冒出的蓝色烟雾也是悠闲的，不管火炉里的火燃烧得如何炙热，如何急着想把热量尽快散发到四周，烟囱里冒出的烟雾就像草坪上跳锅庄的男子，一招一式舒缓慢悠，一种习惯了慢生活节奏的慵散恬静。

康珠泽里叔叔面目慈祥，身材高大，面色红润，身穿厚厚的牛毛织的酱红色氆氇，手拿一串他爷爷留下来的长长的菩提串珠，这菩提串珠被他爷爷、他阿爸和他六只手一百多年天天抚摸，手的温度和汗液让菩提原本丰满的身体日益消瘦，身体包浆，显出各种黑色纹路的印记，这是康珠泽里家的记事本，记录着康珠家的故事。又如周边的大山大河，形状圆润没有棱角，颜色饱满厚重，早超越了菩提的格局。这串菩提被印上了康珠家的风骨、气息和气质，是康珠家的历史和过往的记录本，不需要更多的言语解说，岁月不言，但是岁月有痕。从这串菩提串珠我感受了康珠家信仰的虔诚与坚持，看到了岁月的流逝与更迭，体会到了他们的继承和坚守。它承载着几代人心中美好的愿望和追求，并将流传下去。我不由得肃然起敬。

信仰的坚持靠自觉和毅力。康珠泽里叔叔在家里磕着长头，几寸厚的木板前端被他天长日久磕长头时伸直的双臂磨损得像一把锋利的刀片，消薄得如一张纸。磕长头，康珠泽里让神灵看到他的坚持与虔诚，神灵给予康珠家健康和安宁。我不由得惊叹，这得要多少时间才彼此消耗至此，信任于此。木板的生命和康珠泽里的生命彼此交融，陪伴。木板的磨损换来康珠叔叔家的安康，而康珠叔叔的时间奉献给信仰。这是等价交换的行为。

来藏族聚居区多了，自然知道了藏族人家里忌讳什么，如何长幼有序地坐位子。康珠泽里叔叔自然让我上坐，我肯定是坐在火炉旁边位置。环顾左右，古老青铜和红铜的大锅有好几口，每一口的颜色和花纹各不相同。青铜大锅的外围布满环形的条状纹饰，一圈环条，一圈鱼纹。我好奇为什么要把鱼刻在锅上，康珠泽里叔叔说，玄奘取回真经过河时，经书掉入河里，被鱼吃掉。把鱼刻在锅上用大火烤，为了让鱼吐出真经，也让鱼为它的鲁莽的行为买单。因为鱼的肚子里有真经，我想这也许是有些地方的藏族人不吃鱼的又一种解释吧。红铜大锅上则刻有龙的图案，康珠泽里叔叔说，这种红铜龙图案锅的年代要比青铜鱼图案锅生产的时间晚了许多。也许，只有在这深山里才有可能看到古老的物件、听到古老的故事。

我和能木杰来这里的目的是听故事的，话题自然转到大录寨。

康珠泽里叔叔的记忆力好得惊人。

康珠泽里叔叔给我讲了大录藏寨的几个古老家族的故事。

东巴家族——一个古老的家族，就是如今旦真泽里的家。康珠泽里叔叔算东巴家族的外侄，当年他的一个姑姑就嫁给东巴家一名叫律呷亚的男子为妻。东巴，这名字为何如此耳熟？是的，没有听错，是叫东巴，和云南大理的东巴是一个名字。康珠泽里叔叔淡然地说。藏族没有习惯记载族谱，康珠泽里叔叔从小就听说东巴家族是从西藏那达地区来到大录的。一同来这里的东巴族人分布在四川松潘和九寨沟景区外围的彰扎。

四川九寨沟的藏族东巴家族和云南纳西族的东巴家族同名。他们之间有关联吗？有什么关联？我好奇极了。我知道忽必烈的军团从大录路过，他的目的是直达云南。而藏族聚居区的东巴家族因为什么和云南的纳西族东巴有了关联？我不懂，自然有人懂。关于这一点，以后有人会解释的。我隐约感觉这一次的联系纽带可能是信仰，最早的宗教信仰。

我脚下的这片地区又一次和距离一千多公里的云南地区有了跨地域、跨时空的联系，感到不可思议的同时，又感到一种神奇的力量。对于历史，我知道的太少，而遗失在时间里被蒙尘的又很多。

康珠泽里叔叔属牛，七十多岁了，但是康珠泽里叔叔能记住旦真泽里家族七代人的名字，前后时间跨度近两百年。旦真泽里家第一代人名叫初泽里；第二代人名叫牙果；第三代人名叫白马觉；第四代人名叫律呷亚，律呷亚也是康珠泽里叔叔的姑父；第五代人名叫东里生，他和康珠泽里叔叔最熟悉；第六代人是旦真泽里；第七代是旦真泽里的儿子。

东巴家族又叫东巴尕闼（音译），意思是有经书的家族。我们可以理解为书香门第或者书香世家。既然家里藏有这么多的经书，肯定就是有文化的世家。康珠泽里叔叔还记得东巴家的藏书装了满满一面墙壁。经过十几代僧人的呕心沥血，尼玛派的经书他家全有，东巴家也是世世代代不出家的和尚，可以娶亲生子，可以传承血脉。

传说东巴家有四个兄弟，长大后各自为生。只有大录的东巴家族以专职念经为生，成为专职的职业诵经人。既然是职业诵经人，那就容易理解他家的人为何懂得用卦象占卜，会用漫山遍野的草药治病了。东巴家世代出打卦占卜的人。康珠泽里叔叔说，读书人清贫，没有土官家富有，除了念经打卦外，东巴家族还要务农、放牧、治病、打猎，以补贴家用。

康珠泽里叔叔说的这些事，被东巴家的古老家具一一印证了。

到了第五代东里生时代，时间到了20世纪，东里生是远近有名的藏医，他会用中草药治病。与祖先不同的是他有书房，在那个时代，在藏族地区，这就非常罕见了。书房里既藏有各种经书，也藏有各种医书。他还会写汉字，更会说汉语。他博采藏汉所长，成了一个博古通今的人。既能给人念经——从精神上安慰民众，也会治病——从身体上帮助族人解脱病痛。在这样一个小小的地方，除了土官，东里生算得上一个满腹经纶的名人，一个悬壶济世的仁者，他的博学和仁慈更是得到老百姓打心眼里的尊重、爱戴和佩服。

大录千年古藏寨，这么多房子，这么多人，关于他们的来处与人员的组成，康珠泽里叔叔知道的还有很多。

他说，大录藏寨还有一个叫乃让吉的家族，一千年前从印度那达可（音译）来到此地。康珠泽里叔叔说那达可如今叫德纳加。乃让吉家里有一面鼓，这鼓有灵性，有事会自己响。乃让吉族人到若尔盖求吉后，生了五个儿子。儿子们大了，乃让吉想家族开枝散叶，想让孩子们去不同的地方插占为业，就想了一个办法，他把五颗豌豆撒到鼓上面，让灵鼓决定儿子们的去向。他说，如果豌豆在鼓上不掉下去，神的旨意就是五兄弟不分家，在一起生活。如果豌豆掉下鼓去就分家，这也是神的旨意，五兄弟就朝豌豆的五个指向去五个不同的地方生活。鼓面的弹性把五颗豌豆弹向四面八方，五兄弟根据豌豆落地的方向分别去了包座、迭部、彰扎、大录等五个地方。

康珠泽里叔叔的妻子就是乃让吉家的女儿，当我们看见她时，她双手合十举到额头，微微弯腰和我们打招呼。我不知道她是否会说汉话，我没机会问问此事。

传说大录千年古藏寨里有的家族是松赞干布西征时留下的藏兵，代表松赞干布管理这片地方。松赞干布还严令藏兵不许私自回到西藏，否则格杀勿论。每个寨子都有藏兵的后代，经过千百年时间的淘洗，这些代表松赞干布的藏兵的后代，早被周边的藏民融合，没有保存下西藏更多的味道。这是时间施展的魔法。

曾经大录地区还生活着白马藏人。康珠泽里叔叔清楚地记得白马人的服饰。康珠泽里叔叔小时候和族人也戴着面具跳伛舞，也穿一样的服饰。他说记忆中女子的头发会辫成辫子，发尾接上黑牦牛的毛辫到膝盖处，发尾装饰着玛瑙。从玛瑙可以看出一个家庭的经济状况，有钱人装饰六颗玛瑙，没钱人装饰两颗玛瑙。一般四颗玛瑙就是一头牦牛的价值。习惯游牧的藏族把家产穿在了身上。康珠泽里叔叔说服饰变化过四次，变成我们如今看到的藏装。

杂糅、融合是中华民族发展的大趋势，大录古藏寨也身在其中，没有例外。仔细想来，大录古藏寨的基因脉络是清晰的，可以溯源的，而且溯源的路径也清晰明了。我听得越多，越感到康珠泽里叔叔的不简单，在探究大录古寨千年的秘史过程中，康珠泽里叔叔就是一个桥梁，他讲的故事虽然粗糙，但也是源于藏族习惯的口口相传。而且他还能知道这么多，记住这么多，这已经非常不容易了，康珠泽里叔叔真是个有心人。我明白能知道这些的，只有康珠泽里叔叔这个年纪或者更大年纪的人。但是更大年纪的人可能已经被时间抹去了头脑中的记忆，也可能不在人世。对大录片区而言，康珠泽里叔叔就是个活化石般的宝贝人物。我能听他讲述，是我的荣幸，更是大录古藏寨的荣幸。一两千年以后，还能知道自己来自何方，还能知道自己家族的事，找到心灵的归属，找到自己祖先的根脉，该是多么幸福的事。

康珠泽里叔叔的思维非常清晰。说完了大录藏寨里各个家族的来龙去脉，他想讲一个关于白莲教的故事来佐证东巴家族打卦占卜的灵验。白莲教？！我有些惊异。我在县志里看见过关于白莲教的记载，可我万万没想到白莲教会从我眼前的这位普通的藏族老人的口里说出来，他们之间好像相隔万里。我有些诧异，也有点迫不及待。

康珠泽里叔叔说不上白莲教来这里的具体时间，他只是清晰地记得老辈人讲过有关东巴家族的初泽里这个人的事情。初泽里？这不是康珠泽里叔叔记忆里能记得的东巴家族的第一代人吗？

《南坪县志》记载：

> 白莲教欲由柴门关入南，巡检卢思澄（广东人）同千总带领防堵兵丁百人，并民团百人至柴门关修筑隘口，昼夜巡查。白莲教因防堵甚严，五月由哈南寨去平武。初三，千人由勿角至南坪，扎永丰。初六黎明由东山梁走黑河，进达舍寨走羊布至西固，鸡犬不伤。

白莲教从大录毗邻的黑河达舍寨去了西固，县志里可没有白莲教从大录经过的记载。康珠泽里叔叔说，白莲教确实没有来过大录，因为大录藏民祈求石门沟的山神改变了白莲教继续往上走的想法。听说白莲教要从这里翻山去西固，大录全寨子的人都慌了，不能让白莲教从寨子里经过。每当遇到重大事件即将发生的时候，信仰神灵的民族自然有他们自己的方式解决。祈求神山的保佑吧！千百年来，神山不是一次次帮助藏民化险为夷吗？这一次需要最南边的神山的帮助了。人们在南边石门沟的神山脚下杀了一头牦牛，初泽里念了很长时间的经。神山知道了人们的祈求，神灵会保佑寨子和藏民的安全，人们心里得到了些许的安慰。

听说白莲教有三千人从勿角到了南坪城，准备往黑河沟开拔时，寨子里的人还是有些紧张，于是扶老携幼躲到山里去了，历史经验，有备无患嘛。寨子里只剩下两个人没有躲，一个是初泽里，他打了一卦，卦象说一切平安。于是他气定神闲地在家里看起书来。早晨起来该烧水熬茶还是烧水熬茶，初泽里家的烟雾和往常一样，慢慢悠悠地从烟囱冒出来，和山上的白雾纠缠在一起。

寨子里还有一个女人没有走，这个女人有能和山神通话的本事，人们叫她师家。师家就白莲教的事问了山神，山神很平静，没有惊慌。于是师家说，没有关系，白莲教对大录没有任何伤害。于是这个师家就留了下来。她没想到初泽里也没有躲，看到初泽里家的烟囱冒烟，她到初泽里家来了。这两个有特殊技能的人，能未卜先知的人，有史以来第一次认真地就白莲教的事情面对面地沟通，并说了各自的看法。你的神灵和我的神灵的看法一样，此次没有祸端发生，真不用躲，躲什么呢？

如山神和卦象所喻示，白莲教还真没有到大录来。县志记载白莲教从达舍沟去了西固，传说白莲教从羌活沟翻山从漳扎的牙屯走了。传说白莲教到石门沟的江色比松神山附近时，神山变成一个美女，白莲教问美女去西固的路怎么走，从哪边走。美女指着大录方向说，不能从这里过去，山沟里面骑马走十八天都是荒无人烟之地，水都喝不上一口。白莲教一合计，那就别走这条路了，于是从旁边的路上翻山而去。

大录的老百姓感激美女，其实人们感激的是江色比松神山。在他们的信仰中，神灵无处不在，无时不在。这种信仰对于藏族聚居区的每个人来说，多么正常。我也是在这种信仰下长大的，藏汉文化无缝隙地融合了。文化总是穿着隐身衣附着在其他的事物上，并给予人们生命和灵魂，精神和风骨。

我想，康珠泽里叔叔的故事没有讲完。如果有缘，我还会去听他讲故事。

一个白马部落的秘史

白马人，谜一样的民族，谜一样的群体。比邻而居千百年，他们像一只透明的蛋，透过透明的壳，外人可以看见他们的日常，他们的生死。但这只蛋是那样完整，坚固，没有缝隙。他们的歌声传不出来，气味散不出来。阳光的穿透力极强，可以照到白马村寨的角落，照到木撵子房背压着青黑石头长满青苔的塔板，照着房子前晒太阳老人黑红的脸，照着老人弯曲的布满青筋的手和嘴里的兰花烟锅。老人深深吸一口气，双颊深陷，从鼻孔呼出的白色的烟雾，经过肺的转换，既是兰花烟，又不是兰花烟。这挂肺需要吞吐来自四面八方的各种空气，经过肺的吸纳、辨析、分解、转换，给自己供氧，保证个体生命的需要，又要给别人一副强壮的、气定神闲的、胸有成竹的感觉。

这，多么地不容易。

白马姑娘班润美带我从甘肃省文县哈南寨的西北一隅，沿河向白马人居住地之一的石惹、俄石道一沃也深入。这一瞬间，我没有了在自己家里闲庭阔步的悠闲，心里有了一丝紧张。准确地说应该是拘束吧。因为我的脚下，是柴门关外的大地，是边关五寨的遗址。没有关外五寨了，历史将他们存放在时间里。只有那高高的岩元山和蚂蚁山还在，只有从沟里流出的小河依然，虽然它们都显得有些寂寞和失落。

进入沟里，我终于听见了酒歌，是次仁郎秀（又名班赢福，意思是寿命天赐）和尼满坦（又名班二宝，意思是太阳）发出的声音。意味着我跟随班润美从时间隧道的缝隙进入，来到白马人的边缘，看见了他们的背影，听到了悠远的酒歌。眼前的情景和声音让我惊呆了，一切都是惊鸿一瞥的短暂，或者蜻蜓点水般的肤浅，或者走马观花般的粗糙。但是我还是听到一个部落的自述，用一曲酒歌讲述开天辟地的偶然；用一场傩舞，表演万物与自然的和谐；用一副面具，隐晦了人和万物的通灵；看到一棵孤傲的冷松以及冷松下那对熊猫的嬉戏，以及从这棵树下经过的伤心的孤独的决绝的剪影。它们表演着登嘎甘伯（熊猫舞），用舞蹈讲述着它们的日常，演绎着万物的和谐共生。大山是它们的观众，小溪给它们呐喊，松树给它们鼓掌。

一、石惹、金丝猴、熊猫

次仁郎秀和尼满坦讲述的声音在前面带路，我紧随在他们的身后，在时间的黑洞里寻找可能出现的一丝光源。哪怕是微弱的一丝，我也会紧紧地逮住。

定格在时间尽头的是6世纪丙寅年的西藏阿里，政教合一的格局被打破，信奉苯教的他们背井离乡。透过缝隙，我看到了远处走来的部落，他们影影绰绰，叹息声仿佛穿越千年。歌声隐约，空气中传来淡淡的酥油和青稞酒的香味。他们的身影是模糊的，声音是模糊的，时间是模糊的，路线是模糊的。将时间的鼠标朝后移动，能看到松赞干布的影子，他带领二十万大军攻打下松潘城，遗留下了一部分人住在岷山的褶皱里。这条路线白马人是熟悉的，当年他们也走过同样的路线。松赞干布留下吐蕃军队中随军征战的三名战神：顿郭朗宁、巴丹洛梅、诺决丁坚，三名战神变成三座神山。

时间之轴快进……停，我看到了金丝猴。等等，定格，班杰尼木和妻子一清早在他家的院子里看见了什么？一只老金丝猴，坐在院子里一动不动，它满口的牙齿全掉光了，周围那么多松萝、花楸木、山皂角、山杏子，它年轻时最爱吃的那些嫩叶，现在它吃不动了。班杰尼木和妻子把这只金丝猴喂养到老死，将它埋在院子里当初发现它的地方。

次仁郎秀和尼满坦的声音就像画外音：埋掉老死的金丝猴，从此这里就叫"石惹"（汉语意为金丝猴的乐园）。哦，金丝猴的乐园，漫山遍野的金丝猴。石惹的名字叫了多少年？看看时间轴，从6世纪到16世纪，差不多1000年。1000年，真是不短的一段时间呢。1000年的时间里不知道金丝猴家族生生死死多少代，风风雨雨多少春秋。

时间轴返回到6世纪，那里还有故事发生。

次仁郎秀和尼满坦遥远的声音传来：一天，班杰尼木和兄弟单真郎杰去大森林中开垦种青稞的土地。是的，那天兄弟俩刚走到咕嘟垴时，听到发自胸腔的，使出全身力气低沉的嚎叫"咕扎、咕扎"。树上的叶子被低频的声音唰唰地震落，地皮在颤抖，山坡上的岩石滚落下来，扬起一阵尘土蔓延开来。他们俩被这叫声震住了，是什么巨型动物，能发出如此地动山摇的声音？低沉的声音铺天盖地，像一张密密的网将兄弟俩罩住，他们俩感到巨大的威胁，瞬间丧失了安全感。班杰尼木和单真郎杰背靠背地站着，举起手中的武器——镂扎，"勿未、勿未、勿未"，三声勿未，是白马人面临威胁时的警告。班杰尼木和单真郎杰发出的警告是：前方的动物，停止你们的攻击，我们在此，让开道路，确保你们平安无事。但是，"咕扎"的声音仍然继续，丝毫没有受到"勿未"警告声的影响。凭经验，不该是这样。奇怪了，今天到底遇上了什么？他们俩慢慢朝声音靠拢，想一探究竟。

靠近古树，眼前的情景让他们俩大吃一惊：一棵笔直挺拔的冷松下，一只老虎趴在树下，悠闲地抬起右前爪拨弄眼前的一团黑白相间的圆球，那圆球是一只用两只前爪子紧紧地抱住自己头的小登嘎（幼小的熊猫）。不远处一只母登嘎双爪刨地，脚下的土被刨出两个土坑，两只后腿支撑起浑圆的臀部，咬牙切齿地发出吼声，声音随着脊柱一浪一浪地往前移动，聚集在喉咙，等待出发的指令。班杰尼木和单真郎杰的突然到来，让专心和小登嘎玩耍的老虎警觉起来，它猛地站起来，边转圆圈边发出"噗噗"的警告声。看到老虎发威，班杰尼木和单真郎杰动都不敢动了，人、熊猫、老虎三方形成对峙局面。气氛骤然紧张起来，周围奇静，树叶被风吹落下来的声音都会引起空气的震动，继而震动着他们三方的耳膜。时间停了下来，空气凝固了。

紧张的气氛并没有影响到少不更事的小登嘎。它看见老虎放开自己，对小登嘎来说这可是天赐良机，它四下看看，赶紧一溜烟跑啦。登嘎妈妈看见孩子虎口脱险，也悄悄地后退着离开了三方对峙，留下老虎和班杰尼木和单真郎杰在那里坚持着。看到熊猫母子虎口脱险，班杰尼木和单真郎杰也后退着离开，也许是看到敌人后退，老虎最终也不甘心地一步一回头地走了。

班杰尼木和单真郎杰回家给部落的头人欧布则主说了此事，欧布则主说："自从我们插占为业以来，就发现这里是熊猫的家园。我们人和熊猫世代和平相处，熊猫是我们部落的吉祥物。今天是个吉祥的日子，老虎、人、熊猫三方会面，人保护了熊猫，老虎没有伤害熊猫，人没有伤害老虎，老虎没有伤害人，三方中没有一方受伤，这是神的旨意，是最好的结局。"

白马人爱熊猫，保护熊猫，他们和熊猫世代为邻，和谐相处，在长期的共生中，白马人模仿熊猫一天十二时辰和一年四季的动作创造了一套舞蹈：登嘎甘伯——熊猫舞。

二、关外五寨

柴门关的地理位置明显保护不了关外五寨。作为边关五寨重要的、唯一的哨卡，它没有挺身在前，而是将飞地——石惹和俄石道一沃也推在前面，自己躲在侧后方。既然你们白马人和古秦国的汉人世代为邻，又冲突不断，你们认为身处的环境危险，那就往山上搬吧，有高高的、深深的大山掩护，你们会安全的。住在高山上或者深山里的白马人果真就安全了，是这样吗？反正离了这么远，柴门关假装打瞌睡，不再理会。柴门关外的五个寨子，你们自己保重。

　　草地沟口的岩元山和蚂蚁山，高高耸立在白水河西岸，据说山上黄土地宽广肥沃，出产青稞、豌豆。两座山像草地沟的左大门，和草地沟右边的甘肃文县哈南寨毗邻。这两座山上，分别有两个白马村寨。按理说，山上和山下是两个不同平面的空间，各自的空间互相平行，除了放牧、磨面、购物或者看病，平日里他们的生活空间独立，难得有交叉的机会。哈南寨、边地坪、蚂蚁墩是典型的农耕地区，繁重的体力活靠人是完不成的，所以，每家每户都养有牛马以耕地、驮柴，生活离不得这些牲畜的帮助。牛或者马就是每一家最值钱的财产了。有些人把牛马看作家人，从感情上依赖它们，从体力上依靠它们。没有牛马的家庭肯定不会是衣食无忧之家了。农活有季节，春耕后农闲时节，每一户人家都在考虑将自己家的牛马放到岩元山或者蚂蚁山的草坡去，那里有吃不完的牧草，一个季节下来，牛肥马壮，这比庄稼人自己长胖了都让人高兴。哈南寨的牛马自然也要放到哈南寨背后的岩元山或者蚂蚁山上去，他们期待秋天，宝贝们肥得屁股都是圆鼓鼓的，毛色油光水滑，回到家里，他们就像看自己胖嘟嘟的儿子或者孙子一样，用爱怜的眼神看这些牛马。

　　牛马毕竟是畜生，不是人，它们哪里知道哪些是庄稼，哪些又是牧草呢？山上草场边是白马人种的青稞或者豌豆，人吃的东西，味道肯定比野草的味道好，牛马就是喜欢吃青稞、豌豆的苗子或者果实，一吃就要吃个饱，不吃饱绝不抬头。白马人一季的庄稼就这样被毁了，那么白马人冬天吃什么填饱肚子？牛马是畜生，它们可是有主人的，主人是牛马的监护人，牛马闯的祸，主人应该负责。于是山上的白马人到山下的汉人家里去讨说法，要求赔一季庄稼的收成。生活并不宽裕的人家，哪里有余粮赔给别人？就算有余粮，也不能开这个先河。矛盾不可避免地发生了。

　　既然讨不来损失的粮食，那么只有重新播种，希望在霜冻来临前，储备一点能过冬的食物。那些吃得肥头大耳的牛被拉来套上杠头耕地，白马人心中的愤恨还是无法消解。要让牛的主人心痛才行。拔出绑腿里的小匕首，剥开牛屁股上的牛皮，把牛皮翻到背上，架上牛耕地，不会说话的畜生被这样折磨，那情景别提有多惨了。

　　牛的主人可不依了，继而所有的人都不依了，今天被剥皮的牛不是我家的，保不准明天的不是。冲突不可避免地发生了。打架、剥牛皮，再打架、再剥牛皮……恶性循环，没完没了。

　　后来，岩元山上出了一个小伙子，力气大得让人不敢相信，十几个小伙子拿他没有办法。小伙子站出来说了："不要再剥牛皮了，牛吃了你们的庄稼，我负责索赔。"他定下规矩，谁家的牛吃了别人的庄稼，都必须赔偿。要不赔，小伙子就要收拾人。该赔的赔，该收的收，山上的人和山下的人好像能平安相处了。那几年，所有人都过上了一种和睦的幸福日子。

给山上人赔偿，赔得河坝人家的日子又过不下去了。有人在预谋，收拾了那"蛮儿子"。打是打不过，不如想办法让他信任我们，然后……

河坝人和山上的小伙子结为兄弟，大家你来我往，吃肉喝酒，好不高兴。喝酒的地方从河坝到山上，海拔越来越高，人越喝越醉。一天喝酒时，小伙子被安排坐在山边，他没在意，当他烂醉如泥的时候，他旁边几个小伙子一挤眼，几双手抓住小伙子，一起用力，小伙子如一块石头般地掉下山去。

河坝人安心了，从此再没人能从他们手里拿走粮食了。

一切又重复着昨天的故事：剥牛皮、要粮食、打架……

起初是几个人打，后来是几家人打，再后来是两个寨子打……人像石头一样被扔下山来，寨子上方冒出浓浓的黑烟，界碑被砸毁……

从此，这两座山上没有了白马人，白马人的两个寨子消失了。

关外只剩下三个寨子，关外五寨成了传说。

三、鸦片、老房子、绑架

任何一个部落，保证血统的纯正，是和生存与灭亡一样重要的头等大事。为此，外人不被允许进入他们生活的范围。长此以往，部落难免被边缘化，变得闭塞。自给自足是他们生活的常态，生老病死完全靠老天的赏赐。就如次仁郎秀和尼满坦的名字，祈求天赐寿命，或者如太阳般长寿，这是美好的祝愿，但是事实并不完全顺遂人意。但如果自己的土地上生长有治病的药呢，是不是人的生命就有了保障？况且这药还能卖钱，生活环境得到改善，情况是不是完全就不一样了？

民国五年（1916），西充一个姓冯的汉人来到了山里，带来了许多他们见都没见过的礼物，他找到欧布头人，请求让他成为部落的一员，生活在这里。欧布头人想都不用想，断然拒绝。这怎么行，一个完全是白马人的寨子里住进一个汉人，就像青稞里加入了胡豆，完全不是一码事嘛。姓冯的不死心，不停地送礼物，老子不行儿子又来办。看到欧布头人虽然态度坚决，但不明说不行了，冯家的儿子试探说，他们想在这里种一种草药，既能治病又能卖钱，开的花也好看。你们就让我种一块地试试，你们看嘛，那花你们绝对没有看见过，那草卖的钱，多得要用麻袋装。听到这话，欧布头人和部落的人想，究竟是什么草，说得这么好，种来看看。

头人终于答应了。就像预先准备好的一样，山里一下子来了很多汉人，拿着马刀，砍树开荒，刀耕火种，一棵棵松树被砍倒了，一座座山被开荒出来，一块块坡地种上了"草"。几个月后，等到"草"发芽开花，一些白马人好像认识，这不是大烟苗子吗？原来，冯家做贩卖鸦片的生意，最近广州海关查得严，鸦片运不进来，不能眼睁睁把钱砸了吧，冯家人经过深思熟虑，想到了这个点子，到鸦片最适合生长的川甘两省交界的深山里种植，可谓一举多得。

草地沟地处川甘两省交界，既是交界，就是管理最薄弱的地方。况且还在深山里，神不知鬼不觉，在这里种大烟，外界怎么会知道？几个月后惊人的收益，让白马人目瞪口呆，这比种粮食强到哪里去了。我们也种吧！冯家不用再动员，部落的土地上除了零星的粮食地显得那么朴实外，大部分被五彩缤纷的花朵覆盖，香气四溢，冲散了白马人千百年来自己的气息，熏得老年人直叫不习惯，叫唤头痛。不是说能治病吗？怎么治？冯家教人们裹烟泡、吸烟。果然，一口烟吸进肚子，浑身疼痛的老人不痛了，感到浑身轻松，身轻如燕。肚子痛的小孩子，一口烟吸进肚子，端起饭碗吃得碗底朝天。果然是宝贝哎！

一驮驮大烟被骡马驮下山去，一驮驮银圆被骡马驮上山来。白马人没想到这小小的一株草，竟然能换这么多的银圆甚至金条，竟然能治这么多的病。种吧，多种。这简直就是灵丹妙药啊！这简直就是制造金条、银圆的机器！

烟客子和他们请的花儿匠有句顺口溜："进的老林种大烟，下山回家好买田。"因为大烟，人们都发财了，买田的买田，修房子的修房子，买商铺的买商铺，死水般的经济被大烟搅动起来，刺激着人们的神经，一切都像打了兴奋剂般跃跃欲试，水里亮晃晃的月亮像一枚巨大的银圆，勾引人们去捞时，破碎成了更多的碎银子，继而无数双手进水里捞银子时，银子消失不见了。

几年后，积累的银子多得不知道该怎么花了。于是班家在石惹背靠山的地方修起了一座四合院的大瓦房，深山老林里修房子，塔松就长在房背后，取之不尽用之不竭，木擩子的房子上都是盖塔松板。大瓦房，可是一般人想都不敢想的事。况且房子的工艺之精美，也是罕见。楼上转角的房脊背上刻着黄龙（蚯蚓），白马神话传说里黄龙开天辟地，才有了天和地，才有了人间的繁华。东南西北四方四檐割水的工艺，如今早已失传，那情景只保留在班家后人的记忆里，不时拿出来晾晒一下，免得在记忆里腐烂。宅子修得四四方方，大门隐藏在四方墙壁以内，整座宅子像一个四四方方的官印，目的是防土匪。为了安全，往往豪宅内部设计的隐藏机关不少。班家大院四周的墙壁里也设计了机关。墙是夹层的，中间可以过人，保证在有土匪包围的情况下，或者土匪攻进院子里时人员可以全身而退，安全逃离到深山里。更不要说设计有地下银库这些绝密的地方了。房子开门大吉那天，大门上就挂上一个写有"孔邱玉垂"的木刻匾额，像班家房子的身份证，见证着班家的兴旺与衰败，与班家同荣辱，共患难。1968年破四旧时，房子的雕刻部分被烧完。我能看见的只有地基，和大地融为一体。过往的人和事，一切烟消云散了。

到了班赢福太爷那一代，他们赶着骡马驮着大烟学会了做生意。家族财富的积累达到了前所未有的水平。他们交易的终点站在甘肃碧口，往往一队人马多日住在碧口，吃喝拉撒睡，开支不少，还不方便。于是，班赢福的太爷在碧口买下了一条街，包括街背面的山，街面前的水，开上了客栈，雇人管理，除了保证自己吃住方便外，经营收支不怎么过问。

宣统年间，有个叫白营长的带着白营南团的3000多名大兵，从平武过黄土岭、迫家岭到了九寨沟县的勿角，一队人马总要吃喝拉撒睡呀，谁给他们军饷？可能也是没办法了，白营长在勿角安营扎寨。但办法总是会有的，那些袍哥大爷们，那些商户们的钱拿来大家花嘛，不拿，就弄死你。据说手段之残忍，闻所未闻。他们专门绑架有钱人家的夫人，用长满刺的藤条抽打赤裸的身体，血肉模糊。目的就是逼她的家人拿出钱来赎人。

终于，这些为推翻封建帝制组建的队伍最后沦落为拿枪的土匪。白营长还有个雄心壮志，他要打下南坪城，他的势力还想往藏族聚居区发展。可惜，三次攻打都止于南坪城坚固的防御，最终以失败告终。白营长恼羞成怒，再捉拿一些商户，有钱人家必须拿钱出来，要不，撕票。向北受阻，那向南发展。传说他们过铁楼沟到文县，赶跑了文县县令，白营长还当了几年的县长呢。"宣统二年半，棒客做知县"，这句话就是这么来的。为保全自己，那些袍哥大爷到处捉拿商户，绑架人质，目的就是让人家拿出钱来。

树大招风风撼树，人为名高名丧生。班赢福家的一举一动，被管家薛怀山看在眼里，记在心里。这薛怀山就是白营长的奸细。班赢福太爷那时，家族的声望惹来了祸事。他们没捉住太爷，却捉住了太奶，他们把太奶绑去迫家岭，让说出太爷的下落和家里藏金条银圆的地方，太奶自始至终不开口说一句话，恼羞成怒的土匪杀了太奶，抛尸荒野。乱世之中，太爷终究是藏不住的。太爷说，黄金要多少？白银要多少？要多少有多少。白营长一听太爷这样说，说这么大的财主见都没见过，他动都不敢动太爷一下，谁知道这大财主的背景。送回去吧，不要惹事。让人抬上滑竿把太爷从碧口送了回来。

四、土官爷爷

岩元山和蚂蚁山的两个白马寨子消失了，寨子里的人死的死，伤的伤，逃的逃，边关五寨成了边关三寨，人心惶惶。班赢福的爷爷班荣龙当年 18 岁，一心想到松潘去打官司，讨个说法。沟里的白马人明白，光有银子还不行，还得有官，生活在古秦国的老百姓们注重礼教，他们明白官大一级压死人的道理。和礼仪之邦的人打交道，自然要顺着他们的思维习惯来考虑问题。要想和沟口的汉人和平相处，就得有朝廷任命的土官。

听说爷爷班荣龙要去松潘打官司，太爷不放心了。他不知道爷爷是怎么想的，于是考爷爷："从这里去松潘，有两条路可以走，一条是要翻山后的平武川主岩，一条是翻弓杠岭。川主岩有土匪的石头阵，滚下的雷石如下雨；弓杠岭上土匪要抢人，杀人不眨眼，没本事的人走不通这两个关口。我的娃，你想去打官司，计划怎么去？"爷爷说："阿伯（爸爸），你不要怕，我有的是办法。"

太爷长期和碧口的马帮做生意，马帮带队的人和爷爷熟悉。爷爷身上穿着破衣裳，但是贴身的地方放着丰厚的盘缠。爷爷说想跟着马帮一起走，马帮带队的人答应了，让出一匹马让爷爷骑。几百人的马帮，有枪有子弹，全副武装，弓杠岭的土匪没有办法，眼睁睁地看着马帮走过。马帮平安到达松潘，爷爷也平安到达松潘。松潘的县大老爷见这个娃衣着破烂跪在地上，头也不抬，想必是有冤情。跪到不起来，肯定是有很大的冤情。爷爷说："我们边关五寨，现在被吃掉两个寨子，还有三个寨子也是朝不保夕，眼看着上、下草地沟要被吞并。我们怎么办？求县大老爷给我们做主，给我们一条活路。"

事情就有这么巧，省里的王爷省长坐着滑竿到松潘了。听了班荣龙的一席话后认为，一些小事引发的民族矛盾并不小，会引发两省的边界纠纷，有时发生的事态不可控制。这种情况下，有土官代表政府驻守，是一个好办法。眼前的这个小伙子人年轻，说话条条有理，有胆识有魄力，就是最好的土官人选。于是，班荣龙被政府任命为五品蓝翎，代表政府驻守边关。班荣龙被任命后回南坪，是荣归故里，再也不用混到马帮里蒙混过关了，松潘派人沿途打招呼，说某年某月，有个土官要从这里经过，沿途地方必须保护好其人身安全。当时南坪县城中田四寨的土官杨官成杨大爷，敲锣打鼓把边关五寨的土官班荣龙送到草地沟的哈南寨，按惯例，哈南寨的官民敲锣打鼓地迎接，这是礼节，也是态度。

草地沟里出了一个土官，从此，凡事找土官解决，草地沟的人和哈南寨的人再无肢体冲突。

五、游子班二宝

棕色的狐皮，绿底红花的绸子帽顶子，帽子尾部红黄绿三色飘带，身上穿着厚厚的黑色藏衣，一条红腰带从腰的位置将一件齐膝的藏衣分成两段，腰带也将人的身体分为上半身和下半身。班二宝这个白马汉子的打扮，瞬间将我带入 20 世纪 70 年代。这身打扮就是在冰天雪地里也是暖暖的。

在春暖花开的 3 月，桃红柳绿，油菜花香，蜜蜂飞舞，班二宝这样的穿着显得有些违和，在没有人穿着白马人衣服的白马人的寨子里，班二宝好像在固执地维护着什么，显示着什么。难道是为了给我强调什么吗？还是暗示着自己的回归，回归家乡，回归伱舞，回归登嘎甘伱，或是回归西藏阿里？

好像安乐大寨子的人也给我说过他们的老家在西藏阿里。那大寨子和草地的藏民之间又是怎样的关系？他们之间隔着一座南坪城呢。明显班二宝的身上有了许多这条沟里原本没有的东西，或者说已经丢失的东西。

采访中，班二宝一直端端正正地坐着，左手抱住右手，姿势没有变过，那是敬神的姿势，我和他的小爸班赢福在说他们白马人的祖先呢，他时刻都用这种姿势，低眉顺眼，卑微地听着，偶尔插上一句话。消瘦的脸上始终挂着微笑，不卑不亢的微笑。像是在回忆，在经历，在重复。乍一看，就是一尊低头顾盼人间疾苦的佛像。

班二宝的打扮，超出我的预期。在不穿白马人衣服的白马寨里，他这样的穿着显得过于隆重。有些不合时宜，与周围显得格格不入，但又是那么应该，那么合适，那么理所当然。不知道从什么时候起，白马寨子像赶潮流似的把古老的东西丢弃在阴暗的角落，外部的力量太强大了，像炽烈的太阳照在雪山上，雪被热量融化。融化的过程就像温水煮青蛙，是漫长的，不知不觉的，熟视无睹的。等到有一天我再来时，我害怕这里不再是记忆中的白马寨，没人穿白马衣服，空气中没有青稞酒的香味，没有白马人的酒曲子，没有伱舞的鼓号声，没有白马寨子特有的气味。我真怀疑是不是自己误闯进了哪个汉族的寨子了。

为什么不这样想呢？想象中我听不懂的白马语言，竟然被我轻易地听懂了。我听懂并不是我能听懂白马话，只是白马人说的是四川武胜话，让人惊喜又让人纳闷。是我多虑了，他们为了让我听懂，才这样说。但是，我分明听见村民之间也说武胜话。我感到更迷茫了，一下子产生了找不到北的感觉。

班二宝一句地道的陇南话，把我拉回到现实。陇南话，我太熟悉了，我至今和家人、邻居也说陇南话，因为我的老家就在陇南，就在草地沟的外边，那里有我祖先的坟茔。陇南话到了草地沟的外面，被岩元山和蚂蚁山挡住，只有顺着白水河往上游南坪方向去了，从来进不到大山的腹地。住在南坪的我们说着说着，陇南话里加入了川味，加入了火锅的辣味和紧邻着的藏族的酥油味，我的方言也因为加入太多的调料，已经不再是原汁原味的了。祖上是陇南人又如何，我承认我的陇南话没有班二宝的陇南话地道。一个白马土官的后人，一个在石茇土生土长的白马人，要不说白马话，要不说武胜话，为什么说陇南话？

我又在骂自己，一个6世纪就来到此地的白马寨子，难道说武胜话就算正常吗？

武胜话，在这个白马寨子算是舶来品。牵线搭桥的是大烟。自从姓冯的打开草地沟的大门，武胜的人蜂拥而入到这深山老林种植大烟。一百多年了，白马人和武胜人各自为政，画地为牢。他们小心翼翼地保护着自己的生活习惯和语言习惯，像两只老母鸡，两个民族在各自母亲的翅膀下生活，从来不产生交集。白马人的汉话是在不知不觉中学会的，在既有意又无意中学会的。自然，武胜人会听或者会说白马话，也是生产生活中领会的。当然石茇的白马人说汉话，撇不开武胜味。百十年了，这种味道好像融入了血液，植入了骨髓，深入到了基因，成了子孙与生俱来的味道。

在这种味道下冒出的陇南话，显得有些异类，多年来的矛盾，让人对陇南话产生警惕。

班二宝一个地道的白马汉子，满口地道的陇南话，有冰冻三尺非一日之寒之功力。班二宝此人让我产生了好奇：他为什么离开石茇？他离开多少年了？他经历了什么？

班二宝说，他翻过神树后的那座山到甘肃明木沟，已经快有五十年了。因为抽大烟，他的祖辈父辈生下来时多是残疾，班赢福是幺房班荣华的后代，和班二宝年龄相差一岁，也许因为那个时候政府禁烟了，所以生下的他们爷俩还是健康的。班荣华家是大商户，不像土官班荣龙那么显赫，班赢福的处境相比之下比班二宝好一些。班荣龙家有个管家叫班宝，是铁楼明木沟人，班二宝就投奔班宝，入赘到班宝家当上门女婿去了。班二宝的名字是班宝给取的，班宝是贫下中农，自然班二宝也是贫下中农，这无可厚非。当班二宝给卧床多年的班宝养老送终，他的妻子又得病卧床多年。当班二宝把妻子送上山，猛然看到自己的头发白了。一个信奉万物有灵的男子，经历了这么多年的磨难后，被周围信奉佛陀的人规劝，皈依了佛门。他参加了唱佛团，给家里去世的人诵经超度。我顿时明白，班二宝为什么这么清瘦。他那虔诚谦虚的态度，仙风道骨的气质，是受了佛陀的加持。

当妹妹班润美创办了白马文化公司后，班二宝和大他一岁的小爸赢福忙活了起来。他们俩三天三夜不睡觉，回忆1968年他俩十四五岁时，爷爷的外甥"沙巴白目"（相当于现在的大学学历）杨柔塔在夜深人静的时候教他们学习佲舞和登嘎甘佲的情形。回忆一招一式，手怎么舞，脚怎么动，腰怎么扭……面具怎么雕刻，有些什么动物……怎么唱鲁词，鲁词的每一句的唱词……他们要做的事情还多着呢。

当班润美带我进入白马人内部采访时，班二宝凌晨五点起床，打车周转几次后凌晨七点半来到石惹，他穿上表演时穿的服装，想万一要表演呢，他说髋关节疼了好久了，要不今天非得给我跳上一段。他也给明木山的青年人教佲舞，但是不教登嘎甘佲，不能教，因为登嘎甘佲属于他老家上草地，是他记忆中的宝贝。

游子班二宝，把自己当成了石惹人，明木山只是他暂住的地方。石惹有他的亲人，有佲舞，更重要的是有登嘎甘佲。

六、虎穴、神树

老人们说白马寨俄石道一沃也是风水极佳的地方，虎穴又是好风水的中心，好像有强烈的引力和巨大的能量，好风水从四面八方朝这里汇聚，能量又从这里向四周输送、发散、辐射。能感知这些的，自然不是人，人要依赖罗盘或者土的重量才恍然大悟。动物不一样，动物的感知能力之强烈之敏感，人类自愧不如。作为动物之王的老虎，敏感程度和感知能力自然不差。

俄石道一沃也的中心，有一块石头，好像天外飞来一样，斜斜地插进土里，石头和大地之间自然形成一个有倾斜度的洞穴。大熊猫、金丝猴、岩羊、獐子，谁都想占有这个洞穴，以此为家。这里既避免了风吹雨打，又是极佳的瞭望点，上山、喝水或是谁逮着了猎物，洞穴的主人看得清清楚楚。一切都必须从门前过，什么事逃得过洞穴主人的眼睛呢。动物们蠢蠢欲动，它们的激情被老虎的一声长啸给粉碎了。黑熊不甘心地后退，身体在后退，爪子却紧紧地抓住地面，这些小动作逃不过老虎的眼睛，又一声虎啸，树叶唰唰地落下，砸在毛发竖立神经紧张到快要崩溃的黑熊身上，这轻如鸿毛的树叶如重若千斤的巨石，黑熊被彻底打垮。它知道自己的实力远不如老虎，何必以卵击石呢。虎视眈眈下，黑熊逃了。

老虎用实力用虎啸再三强调：这里是虎穴！虎穴！

于是千百年来，人们记住了这儿的地名：虎穴。

老虎占据了最好的位置，它趴在虎穴前，看动物们弱肉强食，看花开花谢。饿了，一伸手就抓来从虎穴前经过的小动物充饥。渴了，到虎穴边的小河里喝水。无聊了，到石惹的神树下看看熊猫玩耍，日子过得自在悠闲。

半山腰的神树可不像虎穴的石头，有那么顽强的生命力。树毕竟是植物，它要呼吸，它要从大地汲取养料，它要从空气中吸取二氧化碳，它毕竟是有生命的生物。

这个海拔正是松树最舒适的高度，一片山的松树郁郁葱葱，墨绿色的森林里松涛阵阵，就算是夏天的正午，走入松树林都能感到一股浸入骨头的凉意。人不禁会打一个寒战。可是老虎喜欢这里啊，老虎披着一身厚厚的皮毛，被从河谷上来的阵阵热气熏得心里烦躁极了，它走到石惹的松树下，那里又凉爽又惬意，还可以看熊猫表演舞蹈，熊猫憨憨的，真可爱。

仿佛一场梦，松树被一片一片砍倒了。很多人来到这里，开荒耕地，松树落下的松针在树下积累了厚厚的一层黑色的腐殖土。天气热了起来，土里的大烟种子发芽开花，结出桃子一样的果子。一群人来到这里，手里拿着平行排列的几张薄薄的刀片，在青色的果子上割出一个弧形，白色的浆水接在一只牛角做的容器里……

为种大烟，所有的松树都被砍了，唯独一棵松树留了下来，这是岩主家族的人拿着刀，立在松树前阻挡砍伐才被保护下来的。孤零零的一棵松树，它生活在这里倒显得突兀，好像是天外来客似的。家园被毁，环境改变，怎么办，唯有活下去！雨水在地表匆匆而过，没有停留的意思。是啊，地上光秃秃的，雨水没法站立，它们停不下来。松树必须用水分维持自己的生命，它听见百十米外小溪欢快的声音，松树只有努力生长，将它的根须延伸到小溪边，它要喝水。

唯一可以避太阳的地方就是这棵松树下面了。顽强的松树，被人们当作神树。果真是神树，那年大炼钢铁时，被炭火烧掉半边树皮，树心也烧出一个可以容纳一个人的洞穴，后来，烧坏的树皮奇迹般地自愈，几乎看不出被烧的痕迹。假如人被烧坏半边脸，一辈子也不会恢复成原来的样子。

老虎、登嘎都来这里玩耍。这里是它们最后的乐园。在这一切最后消失前，人偷看登嘎玩耍嬉戏的动作，在神树的加持下，灵光一动，脑洞大开，一套登嘎甘伯——熊猫舞诞生了。

七、癞蛤蟆与锦鸡毛

看到白马人头上插的锦鸡毛，我想起班赢福叔叔讲的故事。任何神话传说里，被变成癞蛤蟆的都是高富帅的美男子。魔力粗暴地用丑陋掩盖帅气，目的不外乎是报复、排挤、寻仇。可怜白马寨的这位癞蛤蟆，是因为父母才变成这样的。看到结果这样，他的父母又不知道该怎么办才好，于是，二十多岁的小伙子，只能像手掌心一样大，那模样丑陋得让他的父母在人前抬不起头。

十月怀胎，母亲临盆了，生下来的孩子一落地就飞上了天，他的父亲跳起脚都逮不住。接连生下四个，还没等张开手臂抱，全飞没了。父亲急了，不能让儿子们都这样飞走吧。父亲随手拿来一件绿色的衣服，等母亲生下第五个也是最后一个儿子时，猛扑过去，用衣服盖住了儿子。父亲和母亲一样大汗淋漓，终于盖住第五个儿子了，他坐在地上直喘粗气。想看一眼儿子的迫切愿望让他悄悄掀起衣服的一角，怎么没有想象中白白胖胖的儿子？仔细一看，一只绿色的癞蛤蟆惊恐地看着他。一个失望至极，一个惊恐至极。眼神里没有人之常情初次见面的疼爱，充满了惊恐和失望。父子俩就以这种方式见面了。

一只癞蛤蟆能做什么呢？父母都没把癞蛤蟆当人看。只是癞蛤蟆也是自己身上掉下来的肉，也是自己的骨血，那就好好地养着吧。

别人家的男孩子，长到十四五岁时就可以耕地做农活了，这只小癞蛤蟆都要二十岁了，还是手掌那么大，既不能背背也不能肩扛，趴在地上像没有这个儿子一样。父母看着癞蛤蟆儿子，除了唉声叹气还能做什么呢？只是可怜了父亲，偌大的田地只有他一个人耕种，儿子一点忙都帮不上。看到父亲日夜操劳，早生华发，癞蛤蟆心里很难受，他想帮帮父亲。

一天，母亲炕好青稞面馍馍，收拾打扮准备出门给父亲送去。

癞蛤蟆说："母亲，您休息，我去给父亲送午饭。"

母亲看着癞蛤蟆儿子，爱怜地说："儿子，馍馍都比你大，你怎么去送？还是我送吧！"

癞蛤蟆儿子说："母亲，您把干粮放在门槛上，转过身不要看就行了。"

母亲想看看癞蛤蟆儿子会怎么送干粮。他能做事吗？依儿子的话，她转过身不看。过一会儿忍不住悄悄回过头，眼前金光一闪，门槛上哪里还有馍馍，癞蛤蟆儿子和馍馍都不见了。

癞蛤蟆带着馍馍来到地边喊："阿伯，阿伯（父亲），吃干粮了。"

他父亲回头一看，只看见一个馍馍立在地边，看不见癞蛤蟆儿子。是父亲耕过地的火疙瘩挡住了癞蛤蟆小小的身体。

父亲顿时心生怜悯："我的娃，你造孽了。"

癞蛤蟆儿子不以为然："阿伯，您不要这么说，您耕地耕累了，到山后阴凉地里吃干粮去，我在这里看牛。"

父亲吃惊了："你个癞蛤蟆，你会看牛？"

癞蛤蟆再三说："您去嘛，您去嘛！"

父亲又累又饿，拿起干粮到山梁后的阴凉地里吃点东西，休息一会儿。父亲吃完干粮，也没休息就回来，他的头刚冒出山梁，就看到一个浑身金光闪闪的英俊小伙子在耕地，地里的土飞快地翻起来，看架势要耕完偌大的一块地。父亲惊呆了，他不敢吭声，想看看到底是怎么回事。一会儿，地差不多要耕完了，父亲走过来，癞蛤蟆感觉到父亲回来了，拿起地上的癞蛤蟆皮往身上一盖，哪里还有金光闪闪的英俊小伙子，眼前只有一只癞蛤蟆。

癞蛤蟆说："阿伯，您耕地，我看牛。"话音刚落，一泡牛粪落下来，把癞蛤蟆盖住了。

从此，父母知道癞蛤蟆皮是儿子的外形，其实他们的儿子是个高大英俊浑身金光闪闪的小伙子呢。

一晃癞蛤蟆到了婚娶的年龄。有个官员的小姐貌美如大仙，另一个官员的九个儿子都想娶她为妻。窈窕淑女君子好逑，这也算正常。癞蛤蟆给父母说，他想娶小姐。父母都认为他是癞蛤蟆想吃天鹅肉。

癞蛤蟆认真地对父亲说："阿伯，您去说亲，如果您说不行，我就自己去说。"

因为儿子是癞蛤蟆的模样，父亲自卑不去说亲。

癞蛤蟆拿上"日月双合馍"装在褡裢里，只有自己去说亲了。没有人时，他肩膀上搭着褡裢恢复成人的模样大步走着。当有人时，人们只看到一只癞蛤蟆趴在地上，褡裢不是在石头上，就是在地上。

到了小姐家，癞蛤蟆把褡裢放在门槛中央。清清嗓子，大声说："我有事，找你们来了。"说了几次，官员和家人理都不理他。官员听到门外不停地有声音说："我有事，找你们来了。"就让小姐去看看，小姐去看了没人。又听到声音在说话，小姐连看了三次，才看见一只癞蛤蟆蹲在门槛外，一只褡裢放在门槛上。

官员闻讯说："一只癞蛤蟆，不能让进屋来。"

癞蛤蟆说："我来是说个亲事，我看上了你家女子，我是来说亲的。"

官员生气了："好你个癞蛤蟆，竟然想娶我的女子，那万万不行。"

不管官员如何生气，癞蛤蟆就是不离开。

另一个官员的九个儿子也来了，个个仪表堂堂。官员看着满心欢喜，安心要把女儿嫁给九个中的一个。可是给哪一个呢，官员又犯难了。

癞蛤蟆不答应了："我先来，他们后来。藏族人是讲规矩的，先来的没有个说法，怎么轮到后来的说话。是我先说小姐的！"

官员自知理亏，和夫人商量，只有出题考他们，要不这事没法收场。

官员说："癞蛤蟆和九个少爷都要说我家小姐，为公平，我出题，你们谁做到了，小姐就给谁为妻。谁把凤凰最漂亮的一对尾毛拿来，插在小姐的帽子上，小姐就嫁给谁。"

癞蛤蟆出生时有五兄弟，四个飞上天当了神仙。癞蛤蟆回去求哥哥们帮忙，哥哥们找到最漂亮的凤凰，癞蛤蟆把凤凰的尾毛分别藏在两只袖子里，把最好的一对尾毛藏在胸前。

癞蛤蟆放出话说，只找到了鸡，没找到尾毛。九兄弟不屑地说，一只癞蛤蟆还想抢媳妇，一脚就把他踩死了，他是万万追不到小姐的。

九兄弟声势浩大地去找凤凰，拔回一堆毛来让官员和夫人认，官员和夫人认定都不是凤凰最好的尾毛。

癞蛤蟆像一股风一样来了，从袖子里拿出一根毛说："阿妈阿妈，我拔到的毛是不是凤凰的尾毛？"

阿妈认真查看："这毛倒是凤凰的尾毛，但不是最好的尾毛。这毛还有一根呢？"

癞蛤蟆又从另一只袖子里拿出一根毛："阿妈阿妈，这是不是？"

阿妈一看面露喜色："是的是的。这是一对，但还不是最好的。"

癞蛤蟆又从胸前拿出一对毛来："阿妈，这一对呢？"

阿妈一看这一对毛，是凤凰最好的一对尾毛。无话可说，把毛插到女儿帽子上："女儿啊，我们说的条件癞蛤蟆都做到了，癞蛤蟆是说不脱的，人家有理在那。我也不愿意把你嫁给个癞蛤蟆，可是人要讲信用，说出的话要算数。"

看到女儿大哭，阿妈悄悄地对女儿说："我打个主意，他来接你的那天，只会来他一个人，我给你一个石锤，你在马上扔下石锤，一锤打死他，你就逃跑。"

接亲那天，癞蛤蟆牵着一匹马来了，小姐骑在马上，看四处无人，一锤打下去，癞蛤蟆一跳躲开了。小姐没办法，只好说："我的锤掉地上了，帮我捡捡。"就这样，一直打到癞蛤蟆的家门口还是没把癞蛤蟆打上。

癞蛤蟆大声喊："阿伯阿伯，我把媳妇娶来了。"

父母面面相觑，惊呆了。他们担心癞蛤蟆儿子和美若天仙的媳妇怎么过日子。果然，媳妇一天哭哭啼啼，说真不想和一只癞蛤蟆过一辈子。

母亲看到媳妇可怜，悄悄对媳妇说："你不要哭，你更不要嫌弃，我的儿子是天下第一人。我给你说一个窍门，你准备烧好一锅油，你不要让他看见你，悄悄观察，当你看到一个浑身金光闪闪的人时，把他脱掉的癞蛤蟆的皮子丢进油锅，没有癞蛤蟆的皮子，儿子就再也变不成癞蛤蟆了。我的儿子可是一等一的小伙子，你不吃亏，天下难找这样的好小伙子。"

故事的结局正如你所愿，癞蛤蟆的皮子煎了油锅，魔咒被破除，天底下多了一对神仙眷侣。为找到心仪的小伙子，从此白马姑娘头上都插上了凤凰的尾毛。

班赢福叔叔说得口干舌燥，我听得蒙眬。抬头望去，四周雾气渐起，春日里的各种明艳的颜色逐渐染上了一层乳白的薄雾，模模糊糊。西山顶上的几棵树支撑不住太阳的重量，摇摇晃晃。

天不早了，我听了一天的故事该回家了。

生命之光

  面前崎岖的山路，岳登兴觉得和他的命运一样坎坷。他感到孤独，特别是当他孤身一人走在这山路上，巴中南江官路口的山上挺立着孤独的树，微风吹来树叶发出的低沉的飒飒声，拨开空气的阻挡，径直传到岳登兴的耳朵里，像肺活量大得惊人的老者，不说完这长长的一句话，绝不停顿，单一、悠长，无聊、孤独被这个场景无限放大，在空无一人的大山里，瞬间孤独氤氲，像雨后的云雾一般弥漫了整个山脊，包裹着里面所有的一切，让人泪奔。在孤独的怀抱里，岳登兴怎么也想不起，只喂了他三个月奶的母亲，以及母亲奶水的味道，他甚至没有记住母亲的味道。这个叫母亲的人，这个能叫人内心疼痛的人永远离他而去，那么决绝，就像用一把利剑斩断了她的一切信息，她的气息、声音、味道，像一股大风吹过后空荡荡的地面，除了在世上留下他这个人，其他什么都没留下。

  这个名叫岳登兴的小男孩，原名叫陈光。只有在夜里，当父亲粗糙的手抱着他的时候，才能给他安全和温暖。陈光3岁时，父亲和母亲一样，在他的世界里永远地消失了，陈光成了孤儿。在他的记忆还没有彻底学会履行职责前，父亲和母亲就那么急不可待地离他而去，甚至没教会他穿衣吃饭，没安排好他3岁以后的日子该如何一天天地度过。

  恐惧铺天盖地袭来。一个3岁孩子的天塌了。

  陈光哭睡着了。他又饥又饿，梦中好像有一双大手抱着他，他感到温暖和安全。睁开眼睛一看，在舅舅的家里，是舅舅抱着他。从此，这个家徒四壁的只有女孩子的家里，多了一个小男孩，陈光跟舅舅姓了岳，叫岳登兴。

  不到10岁，岳登兴就学会了放牛——给地主家放牛能养活他自己。白天他看着牛吃草，晚上和牛睡在牛圈。在寒冷的冬夜，他和牛依偎着取暖，一头牛用自己的体温给这个孤苦伶仃的孩子温暖。与牛为伴，转眼岳登兴12岁了。1933年2月的一天，这头快要生牛犊的母牛失足摔下山去，岳登兴既惊恐又悲伤，他失去了母牛的陪伴，更失去了安稳的日子。这日子不论过得好坏，至少晚上他有牛圈可以回去。看着乱石礁里躺着一动不动的高高隆起肚子的母牛，他吓坏了。

又一次失去了生命里珍贵的东西，这对他来说已经是第三次了。岳登兴躲在山上不敢下山，他赔不起牛，舅舅家也赔不起牛。

天无绝人之路。岳家的一个表哥，16 岁的岳根元找到了他，给他讲了很多从来没有听过的道理和词语：穷人要翻身做主人，要推翻封建压迫……特别是"共产党""红军"这些字眼，岳登兴第一次听说。表哥讲的道理，如醍醐灌顶，他如梦方醒。这些道理岳登兴能听明白，好像它们很久以前就在他心里的某个角落里潜伏着，虽没有萌芽但蠢蠢欲动。只是这些冲动像羊群一样满山乱跑，漫无目的，他没有能力将这些念头收拢，就像将羊群收拢到一个指定的地方一样。生活像一座山一样压得他喘不过气来，他想不明白为什么，怎么会这样？他感到世世代代好像生活在一个密封的容器里，循环往复地生活着；人好像是被蒙住眼睛拉磨的驴，机械地生活着，没有方向，不知道前面有什么、是什么，看不到希望和未来。表哥的话撕开了这个容器的封口，空气进来了，阳光进来了；表哥的话像是给夜行的人光亮，照亮了脚下的路，指明了前进的方向。岳登兴这时才觉得自己是一个人，一个有脑袋有手有脚的人。他向往外面的世界，向往自己能站在阳光下，顶天立地，自由呼吸。

表哥岳根元小小年纪，已经是地下党员。他坚信只有中国共产党，才能让中国摆脱贫困与落后，真正走向富国强国之路。岳根元介绍岳登兴参加了红三十军，岳登兴年纪小，只有在医院当通信员，跟随王树生司令，在通南巴开始了轰轰烈烈的革命运动。

意大利诗人瓜格里尼这样写道：

> 黑夜沉沉，朦胧的黎明前时分，
> 遥望辽阔而古老的亚细亚莽原上，
> 一条觉醒的金光四射的巨龙在跃动、跃动，
> 这就是那条威力与希望化身的神龙！
> 他们是些善良的，志气高、理想远大的人，
> 交不起租税走投无路的农家子弟，
> 逃自死亡线上的学徒、铁路工、烧瓷工
> 飞出牢笼的鸟儿——丫鬟、童养媳，
> 有教养的将军，带枪的学者、诗人……
> 就这样汇成一支浩荡的中国铁流，
> 就这样一双草鞋一杆土枪，踏上梦想的征程！

不到13岁的岳登兴就这样穿着一双草鞋，了无牵挂地踏上了梦想的征程。13岁在红四方面军总医院当通信员。红四方面军总医院里的工作人员除了几个医生外，几乎全是女兵。岳登兴被她们关爱着，没有母亲和姐姐的他，感受到了人间的温暖。这些女兵大多来自贫苦农民家庭，曾经被贩卖或者是被当作童养媳。她们为摆脱苦难的生活，参加红军。女兵们接受了中国几千年来从来没有的观念：共产国际、官兵平等、妇女运动、民主选举……

战争是残酷的，有战争就有流血牺牲。岳登兴看见卫生员们穿梭在战火硝烟的战场抢救伤员，伤员源源不断地被抬进医院，包扎的绷带被鲜血浆过，需要不时更换。战士的军衣被血染过，看不出原本的颜色。岳登兴除了当通信员，还有个重要的任务，不停地在医院与河边之间往返，洗绷带、晾晒绷带或者给医院提水。刚开始洗绷带时，岳登兴看到黑红僵硬的一圈圈绷带，觉得那么刺目，那么恐怖，他本能地想呕吐。他想远远地躲开战争，躲开这些绷带，他不想看到流血牺牲。可是革命尚未成功，战斗还在继续，伤员的呻吟声不绝于耳，他们为革命光荣负伤，伤口的鲜血在流淌，急需用绷带止血，还迟疑什么呢？难道眼睁睁看着他们继续流血吗？在河边，在山间的溪流边，总有一个红军小战士，一双小手冻得裂开一道道鲜红的口子，鲜血从手背的裂口冒出，被水一冲，刚刚洗干净的绷带又染上淡淡的红色印迹；他的袖子打湿了半截，被高高地卷起，裤子卷在膝盖上，他赤脚站在河边，不时地起身、蹲下，小小的身躯那么单薄。小河的水被绷带上的血染红，岳登兴手上的血又染在绷带上。承载着无数人鲜血的河水蜿蜒流向远方。河水看见了红军战士的舍生忘死，它沉默着，带上战士的鲜血和伤痛，默默流向远方。

对于吃尽了人世间的苦才长到13岁的岳登兴来说，只要心里感觉甜，长征的苦不算太苦。岳登兴在红军的部队里被战友们当作一个独立的有尊严的人，一个还未长大的小朋友，没有欺凌，没有鄙视，岳登兴享受着他有生以来从来没有过的关心和爱护。

雪山草地，杳无人烟的荒凉。就连树木和青草都惧怕空气里稀薄的氧气，怕它们不能承受生命之重而避之远远。只有终年不化的白雪，固执地不分时间节气翩然而至。山顶像一把把尖刀，直指天空。它们在问天，为何人世间有不公？天空沉默，继而满脸通红大汗淋漓，于是扯来一片乌云挡住绯红的脸庞，淋漓的大汗，化作一片片雪花，覆盖了像尖刀一样裸露的青色岩石，貌似还了人间公平，还了世界一片纯洁。

岳登兴是团里的通信员，他负责通报团长的指令，和团长接触最多。团长的身体日渐消瘦，脸色越来越黑，步履越来越沉重。骑在团长的马背上的岳登兴悄悄地观察着，年幼没有生活经验的他都能感到，团长的身体状况不妙。他跳下马，坚持要团长骑上。岳登兴脚上的草鞋早已磨烂，虽然老红军们给他修修补补，但草鞋还是烂成一个圈。他赤脚在雪地上来回奔跑，双脚先是冻得通红，后来麻木没有了知觉。团长看到岳登兴的双脚，知道他再这样走下去，双脚就会发黑坏死，那就完了。一个13岁的孩子，他的人生还没开始，国家还需要他们建设，怎么能没有一双脚？岳登兴的心越来越忐忑，他看到团长沉重的呼吸，艰难的步履，发黑的脸庞，团长真的生病了！是的，团长确实生病了——肝病。原本这是一个富贵病，病人不能做重体力劳动，要有丰富的营养和充足的休息，对病情恢复有好处。可是团长仅有的一点干粮，还分给岳登兴一些，说小孩子长身体，多吃点。是的，岳登兴确实在长身体。刚入伍时穿的马褂，现在盖不住肚脐眼了。团长让岳登兴牵着马尾巴跟在他后面，岳登兴紧跟着队伍，再高的山，再厚的雪，他都没有掉队。

团长告诉岳登兴：一个没有精神的人，心灵是荒芜的；一个没有精神的民族，前途是黯淡的，任何时候，都要有远大的革命理想。可亲可敬的团长，在部队第二次过草地时牺牲了，他将自己的理想抱负全托付给岳登兴，他将对新中国的向往、对新生活的眷恋深埋心底，他要岳登兴代他活着，建设祖国，直到劳苦大众都过上幸福美好的生活。团长要他记住，共产党人的信念不朽，长征是中国共产党信念不朽的象征！

岳登兴感到这托付何其沉重！从此他的人生不是他一个人的人生了，他肩负着两个人的理想和信念，他将在以后的枪林弹雨中经受战争的锻炼。岳登兴在抗日战争中勇敢作战，三次受到嘉奖，这是他用生命践行着自己的承诺。长征、抗日战争和解放战争中的五次负伤，没有动摇他的革命意志和决心，他用自己的行动，诠释着长征精神。直到岳登兴逝世，右大腿股骨缝隙里还有一颗未取出的子弹，陪伴了他一生。隐约的疼痛，时刻提醒他不忘革命的初心。

不论长征多么艰苦，革命乐观主义精神依然存在。宣传队的红军女战士编排话剧、快板，她们是出色的演员。她们甚至学会跳苏联红军的《水兵舞》。为鼓舞士气，她们经常在路边以快板的形式自编自演："同志们，快快走……"行军途中的宣传，往往给红军战士打了兴奋剂，他们相互搀扶，艰难地往前走去。岳登兴为红军女战士们背锣鼓家什，或者敲锣鼓家什给宣传队助演。他们的演出唤醒战士们因缺氧而昏沉的大脑，再次坚定了革命必胜的信念，他们用坚强的意志和无与伦比的勇敢，再次诠释伟大的长征精神。

岳登兴坚信：长征一定会胜利！革命一定会胜利！伟大的长征精神，代表着中华民族的顽强与拼搏，代表着苦难中的快乐和自信，代表着个人与民族命运的不屈与广阔。长征精神决定了中华民族和中华文明的兴衰与走向。为此，岳登兴时刻准备着为革命奉献自己的一切。

1935 年，年仅 14 岁的岳登兴因为工作出色，被调到一二九师电台当通信员，后来不到 20 岁上了中队长。通信员的工作就是保证指示、请示、信息、回复等文件以最快的速度送达，为此岳登兴练就了一双飞毛腿。他修长单薄的身影总是像箭一样，"唰"的一声射出，随之路上泛起尘土，他的身影消失在人们的视线里，不多时他的身影又出现在另一个山包。他是把短跑的速度用在长跑上。脚上的草鞋总是不履行自己的职责，随时罢工。岳登兴就光着脚跑，任由脚下的小石子翻滚。脚掌上磨出水泡，烂掉，流血、流脓，多次后脚掌上长满手指厚的老茧，以后就算光脚走路跑步，脚掌也没有了知觉。触觉就像身后的道路，随着脚上老茧越来越厚，已经远远离他而去。

岳登兴从少年时起，到青年、壮年、老年，这一双脚就再没出过汗，脚上的汗腺被堵塞，被冻坏。岳登兴甚至羡慕别人的汗脚和脚上的臭味，可是他永远无法拥有，这多少让他感到遗憾。

岳登兴在抗大第六分校学习时，严格遵照毛主席"团结、紧张、严肃、活泼"的指示，在紧张的学习之际，练就了打篮球的绝技。无论在太行军区六局、南大队行军，还是三兵团后勤部当通信参谋长，工作之余，岳登兴最喜欢的体育运动就是打篮球。革命胜利后，岳登兴投身革命建设中，1953 年被组织安排到九寨沟县工作。20 世纪 70 年代中期，因条件有限，全县的体育设施只有一个篮球场，身为体委主任的岳登兴为发展体育事业，着手选拔男女篮球人才。有人背后议论：女人抛头露面，在球场上跑来跑去，这成何体统？岳登兴听到后，严厉地批评这种封建思想，多次上门做工作，争取女队员家属的支持。终于组建了篮球队，女同志在球场上飒爽英姿，巾帼不让须眉，破除了千百年来女人不能抛头露面的封建陋习。

吃苦能磨砺人的意志，记住革命的艰辛，端正生活的态度，从而珍惜当下的幸福生活。多年后，当岳登兴面对他的孩子们——这些生下来就没吃过苦的幸运儿，讲起红军长征以及长征精神时，他认为孩子们忆苦思甜这一课必不可少。因此岳登兴把十几岁的大儿子送到偏远的罗依乡，和老百姓同吃同住同劳动。半年下来，大儿子脸色黝黑，身体强壮。他体验到生活的不易，更感受到父亲和红军战士长征的艰辛和长征精神的伟大，从此再也不挑食，不捣蛋。军人出身的岳登兴认为，只有吃苦，才会对苦难生活有一定的认识，才会珍惜今天的幸福。岳登兴的这个认识，来源于他少年时期走过的二万五千里长征路，来自青年时期经历的抗日战争和解放战争。用长征精神锻炼后代，让革命精神代代相传，岳登兴一直坚持不懈。

和平年代，老红军岳登兴也不忘初心，牢记共产党人使命。岳登兴离休后在四川彭州养老。彭州对全县唯一一位走完长征全程的老红军视若珍宝，邀请他给全县一百多所学校讲述长征的故事，对孩子们进行长征精神的教育。岳登兴欣然接受，他拒绝小车接送和高档宴请，自己带干粮，骑自行车，走遍了彭州的山山水水，教育孩子们牢记革命传统。

岳登兴老人晚年不幸患了肺癌，住在华西医院高干病房里，医生用进口的药，给他最好的治疗。而老人却显得十分焦虑，他不是焦虑自己的身体，而是焦虑自己的病用了多少国家的钱。时任九寨沟县县长的周宜荣去医院看望岳登兴，岳登兴拉着周县长的手再三请求："把我从高干病房转到普通病房，不要用进口药，用国产的药。得癌症早晚要死，县上财政困难，节约一点算一点，不要给财政添负担，县上用钱的地方太多了。"周县长含着眼泪说："您安心养病，县财政就是砸锅卖铁，您的这点医疗费也要给您报销了。"在全县的干部大会上，周县长拍着桌子，情绪激动地说："岳老红军的一生都贡献给了革命，到这个时候还在为县上的发展操心，不惜自己的生命为县财政节约。什么是红军？什么是红军精神？这就是红军！这就是红军精神！"

岳登兴一辈子对部队怀有深厚的感情。他要求儿女和女婿参军保家卫国。他的四个儿女除老大周平因身高原因从小上体校特殊训练外，二女儿陈燕的丈夫严跃，在对越自卫反击战打响后积极参军，并荣立三等功。儿子陈伟，子承父业，也在部队的熔炉里锻炼过。小女儿陈华的丈夫余大鸣是原空军中校。孙女严恒恒和丈夫张浩也分别是空军中尉和空军上尉。在岳登兴的影响下，一家三代几乎个个都是军人。岳登兴对儿女们说："你们的生命是祖国给的，当祖国需要你们保卫时，你们义不容辞！"

参军保家卫国，这是岳登兴对儿孙立下的家规家训。

岳登兴去世后，儿女们遵照他的遗愿，把他的骨灰和夫人周素尧的骨灰合葬在九寨沟县革命公墓。半山腰的高音喇叭奏响哀乐，全县人民上桥迎接这位可亲可敬的老红军，这位全县唯一一位走完长征全程，并且参加过抗日战争和解放战争的老红军、老八路、老革命。长征给岳登兴留下不可磨灭的记忆，阿坝州的雪山草地里有他的团长和战友，他不能离开他们。九寨沟是他工作过的地方，这里的一山一水、一草一木他都有深厚的感情。他要看着后人建设好九寨沟，看到人们过上好日子。

儿女们捧一捧巴中南江官路口的土培在父亲的坟上，献一杯故乡的水在父亲的坟前，告慰父亲远离故土的亡灵。岳登兴的心里早将九寨沟当成自己的故乡，这里是他生活工作了四十多年的地方。落叶归根，岳登兴这片叶子，落在九寨沟这片土地上。

一诺千金

原本以为"诚信"的"信"和神龛上敬奉着的黑黑的祖先们一样古老，是老人们对子孙说教时的专用词，它悬于空中摸不到也看不着，珍贵而稀缺，抽象而模糊，感觉离我们的生活很远很远。

2018年7月的一个周末，看到天色晴好，我和朋友们开车陪父母到离县城不远的野猪关（今九寨沟县南坪镇双龙村）转转。地处半山腰的野猪关，在两座山的皱褶里，村口狭窄，仅能容一辆车通行，两边岩石高高耸立，左边终年淋着雨水的岩石呈褐绿色，被风化了的石头凹凸不平，在只有一颗玉米粒大小的凹陷里就能留住风吹来的土，小鸟衔来的或是风吹来的植物种子，在这米粒大小的方寸之间，发芽长大，活得有滋有味。岩石上覆盖着一片苔藓，这苔藓的使命不是为了长高长大，而是像为了给岩石换一身新衣服。它紧贴着石头生长，单独的个体很小，没有人会注意到它的存在，连成一片墨绿后，强制性地映入眼帘，让你不免为一个弱小生命的顽强生命力和创造出的绿色而惊叹。右边的岩石呈土黄色，拔地而起笔直高耸，算得上高大险峻，有十几丈高，顶上长满杂树杂草，抬头望去，逆光处只能看见树和草的黑色剪影。岩石略微向内倾斜，因而岩石通身淋不到雨，呈现出岩石原本的灰色。岩石像一个赤裸着上身的壮小伙子，浑身肌肉凸起成块状，显现出旺盛的生命力，充满着无限的力量。

村寨后面那连绵的群山，山体宽阔而辽阔，就是野猪关，是自古以来九寨沟的一道重要关隘，是四川和甘肃的分界线。野猪关像个漏斗的底部，也像一把扇子的扇根，将宽阔收拢、集中，便于把控。

野猪关作为关隘，易守难攻。

我想，这里的两扇石门可能算得上是进入野猪关的第一道关隘吧。

野猪关眼皮底下的这个寨子，在半圆形的圆弧里，天然形成自己的循环系统，成为半封闭的世外桃源。天干天旱好像和这个寨子关系不大，它有自己的降雨习惯。出门看天的习惯并不完全适用于这里。

走入村寨，突然感觉稀稀拉拉地下起雨来。回头看去，山脚下的县城阳光灿烂。父亲说，野猪关爱下偏雨，别处大太阳，这里一团云飘来，雨说来就来，直截了当，没有一点扭捏。就是干旱年，这里的庄稼都是大丰收。地处半山腰的野猪关是冷热云团的交汇处，这种地形，最容易形成降雨。

我们沿着平整但有坡度的水泥地面向上，村寨里一派静怡的农村田园风光。这个季节地里的玉米齐肩高了，苹果也露出青涩的绿色。小河岸边的一棵漆树，向河面空旷的空间伸出树枝来，像一把盖住河面的伞。漆树叶子在夏天的光阴里显出厚重的墨绿色，繁茂的树叶像是要填满时间里空白的罅隙。漆树下的一座木头房子，还是土木原本的样子，朴实、沧桑，充满了岁月的痕迹。

顺河的路从中间又衍生出一条路，形成丁字形的三岔路口。漆树的枝条像一只手臂从河面伸过来，给路上的人庇荫。看到漆树，父亲好像想起了什么，脚步停了下来，和这棵漆树相关的一个距今五十多年的故事在他的回忆里慢慢清晰起来。我们停下来围在父亲身边，在毛毛细雨中，在河水叮叮咚咚中，听父亲讲述有关于漆树下这户张姓人家的故事。悠远的记忆被放弃在角落蒙灰，父亲要拾掇拾掇才能讲述。

父亲缓慢的讲述声里突然夹杂着一阵低低的抽泣声，我有些诧异，回头一看，一个身材敦实、面色黝红的老妈妈站在我们后面，听父亲讲故事，不知道是什么触动了她，她竟然抓起衣服的一角擦拭着眼泪。

人不伤心不落泪。是什么触动了她心底的那根神经？

她说，她就是父亲讲的故事里的张家的儿媳妇马玉秀。她一把抓住母亲的手，紧紧地握着，久久不松手。

这时另一条路上走来一个中年男子，圆脸黝红，寸头，一身蓝色的衣裤，裤腿卷到膝盖处，肩上扛着锄头，给人干净利落的感觉。他走到我们跟前停了下来，将肩头的锄头放在地上，手杵着锄头听我们说话。马玉秀说这是她的儿子，刚给地里的玉米放完水。中年男人说看到妈妈在抹眼泪，和一群人在说着什么，他就过来听听。

一切都是最好的安排。命运安排我们两家有渊源的人，在多年后的某一天在他们家门前的三岔路口偶遇，追溯一段过去的时光以及故去的老人的故事。这个故事有些特殊，是五十多年前大舅和父亲跟一个张姓的人想做一笔买卖，支付了一笔预付金，祖孙三代用几十年的时间还这笔预付金的故事。

一个普通家庭的普通的三代人用毕生的行动践行了关于"诚信"的故事，让我感到震撼和感动。

故事从1967年的一天说起。

在那个特殊的年代，南坪城的名医都被红卫兵打倒，就算是病入膏肓的病人也无人医治。漆树下的张家的儿子张友富得病了，年轻的小伙子面黄肌瘦，浑身无力,无法劳动。他悄悄地找到正在劳动改造的名医徐二先生,求救他一命。徐二先生医者仁心,不忍看他被疾病拖垮,悄悄地开了一服药方单子。药方有了,可是徐二先生没有药啊。张家儿子找到在兽防站工作的我的父亲和大舅,请求他们帮帮他。父亲和大舅拿到单子一看,药房里的药也不齐啊。经不住张友富的再三哀求,父亲和大舅按照药方单子悄悄地给他抓了一服面子药。就差一味"蛤蚧"的药没有,父亲看到这人可怜,亲自到街上的药店给买了回来。药抓齐了,张友富千恩万谢地走了。二十多天后,张友富面色已经褪去了蜡黄,走路也有了精神,拿着一包干核桃到兽防站感谢父亲和大舅。

野猪关的山上长满参天的松树和柏树。但凡家里有劳力的,不说烧火煮饭取暖用的柴火是好柴火,就是几人粗的原木,也被伐倒从正中破成两半,放在楼上晾干,作为上好的寿木。那时我外公、外婆、爷爷年龄都大了,按规矩,老人花甲时就要准备好寿木。既然在摆家常,父亲和大舅有意无意地问他:"村寨里可有做寿木的材料卖?"

张友富爽快地回答:"嗨,野猪关的人家,只要有劳动力的家庭都备有几副上好的寿木。怎么,你们要买吗?你们要买几副寿料?"

"三副寿料你家有吗?要上好的那种。"

"三副啊?我家目前只有一副棺料。不过,等我好了,可以上山伐木去。"

"其他人家的情况我们也不知道。既然和你熟悉,就买你家的棺料吧。你总不至于骗人吧!"

三个人笑了起来。

"过几天我们来看看,定下来了就交定金。"

几天后,父亲和大舅去野猪关看了棺料,柏木的,已经在楼上阴干了。

张友富的父亲说:"这柏木是上好木材,一副寿木先收 100 元的定金。交货时行情涨就涨点。"

那时一个月工资才二三十元,100 元不少了。父亲和大舅商量,材料真是好,100 元就 100 元,给父母尽孝呢。

看到材料好,大舅和父亲当即就预付了三副棺木的定金 300 元。说没凑齐的赶紧凑齐,要一样大小粗细的,等两三年后需要做寿木时,才来运走。

可是,人生无常。

谁也想不到,病愈的张友富劳动时出了意外。在生命的最后时刻,他留给他父亲的遗言竟然是:"大大(父亲),街上赵先生的两副寿木的 200 元钱,刀口坝李先生一副寿木的 100 元钱的定金我收了。人家来拉木料时,你要把上好的板料给人家。"

"娃，你放心。"老父亲含泪答应。

张友富死后，家里人手单薄，他的老父亲后来也得病，没法干砍伐的重体力活，板料最终没凑齐。给老人看病还花掉了300元定金。老父亲临终前，喊来老伴、儿媳和孙子，叮嘱他们："不能忘了人家买板料的事。你们两个女人，没法还这300元钱。你们要记住，给孙子们说这事，孙子们年幼没能力就不说了，等到他们长大有能力时，千万不能忘记这笔钱。这可是来生钱啊，我们欠不起。这钱就是来生变牛变马都要还的。"

马玉秀和婆婆以及三个孙子在张老汉落气前，在他的床头承诺："放心吧，我们不欠来生钱，这钱一定会还的。"三个孙子说："等我们长大点，能挣钱了，先还了这笔钱。"

张老汉放心地去了。

几年后，当大舅和父亲听到张家不幸的消息后，唏嘘不已，不免为张家父子的命运感慨。既然人家父子都不在人世了，就不说寿木的事了。当时给定金时也没打收条，无凭无证，当然更不会向孤儿寡母要这300元钱。虽然这笔钱在当时不是个小数目。

大舅和父亲约定以后谁也不提这事，就当没发生过。

时间久了，原本以为这事就过去了。他们渐渐地就将这事忘了。

直到三十多年后的一天，一个妇人带着一个小伙子找到刀口坝柳树杆家里，将一摞钱交到我父亲手里时，妇人如释重负地长出了一口气。这个妇人就是马玉秀。

"这些年好不容易才等到孩子们长大了，有能力还了这钱。对不住你们了，我家失约了。"马玉秀抹着眼泪说。

我们一家人早就将这事忘得干干净净。几十年后这笔钱又转回来了，这真是意外的惊喜。

父亲说："人都不在了，他手里的往来账就勾销了。我们权当没这回事。我们早就忘了。"

马玉秀说："那哪行啊？他有后人呢，父债子还，天经地义，这账勾销不了。只是娃小，等到他们长大，有本事挣钱了才还你们钱。现在不让砍树了，没法给你们寿木，就把定金退给你们，耽搁了你们的时间了。"

村寨里的人喜欢看热闹，对于村寨里有外人来，早就围拢指指点点了。周围邻里得知此事的前因后果，当看到张家人来还这笔钱时，对这家的人品赞叹不止：

"这家人真是仁义之家啊！"

"仁义礼智信，诚信之家。"

"来生钱欠不起。这家人信佛吧，信因果，信来生。"

……

听着父亲的讲述，我惊讶得合不拢嘴，还算矜持的我也忍不住发出唏嘘声。竟然还有这种事？竟然还有这种人？身后的马玉秀嘤嘤的哭声，证实故事的真实。

看着马玉秀，她就是一个普通的农妇，身体健壮，穿着朴素，干净整洁，长年的户外劳动，她的脸被太阳晒得黑红，更衬托出头发的银白。粗糙的手，短短的手指，粗大的关节，这是一个典型的长期从事繁重劳动的农家妇女。从外貌真看不出她和别人有什么不同。可是，他们家就是与别人家不同。不同的是朴实的家风家教，不同的是对诚信的言传身教。几千年儒家思想熏陶下的华夏儿女，就算是乡村的农夫，都是诚信忠实的执行者，让仁义礼智信作为道德的标准，行为的指南。

马玉秀一字不识，但是她一家人用布衣擦拭了一生的"信"字，却如太阳一样熠熠生辉。

命 蒂

一

人们始终相信直觉。

特别是当 20 多年杳无音信的徐家的小儿子徐登仑（后被养父母改名王庆志）带着他的媳妇颜德美和儿子王浩、女儿王妍，有一天突然出现在徐家人面前的时候。

二

家是有吸引力的。

那么到底是家里什么在吸引远方的孩子，就算没有一点信息，仅凭 3 岁时朦胧的只言片语的记忆，就如刀刻般在脑海里永存？从此在大脑里如同安装了一个指南针，永远指着家的方向，从不偏离。或许是家的味道，妈妈的味道，植入嗅觉的记忆深处，就算离家千里万里，这味道如一根无形的绳索，始终牵引着游子回家。那么，家是一团熊熊燃烧的火吗？儿女们向火而生，围火而坐，火光照亮四周。每个人的骨子里都被刻上"仁义礼智信"的字样，他们教书育人，治病救人；在耕读传家的家风的熏陶下，他们是谦谦君子，温文尔雅。

也许是父母和兄弟姊妹们的思念和眼泪，为远方的游子铺设一条无形的回家之路，王庆志无论在哪里，凭着直觉，踏着这条路就会找回家。

2005 年 8 月，王庆志离开生他的徐家已经 40 多年。

一天傍晚，当王庆志带着颜德美和一双儿女突然出现在南坪这块生他的土地上时，他突然觉得一切都是如此亲切。快到傍晚了，四周黛青色的大山完全挡住了他的视线，这让他有点不习惯。空气里完全是陌生的气味，清冽中夹杂着柴火和食物的味道，就连嘈杂声也是单调的，隐约有某个人的声调像是从一汪声音的海洋里高出半拍来，如一条跃出水面的鱼，画了一个漂亮的弧线，又沉入水中，悄无声息。不知是心里紧张还是坐了一天的车特别疲倦，他感到有点冷。

王庆志校正着头脑里的指南针。他知道，跟着指针的方向走就会找到家。40 多年的变化，让 3 岁时就离开南坪县（九寨沟县）的他完全找不着方向。但冥冥之中好像有一根无形的线在牵引着，任由记忆带领，他带着家人抬腿向中街走去。在天色将暮的时候，他们的脚步停在原南坪宾馆的大门口。40 年前这里是徐家老房子的位置。南坪宾馆地处中街的主街道，两边店铺林立，行人如织。他的心脏突地一抖，有一种异样的感觉油然而生，他好像熟悉脚下的土地，当他的脚踏上这块土地时，就像有一股电流从脚底下"唰"地通遍了全身，身体麻酥酥的感觉是他对这块土地的热情回应。耳边此起彼伏的甘肃方言，如同风筝的线，将漂泊在外乡的孩子像拉风筝一样拉回到这里。

王庆志对这个地方突然生出了一种亲切感，他的心里有了一种疼痛的感觉。他知道，冥冥之中，他好像找到曾经的家的位置了。

1986 年年底，因商业局修建南坪宾馆，原解放路 59 号那座临街的、经历了百年人间烟火的黢黑木头房子荡然无存，那是徐家老房子的位置。

果真如此，不偏不倚，这里就是生他的地方。

原来，是血土在指引着他回家的脚步。

可是，这里分明是一个宾馆，没有人家啊！

房子没有了，家也找不到了。

家在哪里？

就像是寻宝，明明找到了宝藏的地点，可怎么也挖不出宝藏来。王庆志迷茫了。他内心焦急，渴望前面能有一丝光亮，给予他方向，给予他希望和肯定。头脑一团乱麻，他想有人能帮他理出头绪。周围是陌生的，包括操着甘肃口音和四川口音的人。一切都是陌生的，狭窄的街道和低矮的楼房，满大街充满火锅呛鼻的气味，在这南北分界的地方，就是煮一碗面都有一层红油辣子漂浮着。

并不明亮的电灯忽地灭了，小城司空见惯的小事。原本感到希望渺茫的王庆志，这时更是在一片黑暗中找不到北。夜幕慢慢地将他们的身影吞噬。

颜德美建议，就在南坪宾馆住下吧，一切等明天天亮再说。王庆志和颜德美商量，明天如果还找不到徐家的亲人就回河南。从此，王庆志就收起对九寨沟亲人的思念之情，他们一家人相亲相爱过小日子。

三

第二天王庆志很早就起床了。他在南坪宾馆周边转悠。

他问路人解放路姓徐的教书先生，路人纷纷摇头，没有人知道。这让他迷茫，他很肯定地感觉到已经找到自家的门边，可是他与家隔着一层东西，他就是摸不到门槛。满大街的人，谁都不知道解放路的徐家，让他怀疑自己的记忆出现偏差。他的心越来越沉，越来越冷，怎么办？如果这次找不着，以后更难找了。明明老徐家就在这个位置，不会一下子销声匿迹。十个兄弟姊妹，难道就连一个都遇不上？可是就算遇上了，40多年过去了，30年没有音讯，谁又认得谁呢？

几十年的时光隔断了家乡的音讯，时间让人遗忘了家乡的气息，故乡的一切让远在河南的王庆志对家乡产生了陌生的感觉。他觉得自己离家乡越来越远，离亲人越来越远。

自从王庆志和颜德美结婚添置了电视后，颜德美就发现王庆志有个雷打不动的固定习惯，每晚必看《四川新闻》以及《四川省天气预报》，表情严肃，若有所思。颜德美还发现，王庆志还爱看寻亲节目。几十年来，颜德美想不通王庆志身在河南，却关注四川的新闻和天气，这是怎样的一种心态？为什么？

颜德美对此现象迷惑了20多年。直到2015年他们的儿子王浩临近高考时，王庆志对颜德美说，他想让孩子考四川的大学。全国这么多的大学，为什么偏要考四川的大学呢？颜德美不理解。王庆志对颜德美隐瞒了20年的秘密，就此揭开：他的老家在四川九寨沟，他希望借送王浩去读书，回老家寻亲。

当年王庆志不愿再向颜德美隐瞒这个秘密，他是养子。为了让养母葛秀珍放心，他好像遗忘了自己的身世，从来没有表露过寻亲的愿望。这也是给养母的安慰。养母一辈子不容易。

王庆志独自一人送王浩到四川读书。安顿好王浩后，王庆志去了都江堰。都江堰是养父王希平的老家，那里埋葬着爷爷奶奶，他应该回去祭拜他们。站在奶奶的坟前，王庆志想起他在都江堰读小学的三年时光。时间过去了几十年，奶奶的坟墓无人修缮，风雨的侵蚀使坟堆变成低矮的土堆。看到此景，王庆志想起养父养母对他的疼爱，想起奶奶晚年孤独生活的情境，眼泪不由得模糊了他的双眼。他感到心脏开始一阵剧烈跳动，血涌上了脑袋。他知道，自己的感情波动引起血压不可避免地升高了。

他不知道，高血压，老徐家的儿女都有这个毛病。

奶奶坟墓的荒凉让他心里恐惧极了，这是养父的家，也是他的家。既然身处都市都江堰的奶奶的坟墓都是如此荒败，那个远在南坪的家，养不起他的家不知道该是何等贫穷与衰败。自己的心理和血压能否承受得了老家和亲人的贫穷和衰败？信誓旦旦要回南坪寻亲的王庆志犹豫了。这次王庆志独自一人回都江堰，睹物思情，诱发了心脏病。善解人意的颜德美劝王庆志，回来吧，别去南坪了。再找机会，我陪你去南坪寻亲。颜德美明白，王庆志身边不能没有人，他情绪的波动太大，是很危险的事。

此时，王庆志就站在原解放路自家老房子的宅基地上，他猛然想起三哥徐登岷给他写信时说过父亲徐步阶当过城关一小校长的事。如果再问路人，就从这事问起。有头绪了，王庆志的心里一阵高兴。

颜德美提醒王庆志，还是问警察吧，放心。当了一辈子警察，当了多年派出所所长的王庆志，觉得颜德美说得有理。

一大早，赶在上班前，王庆志就站在南坪宾馆大门前，在匆匆而过的人流中寻找警察。当时公安局在南坪宾馆的上方，在公安局上班的警察大多要从南坪宾馆门前经过。看到年轻的警察们经过，王庆志没有问。为什么不问呢？王庆志知道凭这些警察的年龄，对于陈年往事他们可能什么都不知道。

远处走来一个和王庆志年龄相仿的脸上透出红润健康色的警察，王庆志和颜德美看着这个警察，心里顿时产生一种亲切的感觉，他们悬着的心好像快落地了。直觉告诉他们，就问这个警察！错不了！

王庆志和颜德美走上前去，挡住了这位名字叫马德元的警察。

看到有人朝自己走来，马德元习以为常，当他们是问路的游客，但当他看清楚来人时，顿时愣住了。眼前的人怎么这么面熟？宽宽的额头，高高的眉骨，深陷的眼窝，饱满紧凑的脸部轮廓，特别是那双眼睛，怎么那么像几个舅舅和姨妈的眼睛。

马德元是徐家长女徐莲英的二女婿。当女婿多年，知道了丈母娘家每个人心里都有一个共同的隐痛，是关于最小的舅舅的。他知道外婆和姨妈们为这个幺舅舅不知流了多少眼泪。和这个家有关系的所有侄儿侄女外甥外甥女，都知道徐家有这么个幺爸或者幺舅舅，从小抱给了别人，一直杳无音信。因为职业习惯，马德元时刻留意着有关幺舅舅的信息。25年前，病危的外婆弥留之际，用最后一点力气紧紧握着幺舅舅多年前的来信，希望能见一面小儿子。从5个月大的婴儿到如今，这么多年过去了，母子从未谋面。外婆找人算过命，说她这一生无缘和小儿子见面，但是多年后，当外婆不在人世时，小儿子会自己找回家来。命中注定，母子此生无缘见面。但是外婆不甘心命运如此无情的安排。

王庆志长得太像他的哥哥姐姐们了。马德元一眼断定，眼前这个人从年龄、相貌来看，像是失散多年的幺舅舅！因为激动，马德元的脸绯红。他暗暗给自己说，淡定淡定，先听听他们怎么说。

王庆志和马德元面对面站着，四目相对，王庆志先开口了："请问，您知不知道，原来住在这里——解放路的徐校长徐步阶家搬到哪里去了？"王庆志指着身后的宾馆问。

确实在问徐步阶！在问外公！对啦，没错，就是幺舅舅！马德元的脸更红了。但是警察的职业习惯，任凭马德元内心波澜起伏，表面平静如初。他没有马上回答，喉结上下滚动着，他努力吞咽着口水。眼里涌出泪花，他努力克制不让眼泪流出来。

马德元对王庆志和颜德美说："你们跟我来。"

这回答有些唐突，有些驴唇不对马嘴。让王庆志觉得不对头。这个警察有些奇怪，他什么都没有问，我是谁？来自哪里？我要干什么？他什么都不知道，就让我跟他走，难道去公安局？去公安局也好，让他们帮忙查查。王庆志和颜德美以为遇上热心肠的警察了，交换了一下眼神，点点头。

颜德美的意思是：跟着去吧！此人靠谱。凭着女人的直觉和马德元眼里涌出的泪花，她相信此人是善良的。况且他还是警察！但是警察的眼里为什么会涌出泪花，他们百思不得其解。

他们路过了门口牌子写着"九寨沟县公安局"的地方，马德元并没有带他们进去。王庆志和颜德美内心狐疑了，这是要带他们去哪里？光天化日之下，走就走呗！走不远，他们来到周围全是土木结构的一处民居前，马德元推开虚掩的木板大门，径直走到院子里。

马德元在院子里高声喊着："二舅，二舅，您出来看看，我带谁来了？"

徐登彦和蔡桂花正在说昨天家里发生的怪事。昨天这个时候，还不到10点钟，一只狗不知道从哪里爬上厨房的房顶，厨房离地有四五米高，这狗是怎么上去的，没人能想得明白。站在房顶上的狗好像很享受在房顶的感觉，就是不下来。好不容易才把狗从房顶上撵下来。徐登彦对蔡桂花说："家里来狗好，是吉兆。"可是这吉兆预示着什么呢？有什么好事会降临到家里呢？两人正在纳闷。

听到马德元的声音，徐登彦和蔡桂花从屋里出来，看到眼前的人，他们一下子愣住了。

四

话说回 1958 年，徐步阶的夫人高腊梅 48 岁，生下一个男婴。男婴 5 个月大时，夫人大病一场，险些送命。自己都朝不保夕，自然没奶水了，婴儿饿得大哭。唯一的办法就是煮米汤，把米煮烂，喂给婴儿吃。米汤一点都不抵事，婴儿除了在背着他的年仅 12 岁的四姐徐桂英的背上一泡泡撒尿外，一刻也不安宁。四姐徐桂英背着他轻轻抖动，希望他能睡会儿，不要再哭了，嗓子都哭哑了。

久病不愈的高腊梅找人算命，说她 48 岁本命年时有一劫难，要想打过这一劫，就得骨肉分离。冥冥之中，好像命运确实是如此安排。

徐家的隔壁是商业局，住着一对夫妻。男的叫王希平，四川茂县人，在法院工作，父母在都江堰养老。女的叫葛秀珍，河南鹤壁人，扎着大辫子，终日穿着解放军的黄军装，参加过解放战争，跟随解放军第十八军进驻四川，在文化馆工作。他们结婚多年没有儿女。平日里他们和徐家关系好，徐家少不了给他们新鲜的蔬菜和南坪人的饮食里离不开的酸菜。他们对徐家的印象很好，有良好的家风家教，儿女个个都知书达理。徐家有十个孩子，他们早就有抱养一个孩子的想法，终不好开口。

不到万不得已，谁会将自己的骨肉送给别人呢？

这段时间隔壁高腊梅病了，5 个月大的男婴没奶吃而彻夜啼哭，这哭声把他们的心都要哭碎了。

高腊梅住院花了 28 元钱。对这个家而言，这无疑是个天文数字。1960 年前后，全国不知饿死了多少人，能保住命，都是极不容易。医院有个退伍的姓贾的护士，平日里和徐家、王家关系都好。贾护士家里有个叫马丽的小孩需要人帮忙看护，贾护士为解决徐家和自己的燃眉之急，让当时只有十五六岁的徐家三女儿徐新英来带马丽，贾护士预支了 28 元钱，交了高腊梅的住院费。

得了大病的高腊梅没奶水了。儿子饿得哇哇大哭，全家人没有丝毫的办法。隔壁的王希平和葛秀珍夫妇托徐家的亲戚李长源拿着 28 元钱、一个篾条外壳的水瓶、两双袜子来家里，试着说想抱养他们最小的男孩的意思。

亲戚李长源说："病的病，小的小，不说以后，就眼前怎么办？人家的条件那么好，是有素质的干部，娃跟着他们，不吃亏，说不定还有个远大前程。"

徐步阶看着陷入生活泥潭的家，周围的情况都是这样，能有什么办法？

徐家世代是书香之家，日子还过得去，多年省吃俭用，积累了一点能供一家人吃饱肚子的土地，在成分划分时定成了地主。一家人被这顶帽子压得喘不过气来，眼前只能这样过下去，无力翻转。与其大家都等着命运之神的眷顾，还不如给幼小的生命一个机会，脱离了这个原生家庭，对孩子来说，无疑就是给了他一个新的生命。

何尝不是这样？1977年恢复高考，当徐家三儿子徐登岷以全州中考第一名的成绩也不能被录取时，残酷的现实是无情的，是家庭成分拖累了他，大家的心里不知道有多冷。

徐步阶坚持不要28元钱。说王希平、葛秀珍那家人成分好，幺儿子跟着他们会有一个锦绣前程。日子再艰难，一家人慢慢过。没有哪个父母会收下这钱，骨肉离别，是天下最难的事，不是万不得已，怎么可能会这样做？只是等娃长大了告诉他，并非父母不要他，是万不得已才把他给了别人，想让他活下来，希望他长大后千万不要怨恨父母。

20年后，还住在老房子里的年仅10岁的徐兰经常看到奶奶高腊梅在楼上看着一个篾条外壳的水瓶出神，幼小的她不明白，这个老古董的水瓶有什么好看的，奶奶一看就是半天。奶奶将水瓶当宝贝收藏，在回忆着什么？期盼着什么？等待着什么？幼小的她不懂。

五

只一眼，徐登彦就愣住了。不用多说什么，徐登彦肯定，是自己最小的弟弟王庆志回来了。眼前的这个人，就是40多年前饿得哇哇大哭，瘦弱得像一只小猫的弟弟。遗传基因如此强大，那一双深陷的眼睛，是徐家最有特色的眼睛，他和自己长得那么像，不是他会是谁呢？

这也是马德元看见王庆志的瞬间，为什么眼里会涌起泪花的原因。不论是谁的眼睛看，都会认定眼前的这个从没有见过面的人，就是5个月大时就给了王家的徐家小儿子。那眼眶、眼睛、鼻子、嘴巴、下巴，哪一样不是徐家人的模样？

好消息像长了腿似的，不到中午，徐家的儿女以及儿女的儿女，从四面八方赶到徐登彦家。徐家的小院被围得严严实实。每个人都关切地问幺爸、幺舅是怎么找回家来的，眼里都是激动的眼泪。男儿有泪不轻弹，眼泪在此时成了最廉价的东西。

那个年代每个家庭都有隐晦的疼痛，着实无力抚养而将孩子送人的情况不在少数。随着养父母下山或者工作调动去了外省或者外地，从此杳无信息的占大多数。像王庆志这样经历了这么久的时间，这么远的距离，在消息这么封闭的状况下多年后还能相认的，几乎是闻所未闻。

颜德美看见闻讯赶来的三姐徐新英和四姐徐桂英，人还没进门，眼泪长流。几姊妹拉着这个最小的弟弟的手，又是哭又是笑，既为父母没看到他们的小儿子而遗憾，又为小弟弟能自己找回家而高兴，还为已经过世的大姐和二姐难过。大姐二姐没有和最小的弟弟见上面，这也是她们此生最放不下的心事。

徐家的院子兜不住突然爆发的感情，哭声和笑声外溢到院外的路上。路人都停下来观看，唏嘘不止。幸福来得太突然！突如其来的幸福，让徐家人如坠入云雾里，产生脚踩不到地上的眩晕感。颜德美此时比王庆志清醒许多，她看着满院子的年轻男女脸上泛着笑意，不时眼睛里又满是泪水。他们说着方言，她有些听不懂，但是从他们的表情看得出，他们很激动，又时有悲伤夹杂在喜悦里，像开水里掺入了凉水。

满院子的侄儿、外甥都说，几姊妹长得太像了，不用最先进的 DNA 鉴定，目测就能确定他们是亲亲的亲姊妹。

本是意料之中，又是意料之外。从见到徐登彦的那一刻起，王庆志就完全蒙了。他没有了思维、没有了记忆，完全听不懂这一群长得和他一样的哥哥姐姐围着他说什么。是满脸的泪水开道，是紧紧拉着他的手的连接，让他的生命和他们的生命产生交集。这不就是他这么多年梦寐以求的吗？幸福来得如此突然，让王庆志有些蒙。他们紧紧拉着他的手，生怕一松手，他就会消失一样；他们有流不完的眼泪，既是喜悦的，又是伤心的，哥哥姐姐们试图用眼泪铺设一条路，迎接弟弟回家。

从此，只要王庆志回九寨沟，几个哥哥姐姐和他除了睡觉外形影不离，他们要让小弟弟感受到兄姊的疼爱，他们要把过去失去的时间补回来；从此，王庆志无须每期必看寻亲栏目了，他希望看见的亲人都看见了。如果再要流眼泪，也是触景生情，为别人的生离死别伤感。

"家祭无忘告乃翁"，最重要的是要将这一喜讯告知他们的父母，儿女们重逢了，这个家完整了，他们可以在九泉之下安息了。

六

养父养母为了让王庆志和徐家断绝联系，也为了让王庆志的童年记忆里没有徐家，不让王庆志和徐家的孩子接触。但无论如何躲避，别人一看王庆志总会说：这是徐家的娃。这让养父母有些伤脑筋。商业局和徐家仅一墙之隔，年幼的王庆志当然记不起他 5 个月大的事。几岁的小男孩们在一起玩，总免不了会打架。当王庆志玩耍时打比他年长一两岁的哥哥徐登寿时，小哥哥徐登寿知道这是弟弟，不还手，还哭着说："你是我们徐家的娃，你还打我。"

"文化大革命"开始了，所有人的历史被抄了个底朝天。在斗走资派的浪潮中，由于王庆志的养父王希平当过商业局领导、法院领导、玉瓦区委书记，被迫害致死。养母葛秀珍也从县城文化馆调到偏远的玉瓦粮站工作。王庆志被养母带到玉瓦生活。养母认为在玉瓦这么偏远的地方没什么不好，这里和县城相距百十公里，从此他们的生活里不再有徐家的影子。

有一天，王庆志家来了个客人唐富贵，葛秀珍让王庆志喊此人"唐叔叔"。葛秀珍有事出去了，屋里只剩下唐富贵和王庆志两人。唐富贵悄悄地给王庆志说："你不要喊我唐叔叔，我是你二姐徐忠英的丈夫，你应该喊我二姐夫。你是街上徐家的娃。记住了！"

唐叔叔怎么是二姐夫？王庆志有些遗忘的事好像被唤醒，此时他完全蒙了，但"你是街上徐家的娃"这句话却如一道闪电在他头脑里留下一道深深的印记。这个"唐叔叔"唐富贵就是在粮食局工作的徐家二女婿。年少的王庆志心里默默地记住了，我是街上徐家的娃。

混乱的年代，疯狂的运动。养父去世后，养母一个人艰难地带着王庆志生活着。

有一天，有人给徐家人说，葛秀珍放弃了工作，悄悄地带着王庆志走了。

从此徐家的小儿子杳无信息。

七

20 世纪 80 年代初，河南鹤壁来人到四川南坪调查王希平和葛秀珍的档案材料，由时任商业局局长的陈万钧接待。陈万钧把此事告诉了在商业局下属企业"东风理发店"上班的徐家大儿子徐登峰、大儿媳龚有蓉，还告诉他们葛秀珍带着孩子在河南生活，养了王庆志在鹤壁市国营无线电四厂五车间工作。

得知这个地址，徐家人异常高兴，终于有消息了。徐登岷试着给弟弟写了封信，在忐忑不安、翘首期盼中，收到了王庆志的回信。当高腊梅听到她最小的儿子远在河南鹤壁时，眼泪长流，既高兴又难过。几十年了终于有消息了，得知王庆志长大了，在无线电厂当了工人，让家庭成分不好的徐家人很是高兴。依徐家的成分，当个工人，想都不要想。更重要的是知道了王庆志的地址，这比什么都好。中国再大，知道地址了，总有机会找到他。徐登岷给王庆志回了信，同时寄去 50 元钱。这期间两兄弟通过三封信，他们对彼此的情况了解了一些。当徐登岷的第三封信寄出很久后，得知王庆志参加了高考，以鹤壁市文科第二名的成绩考上了大学。这个消息让徐家感到振奋，并由衷地自豪。

当年王庆志的养母放弃工作，带着他回到河南，需要何等的勇气。这是一个有魄力的让人敬佩的老人。当她知道王庆志和南坪有书信联系时，她不高兴，制止了。

她给王庆志说："等时间到了，我会把一切讲给你的。"

她一生的付出，她的希望，全在王庆志的身上，她不想在她有生之年看到儿子认除她以外的亲人。王庆志答应了妈妈的要求。他像以前一样孝敬着养母，让她享受天伦之乐。

王庆志警校毕业后参加工作，结婚生子，一晃20多年过去了。其间他的生身父母过世他无从知道。妻子颜德美是山东烟台人，父母是南下干部。他们是在无线电四厂工作时相知相爱的。当警察的王庆志有一套缜密的思维习惯，他习惯像下象棋一样步步为营。他安排儿子王浩考四川的大学，这是他找机会回四川的第一步。王浩如愿考上了西华大学。王浩上大学后，葛秀珍去世。王庆志为抚养他长大的养母养老送终，尽到一个儿子应尽的职责。直到最后时刻，可能是被病痛折磨得没有力气，养母最终没有兑现她的承诺，没给王庆志说出他的身世之谜。王庆志觉得他的身世迷雾重重，他希望养母能在生命的最后兑现她的承诺："对于你的身世，我现在不告诉你，将来我会告诉你的。"可是，这一切都不是他能左右的。他的心里极其矛盾，既有对故乡血地的向往，对同胞兄弟姊妹的思念，又免不了对生他的家庭产生埋怨：一家人生生死死都该在一起，有吃的一人分一口，没吃的大家一起饿，为什么要将我送给别人？

八

人到了一定岁数，就会寻找自己的根，这是任何人都有的情结。王庆志和颜德美就是借到四川看王浩的机会，到四川九寨沟寻找家人的。

人的一生就是不断追寻着圆满。高腊梅48岁失去了她最小的儿子，阴差阳错的命运安排他们一生不得见面。当王庆志48岁时，冥冥之中，他自己找回家来了，圆了他寻找家人的梦。王庆志感到他漂泊了几十年的人生，终于找到了根。他不再是一个漂浮不定的浮萍，他脚下的根基如此深厚、粗大、盘根错节，这给了他无限的生命力量。"家"这棵大树如此繁茂，开枝散叶，繁花朵朵，果实累累，他好不自豪。

王浩完成了四年的学习，毕业在即。这四年，因为王浩在四川成都读书，开启了一家人的寻亲之旅，延续了一家人的探亲之路。家人们都希望王浩在四川就业，但是王浩有自己的理想，他考上了瑞士乌普沙拉大学，开始了他的留学之路。徐家世代书香门第，对于孩子们读书学习，除了支持还是支持。一家人为王浩能出国留学感到骄傲自豪。

有人说，当邂逅爱情时，年龄不是问题；我说，当思念亲情时，距离不是问题。只要人在，哪怕天涯海角，终会见面。因为他们是兄弟姊妹，牵一发就会动全身，一个打喷嚏，其余的就会感冒。

为什么父母姊妹间有如此深厚的感情？因为一母所生的十个孩子的命蒂分别连着他们的母亲。就像一棵树上的无数果实，他们是由同一个根脉相连，这根脉就像人的命蒂，输送的是同样的血脉，这血脉把肉眼看不见的胚胎养育成一个成熟的婴儿。而脱离母体时，婴儿必须剪断命蒂，才能成为一个独立的个体生命。虽然离开了母体，但是婴儿复制了父母的DNA，这是家族的烙印，血亲的凭证。无论年纪大小，无论是在眼前还是远在天涯，遗传让他们无法改变自身的基因，无法改变那独一无二的特质。母子相连的命蒂虽然在出生时剪断了，可是剪不断的是兄妹之间生生世世永远相连的那同一根的命蒂。

和光同尘

一

一九四九年闰七月，我母亲是赶着时间出生的。

当她家的家产被她父亲从大烟筒里变成一股股烟雾飘向空中时，家里人着急了，在外婆肚子里的母亲也急了。还是胎儿的母亲通过外婆的哭声感知到全家焦躁不安的情绪，外婆和外公的争吵声，让还是胎儿的母亲感到了紧张，她焦急地在外婆肚子里拳打脚踢。

秋艳如花，大雁南归。收大烟的季节到了。

在黑河沟，成熟的大烟气味顺着黑河两旁的山势蜿蜒，弥散，从山的缝隙里飘出来。清澈洁净的空气注入这股气味后，也像一个毒瘾发作的人，魔幻般地搅动了起来。掺和了大烟气味的空气就像掺和了兴奋剂，闻着空气的人们的情绪也亢奋起来，一身的细胞都在颤抖。所有人的头朝黑河的方向望去，就像谁给画了一个大大的美味的饼子，不去或者后去的人肯定连气味都闻不到。

居住在县城的外婆外公全家人都忙着，做着去黑河赶烟场的各种准备。家里的牵绊是即将临盆分娩的外婆和需要人管理的扶州茶馆。外公是留下来的不二人选，既可以经营茶馆，又可以照顾外婆。

于是外公被留下来管理茶馆，等待孩子的出生。

二

谢文兰也是赶着冬季来临前从江油到黑河来找她丈夫的。她美美地想，找到了丈夫，就是找到了幸福和财富。

江油的大街上到处贴有鲜红的标语。谢文兰听人念：解放军是穷人的队伍；解放军解放穷人来了。

躲得没有一点风声的人们陆续从犄角旮旯钻出来，先检查屋里屋外的东西，就连一根针都没丢失。解放军果真是好队伍。于是人们脱掉身上的烂衣服，穿上了平日里常穿的绫罗绸缎，手臂上的金手镯在太阳光下闪闪发光。

谢文兰听旁边的人说这是解放军的部队，是穷人自己的部队。她想：怪不得，这些年轻的小战士一个个慈眉善目，原来也是穷苦人家的娃娃。大街上热闹极了，跟过年一样热闹。

二十岁的谢文兰也在人群里看热闹。她齐肩的短发，斜分的头发在右耳边被一颗发夹别在耳后，一身月白色的旗袍，显得时尚、文静、羸弱。她在哪里都是被目光注视的焦点。江油中坝大街上人来人往，可是谢文兰穿着皮鞋的脚却犹豫地不知道该迈向何方。

谢文兰想：解放军要是早点来就好了，她的新婚丈夫佘仁富就不会躲壮丁躲到南坪的大山里去了。

丈夫原本是蓬溪人，一家三兄弟，大哥身材矮小，二哥的腿有残疾，老三佘仁富身材高大，四肢健全，按照抓壮丁的规律"三抽一、五抽二"，佘家兄弟里理所当然要抽老三去当壮丁了。民国二十四年（1935），兄弟三个一齐逃了出来，落脚在南坪黑河的上棚子。大哥给谭家上门，谭家给了他们些土地，于是兄弟三个种大烟积攒了第一桶金。有钱就要买房买地，于是兄弟三人在江油中坝买了房，二哥找了个中坝的媳妇。大嫂介绍谢文兰给三弟，他们在民国三十八年（1949）结婚。

谢文兰脱掉旗袍，穿上方便行走的衣裤，简单地收拾着行李。大哥说让谢文兰去看看南坪的大嫂，其实是让她去看看自己的丈夫。嫁鸡随鸡嫁狗随狗，新婚燕尔的她就和其他人一起，踏上走往大山的路。

三

即将临盆的外婆坐上了滑竿，一颠一颠地往黑河方向出发。

路旁的古树一棵比一棵高大，一棵比一棵粗壮。松树的枝丫上包裹着一团团琥珀色的松油，发出浓郁的松香味儿；松树脚下的石头上，一只长腿蜘蛛被松树上落下的松油盖在里面；枯枝败叶乱七八糟地堆在地上，河面上横倒着一棵松树，松针早就由墨绿变为枯黄，随着河水一荡一荡，不停息地做着迎来河水送走河水的工作。被大山封闭的声音跑不出去，河水的声音好像更大更吵闹了。大自然的喧哗被大山环闭，被寂静放大，再入耳时让人觉得好像千军万马来临时的汹涌。

山势的狭窄和树木的高大，遮住了太阳的光线，让人猛地觉得天色不早了。其实还不到中午时分。外婆到喇嘛石了，心里不免紧张起来。这里的土匪杀人越货，过往的商贾经常有人被杀。

不久前，九岁的大舅赵震东被他爷爷赵弻成抱在怀里，从这里经过时，亲眼看见了一个生命的消失。还没到喇嘛石，有人惊慌失措地跑来说："别去了，别去了，前面杀人了。"滑竿停下来，人们一看，这不是扶州茶社的赵弻成老先生吗？这下好了，命保住了。草丛里到处都窸窸窣窣，从里面钻出背背篼的小生意人。他们有些是扶州茶馆的住客，做些针头线脑的小生意。乱世拿命做生意，不容易啊。这些人看见赵老先生，就像看见自己的亲人，有人哭了起来。他们跪着说："请赵老先生带我们过这个鬼门关吧。"出于仁慈怜悯，也出于对扶州茶社客人的保护，赵弻成连忙安慰："你们跟在我滑竿后面，保你们万无一失。"

一行人走到喇嘛石，黑红色的血迹面积还在缓慢地扩大，说明刚才有人在此丢掉了性命。大舅第一次看到人血，诧异一个人的身上竟然有那么多的血，人血怎么那么腥，那么臭啊？简直臭不可闻！他不敢多看，藏在爷爷的怀里捂住了鼻子。

七十多年后，当大舅给我说起这件事时，他的身体不自觉地向后一歪，眉毛一紧。他的表情，他的语气，他躲避的身体语言，好像还能闻见那血腥的气味似的，让他感到特别不适。

四

谢文兰一行人天不亮就出发了。有人背、有人挑，拿着自己的生活必需品。谢文兰只拿了一床薄薄的棉被，她只能拿这么多的东西。棉被是旅程中必不可少的一件东西，是寒夜里保暖的必需品，更是心里的一份安慰。当漫长的黑夜里林中那些恐惧的声音从四面八方传到她耳朵里时，薄薄的棉被能让谢文兰藏身，能给弱小的谢文兰些许安全感。

从江油出来，平坦的道路很快就走完了。山一座比一座高险，路一段比一段险要。

泥石流厚厚地覆盖着这一片山地，除了裸露在外的乱七八糟的石头露出惨白的颜色，泥土们还是棕黄色。那么大的石头，被泥石流轻易地推到了异地，这是怎样的一种力量？谢文兰突然感到自己作为一个人的渺小，她有一种想哭的感觉。

走过泥石流的地界，又钻进了一片低矮的荆棘林。枝蔓生长得毫无章法，她常常被看不见的不知道哪里伸过来的一根刺挂住了衣服，更不要说头发被树枝挂得披头散发，极像一个疯婆子。所幸谢文兰不高，在荆棘丛中有一点优势。

沿途还要过数不清的哨所，查贩卖大烟的烟商。那里的士兵可是真枪实弹，弄不好就会挨上一颗子弹。谢文兰总是会顺利过关。大兵看到这个面容姣好，有些柔弱的女子，语气总会放柔和些："你到哪里去？"

"我回娘家，老总。"声音小得像蚊子叫。

然后几个人把她上下打量一番：看这面容，虽然憔悴，但是白里透红，不像是吃大烟的烟鬼。放吧！

谢文兰赶紧鞠躬，谢谢，谢谢。

这一路，不是爬山就是钻刺架，没怎么好好吃过一顿好饭，什么时候才到南坪啊？谢文兰抬起头，擦擦额头上的汗水，麻木地想。

五

喇嘛石是地理位置上的一个关口，对进出黑河的人来说，更是鬼门关。

一行人跟在赵弼成的轿子后面，东张西望、战战兢兢地往前走。哪能那么顺利经过喇嘛石？只听得一声大喊："谁人路过此地，留下买路钱。"轿子被迫停了下来，大舅的手被他爷爷紧紧地攥在手里，生怕大舅离开他的视线。

一队人挡住了去路。人们都以为是土匪草寇，大舅悄悄地透过爷爷的衣服边角看过去，哪是什么草寇？分明是一队国民党的残留部队，衣服有些旧，有些破烂。

大舅听见爷爷客气地通报自己的名讳，说是请他们禀报燕丙南长官。不一会儿，一阵爽朗的笑声传来："原来是赵大哥大驾光临。失敬失敬。"士兵一闪，走出一个身材魁梧的中年军官，过来就拉住爷爷的手，感觉好不亲热。

大舅想起来了，这个人不就是经常来扶州茶馆喝茶的穿黑色皮衣的那人吗？黑色皮衣，在那个时代是绝无仅有的稀罕物，谁都没有见过。所以，这人和这人的黑色皮衣，给年幼的大舅留下了非常深刻的印象。大舅清楚地记得，这人来喝茶，顺带吃一个锅盔和一盘卤肉或者一碗面，但是不住宿，下午时分必然会走，来去像一阵风。

对，就是这人。

"怎么能这么走？吃了饭走。"

在土匪窝里吃饭，大舅不愿意了，他使劲拉拉爷爷的手，爷爷心领神会，轻轻地捏了一下他的手，意思是，别急，不能硬来。

"这些人是？"

"这些是我的扶州茶馆的住客，他们都是做小生意的，跟着我准备去黑河赶烟场。"大舅见爷爷不卑不亢。

犹豫了几秒钟，燕丙南发话了："还不快滚！"

这些背着针头麻线的小生意人连滚带爬立马消失在松树林里。

这顿饭可能是这帮土匪最丰盛的一顿。饭是用鼎锅做的米饭，切了一些筷子厚的腊肉和米一起蒸，饭熟的时候，肉就飘香了。没有菜，长着长长白绿色绒毛的豆腐乳，就是他们最好的下饭菜。

因为紧张，大舅记不得那顿饭的味道了。大舅感慨，这支队伍不知道怎么落草为寇了，没有了供给，当了土匪为非作恶。人们害怕他们，他们手里有枪啊，弄不好就会吃上一枪子。

六

谢文兰的脚肿得穿不进鞋子了，脚底的血泡烂了又好，好了又烂，她不敢脱鞋，免得把刚刚干了的脚心又扯下一块皮来。她背着棉絮，跟随着矮子大哥一行人，一瘸一拐地走到了甘肃文县的地界。

长途跋涉的疲惫，满脸尘埃的遮挡，掩盖不住谢文兰那种淳朴自然的美丽。兵荒马乱的岁月，人们更多的是相互理解，谁都要讨生活。

当他们一行人走到甘肃文县地界坐下休息时，旁边地里干活的两个男人走过来，盯着谢文兰不转眼地看。谢文兰很不自在，左扭右扭地如坐针毡。

其中一个人问谢文兰："豌豆花儿开了没有？（出嫁了没有？）"

谢文兰赶紧低下头去，不敢搭话。

……

那人再问谢文兰："豌豆花儿开了没有？"

……

谢文兰死死地盯着自己的脚，她的表情再明白不过了。强扭的瓜不甜，沉默了一阵，那两个人离开了。

谢文兰长长地嘘出了一口气："快走，快走，大哥快走。"谢文兰生怕那人又追上来。

天黑了，谢文兰靠着一棵树的树桩，将身体拥在被子里，她感到了一丝安全感。她呆呆地望着天空的繁星，奇怪，这里天上的星星比江油的要大些，要密些。很快她又感到惆怅，不知道还要走多久才能到南坪城。

山越来越高，河谷越来越狭长。眼前出现一个平坦的地方，稀稀疏疏分散着一些低矮的平顶的房子，土夯的墙，房顶盖着大石板或者木板，路上的灰尘随着风四下散去。四周炊烟缭绕，终于有了人间烟火。

大哥说："到南坪城了。"

这就是南坪城？走了十来天，就到了这里？这么荒芜，人这么少。谁说南坪的大烟好，人人都来赶烟场的？谁说赶烟场的人像赶庙会的人一样多？这不是骗人吗？谢文兰对自己的莽撞前来有了一丝后悔。

大哥带他们到脚店里休息。老板娘给他们做饭，问谢文兰吃什么。谢文兰有气没力地说："我不吃。"老板娘人好，说走了这么远的路，不吃饭可不行，给他们拌点玉米面汤汤喝。谢文兰赶紧说："嫂嫂，我不吃，我吃不来里面的酸菜。你们吃吧，我休息了。"老板娘爽朗地说："吃不来酸菜就不放酸菜，这没什么难的。"当看到眼前的这碗没有酸菜的玉米面汤汤，谢文兰感激地说："谢谢嫂嫂。"这是她十多天来吃得最好的一顿饭。终于住到了房子里，睡在了床上，她可以放宽心地睡上一觉了。谢文兰拉起裤腿一看，膝盖肿得像两个棒锤，哎呀，怪不得走路这么疼。

听大哥说，到了南坪城，再走三天就可以见到自己的丈夫了。想到这，谢文兰心里一阵激动，快了，苦难马上就会过去。

谢文兰沉沉地睡去。这是她离家十二天来睡得最好的一晚。

七

大舅和他爷爷、父母先后到黑河头道城马家，外公的姐姐赵春蓉就嫁给马保长马世禄为妻。

看到外公带着身怀六甲的外婆也来赶烟场，一家人觉得不妥。一则家里的扶州茶馆交给武都人马义昌经管，不放心。二则兄弟媳妇在姐姐姐夫家生孩子，没这个规矩。那时的人对生娃这事有太多的忌讳。

回去？怎么回去？还不得坐滑竿回去！要坐滑竿得等三天，最快三天后滑竿才来。况且，天色不好，好像要下雨了。这就不知道还要等几天了。

母亲可不愿意等，在雷声和雨声交加的那天，母亲降生了。

那一夜，生的和死的都赶来了，见第一面或者最后一面。

三个灰色的身影由远而近，他们径直走到马保长家。推开门，他们全愣住了，这不全是熟人吗？推门进来的是民国十几年时任南坪县佐，现任梓潼县令的阎子章，阎子章的兄弟阎二老爷和儿子阎少。马家自然是热情相待，饭后，阎子章和赵弼成倒在床上抽起大烟。他们两个就这样躺着谈天说地整整谈了三天三夜，三天三夜的大烟没有断过，三天三夜的谈话声没有断过，一时间屋里烟雾弥漫。

九岁的大舅睡在他爷爷的身后，从大舅出生，他们爷孙就以这样的方式过着每一天。大舅是他爷爷的心头肉，大舅是爷爷亲自教导的。所以，大舅跟着爷爷，见识了许多别人无缘见识的人和事。大舅睡在爷爷的身后，醒了就听他们聊天，瞌睡了翻身就睡。阎子章说的湖南话，九岁的大舅听不懂。在他的记忆里，阎子章一会儿哭一会儿笑，不知道说什么。爷爷说着他们都认识的旧人旧事。

阎二老爷会看相算命，这南坪人都知道。二老爷给他哥哥说赵老先生喜得一孙女，阎子章赶紧给他弟弟说，看看，这个女娃的命可好？二老爷说，好，好，一生吃不完用不尽的富贵命。阎子章对赵弼成说："可否让小弟给令孙女赠一名字？"赵家当然欢喜，毕竟人家是县令，是富贵之人，自带福气。阎子章沉吟片刻，说："这个季节是秋季，花艳如秋，秋艳如花，秋天比春天更美丽，丰收的季节。就叫艳秋如何？"

大舅记得他爷爷直说好名字，好名字。

我母亲被一个在县令位置上已经时日不多的县令赐名艳秋。

大舅说阎子章县令三天后带着儿子阎少和兄弟阎二老爷离开了头道城，还是在蒙蒙的秋雨中。大舅记得爷爷牵着他的手，站在一棵硕大的青冈树旁边送别他们三人。大舅看见阎子章走了十几步，又回过身来，面对着爷爷，抬起手来，双手抱拳，深深地俯下身，良久，转过身去，疾步而去。眼前的人影消失在烟雾中，爷爷的眼泪流了下来。他们都知道这是永别。大舅说没过多久，听说阎子章县令和他的兄弟被枪毙了。

母亲满月后被滑竿抬回了县城的家。母亲经历了解放、土改、合作社、大锅饭、辍学、帮外婆带更小的弟弟、结婚生子、抚养儿孙，七十多年就这样过去了。母亲的心里感觉空空的，承载着她童年记忆的家早就被拆掉修成楼房，记忆缺损了一只角。更重要的是外婆十多年前过世了，这十多年来，没有母亲的母亲深感自己来处的虚空，她像一只浮萍，找不到落根的土壤。黑河头道城作为母亲的出生地成了唯一一联系她的血地，母亲心里的那种牵绊可想而知。

母亲出生一个月就和黑河头道城告别，这一别就是七十四年，中途发生了太多天翻地覆的大事。头道城远吗？不是太远，离县城四十七公里。母亲就是被生活捆绑着手脚，没机会看看她的出生地。

这件事成了母亲晚年最强烈的愿望。我想，如果外婆还活着，母亲心有所系，看看出生地的愿望也不会这么强烈。

八

这么大的山，这么深的沟，人藏在这里谁也别想找到。谢文兰一边感叹这里的贫瘠和冷清，一边觉得这里真好。谁也别想把丈夫找到拉去当壮丁了。漫山遍野都是地，种着齐肩高的一种植物，头上结着小孩子拳头大小的青色圆球，偶尔看见地里有人，也无外乎都是用同一个姿势在圆球上刻着什么。谢文兰猛然明白，这是大烟。

满山大烟的热闹，更显出谢文兰的孤单。谢文兰四处张望，丈夫在哪里？

举目四望，大山环抱。没有平坦的土地，只有随着山形起伏的山地。满山的野棉花没有鲜艳欲滴的娇嫩，只有孤注一掷的怒放，秋天了，这是植物的回光返照。谢文兰不由得想，到底是什么让她来到了这里，这大山的腹部。以后怎么生活呢？吃什么，住什么，穿什么？谢文兰感到自己就像一个乞丐。

丈夫佘仁富带谢文兰去见大嫂。谢文兰想，大嫂起码和江油街上的女人一样，穿着什么，头发怎样的，戴着什么首饰……佘仁富的声音："这是大嫂。"谢文兰赶紧行礼，头深深地埋着，不敢抬起来。谢文兰听到一个女人的声音说："这才像川坝里来的嘛。"当谢文兰抬起头来时，她不相信自己的眼睛，眼前的两个女人，前面这个穿着看不出什么颜色衣服的女人，就是大嫂。大嫂身后一个女人，也穿着同样脏得看不出颜色的衣服。谢文兰的心里倒吸了一口气，难道没有水吗？难道她们不洗衣服吗？

谢文兰跟着丈夫回到自己的"家"。四根手腕粗的木棒撑在四角，一些枝枝丫丫的灌木丛围在四周，顶上同样盖着些灌木的枝条，上面压着些土。屋里把木板放在石头上就是床。门边上的地上挖一个浅浅的坑是火塘，几根没烧完的木棒的尾部还在冒着浑浊的蓝白色烟子，吱吱地冒着水汽，这柴是湿的。呛人的烟子弥漫在屋里让呼吸都不顺畅，眼睛更受不了，眼泪直流。

"这就是我们的家！"佘仁富对谢文兰说。

不管谢文兰心里怎么想，她将在这家里生活几十年。

晚上，谢文兰躺在四周漏风的屋里睡不着。大嫂那脏得分不出颜色的衣服总在她头脑中出现。不行，明天我先去把大嫂身上的那件脏衣服给洗干净再说。谢文兰固执地想，慢慢睡着了。

日子过得捉襟见肘。佘仁富给人当长工，作为佘仁富的媳妇，谢文兰理所当然就是帮人的短工。人们都住在半山腰，谢文兰给人背水，给人洗衣服、煮饭、锄草、喂猪。

他们的第一个孩子出生了。没有吃的东西，谢文兰没有奶，他们也不知道给孩子喂水，几天后孩子死了。第二个孩子出生，谢文兰和佘仁富知道要给孩子喂水，没有调羹，佘仁富砍来几枝竹子，用刀从中间劈开，当调羹给娃娃喂水。

娃娃生在我们家，造孽呀！

又一个儿子出生了，谢文兰得去地里做活，不能一天看着他。孩子能坐能爬了，就由着他在家里自己爬。养了一头小猪，也关在家里，要不小猪会被狼吃掉的。孩子拉了屄屄，坐了一屁股都是，小雀雀上也沾满了屄屄。小猪饿了，吃儿子屁股上的屄屄，一口吃掉了小雀雀……

听到这里，我的心猛地一抖，我不由得看一眼谢婆婆。谢婆婆面无表情，只是讲述的语速稍稍有些缓慢。我有些紧张，以为谢婆婆会哭，那我该怎么办？安慰她吗？我又有资格对她说什么呢。我仔细看她患有白内障的眼睛，白雾蒙蒙，没有一丝泪水。幸好谢婆婆的眼睛有白内障，她看不清我的表情，我也看不到她藏在眼底的心。

九

母亲有个心愿，她想去黑河头道城看看她的出生地。对母亲而言，中间隔着七十四年的时间长度，中间还隔着四十七公里的距离长度。这两个长度成了母亲无法跨越的障碍，阻止了母亲寻找她的生命源头。

我特别能理解母亲的心理。一个人其实就是从出生到死亡的两个点之间的开始和结束。开始对一个人的人生该会有多重要啊，有的人听见人生开始的哨音，鼓足勇气，一鼓作气朝前冲；有的人在起跑线上等待开始的口令，迟迟等不来，那就边走边玩边等，没有目标，没有时间，等到别人跑很远了，就找不到方向了。这样的人灵魂和肉体难得合二为一；这样的人性格和行为也有隔离。

有一件事，我想不明白。外婆的记忆力是很好的，她的几十个儿孙的生日她都基本记得，没有大的差错。可是，这件事到了母亲身上，外婆的好记性就不好了。母亲可是外婆最疼爱的唯一的一个女儿啊！唯一能解释的是外婆的年纪大了。我不知道外婆生母亲时经历了什么，是什么打乱了外婆头脑中的时间概念？是什么篡改了外婆的记忆？

最近一二十年，我记得母亲的生日变过三次。想想，母亲的生日原本可能是要复杂些。那是个闰年，闰七月，所以记成六月或者八月都有可能——不是有可能，真是就这样了。直到大舅找到他爷爷赵弼成写在镜匣子上的他们姊妹们的生日时，母亲的生日才最终明了。这时的母亲快七十岁了。一查万年历，果真是那年闰七月。当知道真正的生日时，母亲却不过生日了，不让人提这件事了。谁提和谁急。

我明白这是母亲的反抗，是对漠视生命的抗议，虽然找不到反抗的对象。

生日的事尘埃落定后，母亲特别想去看看她的出生地。这是母亲这个年纪的人的念想，我们都支持。况且，去黑河头道城看看，这难道很难吗？可是如果不难，为何这七十几年里母亲迟迟不能成行？

我和弟弟陪母亲去了黑河头道城。一切物是人非。母亲的姑姑姑父早已经去世，母亲的表弟也去世多年。知道情况的老人们也早已不在世了，其他围着我们看的老人和我们看他们一样，都是迷惑的眼神。我们围着房子转了几圈，我有个感觉，眼前的这座房子可能和母亲的出生地有关。

那黑黢黢的门板藏着多少秘密，厅房门上的两个门洞是当年挂匾的地方，两边的偏房子有被拆过的痕迹……这里早没有往日人来人往的热闹。如果时间往后退七十多年，还是会看见外婆和刚出生的母亲，以及这个家里人来人往的繁华……

十

佘仁富死于 20 世纪 60 年代后期。谢文兰说老头年轻时太卖命，死于肺痨病。没有药啊，病了就挖点花椒树根上的土煮水喝。或者挖点野棉花的根煮水喝，只能以这种方式治病。

谢文兰记得老头去世前的那晚，他对并排睡在一张通铺的六个孩子说："对你们妈妈好点，她要养活你们长大。"饥饿和远远超出身体承受能力的体力活，让谢文兰和孩子们麻木，他们没人多想，体力需要休息来恢复。

没有人想这句话的意思，更没有人懂这句话的意思。

第二天早上起来，孩子们的父亲死了，他们还不到立门当差的年纪，全傻了。谢文兰找到队里的干部帮忙，干部们拿柴火，拿玉米面，拿腊肉，拿白菜，帮忙把死人草草地入土为安。又是几年过去，大儿子眼看长大，队里的一个干部看着大儿子不错，招大儿子为上门女婿。

这门亲事成了，亲家的心里却有了心事。这心事折磨得他夜不能寐。

亲家手里拿着一只大红公鸡，请来一个阴阳先生，说要去坟上给死去的亲家公明路，让亲家公找到往生的路好进入轮回。亲家公对谢文兰说："原本是该出殡前明路的，那时条件差，没办法。我心里记得这事。况且我们成了亲家。现在有这个条件了，我不能让亲家困在他的坟里，找不到往生的路啊。"

"亲家是好人啊！"谢文兰感激地说。她是个懂得感恩的人。亲家就是不这样做，她也不会有什么意见。

明了路，老头子就能找到往生的路了。只是从那以后，不知道老头子还找得到回家的路不？谢文兰说。我体味着她希望丈夫好，又对丈夫留念的复杂心态。

十一

母亲找到了出生地，就像一个孤儿找到了母亲。她的心里是踏实而愉快的。能给我们讲一点关于母亲的姑姑的故事的，也是和母亲一般年纪的老人。他们欲言又止，好像有许多不方便说的事，说得更多的是姑婆晚年的凄惨，一双三寸金莲爬上山去，和正常人一样做活，天黑了，所有人都下山了，姑婆从山上下不来，她的儿子上山找到姑婆，背她下山。

母亲静静地听着，只说了一句话："她这一生，福也享了，罪也受了。"

母亲找到了她的出生地，回家的路上，她一言不发。我想，她的心里一定是五味杂陈，就像这漫长的人生。可是无论如何，黑河头道城和母亲的生命产生了关系。

母亲终于硬气地说："我的生命来自头道城。"今天，我们陪母亲找到了她生命的源头。

十二

谢文兰看了一眼落西的太阳，知道时间不早了。她说："今天和你说了这么久。老头去世我刚四十岁，这是五十多年前的事了。小儿子给江油人上门了，他总算是回到江油老家了。大孙女也嫁到江油，虽然还是辛苦，但是江油比这里好。我来自江油，我的子孙能回江油也好。我就在这里守老头子了，我不回江油，我怕火化，也怕热，还是现在这里好。"

她笑笑，皱纹也掩饰不住原本娇美的五官。

"我今年九十多岁了，来这都快八十年了。"

八十年？！谢文兰看了我一眼，随口说出的这个数字让她自己都惊讶，怎么会这么久？

八十年！谢文兰又重复了一遍，她看了我一眼，又腼腆地笑了。

谢文兰的生命如一条长长的、细细的河流，默默地流向远方。

悬崖上的精灵

人们爱说，深山老林，不见人烟。

在黑河流域的绕蜡沟大森林里，有一个叫如喏（绕蜡寨老寨子的藏名）的悬崖村，人如岩羊一样生活在如馒头一样的岩石上，这一住就是一百多年。

馒头样的山包没有一处平整的地方，四面是悬崖峭壁，只有一条Z字形的盘山小路，从天然巨石下穿过蜿蜒而上，巨石似两个身材笃实的战士，站岗值守。这里易守难攻，真是个好地方。站在如喏山上四下望去，墨绿色的森林发出的阵阵松涛声，如夜里海面激起的波涛，汹涌澎湃，延绵不绝。感觉如同在大海里，脚下的山包就是船，四周的森林如同墨绿的水，当松涛响起，站在山包上的人感觉正在大海里坐船乘风破浪前进。

白河流域上四寨的藏族杨家，为扩枝散叶，扩大地盘，插占为业来到黑河流域的绕蜡沟。于是原始森林中的荒山野岭一个叫如喏的地方，岩羊出没的悬崖上，从此不光只有岩羊，也有了杨姓的第一家人。

他们是如喏的新主人。

白严珠的祖先，是甘肃文县的白马藏人。白严珠的高祖父，带着刚结婚的孙儿和孙儿媳一对新人，不知道出于什么原因，从夺膊河来到黑河。

我曾不止一次想白严珠祖先来这里的原因：避战？逃荒？人命官司？逃婚？赶烟场？每一种都有可能，每一种好像都是顺理成章的事。

九寨沟上下塘的藏族也有区别，是白马藏族和安多藏族的区别。他们共同生活在岷山的同一座山脉的褶皱里，不过安多藏人生活在岷山中部山脉的深处，白马人生活在岷山山脉的尾部。同一座山脉，同一条河，养育着这群人。他们的区别也是细微的，更多的是同质化的特征，包括语言、习俗、信仰。

白严珠说："岩羊在悬崖峭壁只要有一脚支棱，便能攀爬上去。"如喏的老人说："我们是一群和岩羊一样的人，也在悬崖上生活。"

不管出于何种原因，白严珠的爷爷奶奶的爷爷奶奶带着一匹马和必需的生活用品，来到了如喏。不论怎么说，山的天然地形还可以抵御加巴（土匪）。这里可以种庄稼种鸦片，生在乱世只祈求生命安全得到保障，这是人最基本也是最大的愿望。对于他们来说，孤峰如嗒就是最好的藏身之地了。但是事情总不遂人愿，如嗒已经有了主人，已经被杨姓的家族插占为业，白严珠的先人们迟了一步，要想在如嗒安身，得杨家点头接纳他们才行。

如嗒山下的河坝边有一块巨大的岩石，似一个伸出的手臂，为岩石的底部遮风挡雨。白家人就在岩石下暂时栖身，他们生怕加巴来抢劫，因为加巴既要财也要命，他们过着担惊受怕的日子。只有寻找说服、感动杨家的机会，让他们到如嗒山上安家落户，大家抱团取暖，加之地理优势，才相对安全一些。

白严珠高祖父的养蜂技术特别好，他砍适中的树枝从中间破开、掏空，把野蜂招安在此，养在圆木里的是土蜂。土蜂又叫岩蜂、中华蜂，蜂蜜特别甜。白家人的蜂蜜年年丰收。

如嗒山上的杨家有土地在山下，经常会下山种青稞、燕麦或者小麦、洋芋。白家人给杨家人吃蜂蜜蘸馍，给白面或者青稞面单一的味道增添了无穷的香甜。火烧洋芋，剥去黑黑的一层煳锅巴，香糯的洋芋香气四溢，用洋芋蘸蜂蜜，简单的食材瞬间成了美味佳肴，让人回味无穷。做完地里的活，白家人还让杨家人带一些蜂蜜回去给老人小孩吃，甜味是能回味的，由甜味传递的友好，不光让味蕾产生快感，也刺激大脑产生出多巴胺，让人产生快意。白家人因此博得了杨家人的好感。

真正让杨家人接纳白家的契机是白家受人欺负的事件。

狭长的绕蜡沟，从黑河流域向岷山深腹延伸，重重山脉，蜿蜒曲折。深山里出产的东西，总得拿出绕蜡沟，才能交易，才能易物。出绕蜡沟口就是头道城，这里有村寨，有保长，有集市。绕蜡沟口的路就像漏斗口，只此一条路，别无其他的通道。虽说是路，但是杂草丛生，也只能一两人走，或者是一头驮着东西的牲畜通过。这里生活着一家汉族，有兄弟多人，他们自立规矩，但凡从他们家门前过路者，不准骑马过，必须牵着马，毕恭毕敬悄无声息地走过。绕蜡沟里的人深恶痛绝但又无可奈何。毕竟，只能从这里过路，没有第二条路可走。无奈，所有人只有按他们的规矩，下马悄然离开。

白家人刚来不久，居住的地方没有邻居，不知道有这个规矩。一天，白家人要去沟外办事，骑着他们家的马从沟口的那家人门前经过。他骑着马，手里甩着缰绳，唱着山歌到了沟口。

"是谁这么大胆，敢在这里如此放肆？"这家人好像受到了冒犯，兄弟们手里拿上棍子，齐刷刷地全出来了。

"喂，说你呢！"几只食指齐刷刷地指向骑马的人。

"下马磕头认错，爷等放你过去。"

"我初来乍到，不懂规矩，如有冒犯，请多多原谅！"

"不懂规矩，爷爷教你。今天必须磕头认错，保证下不为例就放人。"

气氛骤然紧张，白家的马喷着响鼻，用前蹄子刨着地上的土。一个男人，跪天跪地跪父母，怎么会跪这一群恃强凌弱的人。况且在这安家了，今后免不了经常从这过路，这一次认戾了，以后呢，那必然是次次受欺辱。

"不跪？"

那家的兄弟看到白家只有一个人，竟然还不下跪。这么放肆，这还了得！连这么一个人都收拾不了，以后谁还把他们兄弟放在眼里？杀鸡儆猴也得打这人一顿！

一个眼色，几兄弟围了上来，举起手里的棍子，就要打人。白家人从身后的柴码子上抽出一根棍子，只听到棍子沉闷的呼呼舞动的声音，棍子和棍子接触时的砰砰声。几个回合，那几兄弟抱头抱腿，全趴在地上哀号。

白家人扔掉手里的棍子，骑上马扬长而去。

这家人把白家告到保长那了。断案那天，被告人站在一边，原告一家人站在另一边。一看阵势，保长明白了几分。那家人露出被打的部位，皮下瘀青含血，还有被打骨折的，吊着膀子、摆着腿，溃不成军，要白家人给予他们赔偿。白家人慢慢脱去衣服，身上也露出青紫的疤痕，而且疤痕遍布全身。保长发话："你们一家人打一个人，还好意思要赔偿，该你们给白家赔偿。"断案的赔偿当场付清。白家人拿着赔偿的钱买了一对牛回家。这一对牛正值壮年，是体力最好的时候，以后开荒种地不用发愁了。

白家人笑着将牛牵回家。

原来白家人并没有受伤，他只是看不惯沟口逞强凌弱的那一家人，想给他们一个教训。断案的前一天晚上，白家人用金属锡在身上涂抹，皮肤上被抹上锡的地方看上去一片青紫色，以至于保长误以为他被打了。

消息传出，白家人的智勇双全得到如嗒杨家人的肯定，他们喜欢、佩服这样的勇士。于是他们同意白家到如嗒山上永久居住，和他们做邻居。对于先入为主的杨家和智勇双全的白家，这无疑都是好事。加巴猖獗的年代，抱团取暖无疑是个好办法。白家的房子修在山顶上，在如嗒山上的最高处。

老人们再三告诉孩子们，走路别跑别跑，小心猛地一跑，收不住就冲下悬崖，坠入深渊。没办法，如嗒山上只有巴掌这么大。

这只有几户人家的山顶，时常会面临加巴的骚扰。一天，喇嘛掐指一算，指着南方说，今夜有加巴想从南方入侵如嗒。

人们抬头向南方看去，下午的太阳光斜斜地照在群山上，阳光火辣辣的，风软软的、凉凉的，树林的飒飒声在静默里汇成一股暗流涌动着，绿色在墨绿和灰色之间摇摆变化，让人恐惧的寂静将一点风声都无限放大，并沿着山的沟壑传递、回放。牛羊在草坡上悠闲地吃着草，牛不时用尾巴拍打着牛虻。习惯于寂静的一匹棕色的马被突然而来的林涛声惊得竖起了耳朵，抬头看着远方。当它明白是草坡边缘的树林在风中摇摆，树叶发出飒飒的摩擦声时，又低头专心地吃着地上嫩草。马的肉粉色舌头一卷，一撮青草被拦腰卷入马的口里，被马黑黑的嘴唇包裹，整齐的牙齿稍一用力，嫩嫩的青草发出噌噌的断裂声，舌头又一卷，在口腔中央的青草噌噌地被切成碎块，连同青青的汁水，进入马的胃里。马柔软的嘴唇微张，露出坚硬、硕大、洁白的牙齿。这一软一硬、一黑一白，默契地配合，一会儿，周围露出了一个圆圈和黝黑的地面。被腰斩的青草还要继续生长，几天后，青草断面成线一般白色的细小的齿芽，被继续生长的草顶着向上长、再向上长。几天后，当马第二次来吃草时，这一片草又长得郁郁葱葱。

就是如诺这肥美的草养育了肥美的牛羊，加巴对这里念念不忘。当天光褪去，周围一片黑暗，果真如喇嘛所言，加巴来了，从南方来的。

手持火药枪的加巴来势汹汹，而且他们的喇嘛同行，这次他们有把握能攻入寨子，抢到牛马和钱财。加巴的喇嘛敬神后盘腿而坐，双眼微闭，双手合十作法，他一张一合的嘴里吐出的是舌枪蜜箭，他长长的尾音加之浓厚的鼻音，形成了一团团无色的气流环绕，加巴们被这团气流包裹，一个个脱掉外套，赤裸着上身，有喇嘛法力的加持，就算是赤身裸体也刀枪不入。加巴们肆无忌惮。身体都刀枪不入了，还怕什么呢？

如喏山上也有喇嘛。山上和山下两个喇嘛师出同门。如喏山上的喇嘛虔诚地敬神，希望得到神灵的庇佑并希望神灵赐予他们超凡的力量。寨子里的小伙子也脱掉衣服，接受他咒语的加持。刀枪不入！刀枪不入！他们口里念着咒语，勇往直前，战斗难分胜负。

寨子里的小伙子和加巴都英勇无比，火药枪射出的子弹好像会转弯，在快接近身体的地方会受到无形的阻挡，人们看到子弹确实转弯了。势均力敌，战斗陷入僵持状态。如喏山上的喇嘛端坐着，气定神闲。毕竟他们是保卫家园的正义之举，神灵是无所不知的，也是会区分善恶的。给加巴当喇嘛的人，毕竟不属于正道，他的所学法力道行，也会受到神灵的限制。

战斗胶着，难分胜负成败。

如喏山的喇嘛施法，将天上的一块乌云搬来放在加巴们的头上，念动咒语，天被黑黑的云层覆盖，狂风暴雨，电闪雷鸣，拳头大小的冰雹从天空砸下来，打得加巴浑身青一块紫一块，鼻梁被砸断，头上长满了和冰雹一样大的包块，冰雹直接砸在加巴们赤身裸体的身上，没有任何阻拦。加巴喇嘛的法力被破了，他对此无能为力，眼看大势已去，他也赶紧用手捂住脑袋，落荒而逃。

最终是一场冰雹赶走了这一群强盗，保全了如唶寨子。

从此，如唶山上喇嘛深厚的道行，高尚的德行，得到如唶寨的子民和后代子孙的敬仰，并被后人传为美谈。

英雄无大小之分。保家卫国的壮义之士，都是英雄。

现任老村长的奶奶的爷爷是寨子里的神枪手。当年已经是一个七十多岁的老人，为保卫家园牺牲了。

时间大概在19世纪末期，那也是加巴猖狂的年代。那次战争伤亡惨重，也为后代子孙留下了口口相传的故事，英雄如神祇一般庇护着悬崖上的人们，特别是他娴熟的枪法，让人们觉得卑微的生命有了保障。英雄如天上的星星一般，时时在如唶人的头脑里闪烁并念念不忘。

如唶人永远记得那个有月亮的夜晚。

月色朦胧，万物静谧，木头房子的塔片被雨水浸泡成麻灰色，压塔片的石头更似厚重的黑色，月光加重了它的重量；一楼的牛马半眯着眼睛，嘴里反刍着草料，牙齿发出咀嚼声，听起来它们依然吃得很香；圆木做的楼梯，常年在外风吹雨淋，早就成了麻黑色，月光下梯步一半灰白一半幽黑，楼梯在夜晚也不忘连接着一楼和二楼的空无；二楼油灯发出的昏暗的光亮早就灭了，月光沿着门缝、窗缝，挤扁了身子往屋里钻。劳累了一天的人们早就在梦里喝酒唱曲子，全是欢乐的场景；呆滞的黑白灰色包裹着村寨，只有还没休息的耳朵能听到夜晚灵动的声音，人的梦话声、风抚摸经幡时的诵经声、猫压制在喉咙的咕噜声、狗发出轻微而缓慢的呼吸声，老年男子体内的气息情况不明似的暂停了一会儿，好像在乱撞，很久才找到出口的急促声，不知疲倦的风吹动树枝发出轻微的沙沙声……

如唶寨子沉睡了。

突然，一只狗猛然发出激烈的叫声，这叫声像冲锋号，满寨子的狗瞬间醒来跟着狂吠，像突然受到剧烈的惊吓似的，一眨眼的工夫，狗的眼睛充血变红，眼神狂野，动作敏捷猛地向黑暗中冲去，"嗖、嗖"，不知从什么方向来的几条狗的身影像射出的黑色的箭，跟在前面的狗的身后，眨眼没有了踪影。狗的叫声在寨子的入口处汇聚，狗叫的声音有高八度有低八度，充满着整个寨子的空间，好像在撕扯，混乱地扭作一团。人们被杂乱的声音惊醒，不对，有情况！男人们翻身拿起放在床边的火药枪，边穿衣服边朝狗叫的地方冲去。

加巴趁夜色掩护，已经到了寨子的入口。老神枪手凭经验，已经知道加巴在寨子的何处了。毕竟，他对这巴掌大的地盘了如指掌，闭着眼睛都能走完。硬冲肯定不行，根本不知道加巴来了多少人。他迂回到加巴的后方，见机行事。老神枪手拿起火药枪，弓着身体，一个人悄悄爬过天桥，朝另一个山包跑去。两个山头的距离不远，说话都听得清清楚楚。他趴在一块石头后面，这里斜对着如喏，山上每一家的情景在月光下被看得清清楚楚。老神枪手看见加巴正在从他们家的独木梯子往上爬。可不能让他们上楼，楼上有他的家人。加巴既要钱财也要人命，如果加巴爬上二楼，家人们就会命悬一线。老神枪手果断地举起火枪。

月光下，加巴黑黑的身影在独楼梯上往上移动。他已经爬上楼梯了，就在脚要踩上二楼的地面时，一团金红色的火焰呼啸着钻入加巴的头颅，加巴没弄清楚怎么回事，一头从楼梯上栽了下来，趴在地上了无声息。后面的加巴吓着了，这从天而降的子弹让他们摸不着头脑。加巴在明处，他们的一举一动全在老枪手的眼里。老枪手则隐蔽在石头后面，在月光的朦胧中，加巴根本发现不了。加巴和老枪手对峙着。周边寂静无声，过了一会儿，加巴壮起胆子，左顾右盼地又顺着独木梯子往上爬。还是这个位置，同样一声枪响，第二个加巴又重重地摔了下来，同样是头部中弹。一连七个加巴头部中弹，独木梯子下的尸体一个重着一个，已经垒起了高高的一座人肉墙。

此次来抢劫的加巴伤亡惨重。火药枪的子弹在夜里呼啸着发出耀眼的金光。老枪手的位置很快被加巴发现。他们悄悄爬往老枪手的背面。月色朦胧中，寨子里的小伙子看见敌人过了天桥，赶紧朝山上飞奔保护老枪手。特殊的地形没有藏身的地方，一切都如秃子头上的虱子——明摆着。不需要浪费火药，加巴只需抢起石头就将老枪手打下了悬崖。加巴在密集的子弹中扔下了七具同伙的尸体，翻山逃跑了。

几十米高的悬崖，老枪手注定活不过今晚。

碌碌无为的活和轰轰烈烈的死，时间的长河会筛选，在时间里留下的人和事，终会如天上的星星熠熠发光，并世代相传。老枪手不光是他们家的精神财富，也成了如喏人的精神养料。这养料深入如喏人的骨血，塑造了如喏人的性格，培养了如喏人原始的家国情怀。

老枪手是迄今为止唯一一个为保卫寨子而牺牲的英雄。

死的加巴被人用树枝绑在脚上，拖下山去，埋在路边，用一块四五个人才能抱动的大石头压在上面，阻断他通往轮回的路，让他永世不得超生。雕刻在石头上的藏文，我不认识。我想这里记录着老枪手的壮举和加巴肆意的抢夺，是为了让后代明辨善恶。加巴卑鄙的行为，将得到人们的唾弃和咒骂，人们在埋加巴的地方歇气，用脚踩他，将他肮脏的灵魂禁锢于此地，希望世间少一个害人的加巴。

时间过去太久，如今说起此事，我看到老枪手的后代们没有太多的悲伤，眼神里流露出的是自豪。我能感受到炙热的血流淌到今天，温度已经逐渐降低，没有痛彻心扉的疼，只有骄傲和崇拜。老枪手如一面镜子，高高地悬挂在如喏人的面前，让他们对比荣与辱，得与失，生与死。

这个叫如喏的地方，后来叫绕蜡寨。绕蜡，顾名思义，寨子围绕着石蜡。离绕蜡寨直线距离不远的岩石上，鬼斧神工般长着一对石蜡，像极了天珠。纤细的根部托着肥胖的椭圆形的身体，就像插在山梁顶上的一对纺锤，又像在蜡芯子上沾满供发光用的拥有无限能量的蜡汁。传说总是人们美好愿望的再现，有人说这一对石蜡到晚上会发光，光线能照亮整条沟。而这个叫绕蜡寨的寨子，既看不到石蜡，又看不到石蜡发出的光亮。绕蜡寨太偏僻，山太高，外面的光和亮到达不了这里。真正围绕着石蜡的村寨，没有得到绕蜡这个名字，为什么将这么重要的名字给了这个只有十八户人家，三四十口人就能把山头占得满满当当的地方，其中应该还有故事。

名字是好名字，生活的环境可没有因为美好的寓意而改变。绕蜡寨人还是像岩羊一样，生活在悬崖上。

岩羊有个致命的弱点，受惊时在乱石礁上迅速跳跃逃命，当攀上险峻陡峭的山崖时，总要回头看看，再飞奔而去。往往这回头一望，也许让身体的重心发生了偏移，也许看到自己身下的深渊而颤抖，也许因脚踩的岩石滚落而失足……

无论什么原因，朝后看会丧命。于是绕蜡寨人，这群岩壁上的精灵，学会了朝前看。再苦再累生活还得继续。如喏是一个时间段的符号，已成过去，绕蜡寨才是杨家、周家、张家、白家这四个家族共同的家园。虽然藏族血统被冠以汉族的姓氏，那也是地方风俗或者生命经历的表现，或者是生活重压下委曲求全的见证，并不代表纯正的血脉被掺杂，或者坚定的信仰被篡改。这无外乎是生活的又一个烙印而已，既代表一段时光又代表一段经历，就是一个符号，一个增加辨识度的特殊的印记。骨子里的、血脉里的、生活里的、习俗里的东西……什么都没有改变。

绕蜡寨人清楚地知道：朝前看，生存下来才是最重要的事。

白严珠说，绕蜡寨好比长在人脸上的鼻子，鼻梁就是寨子通往别的山包的唯一通道。这个比喻形象而恰当。既能代表绕蜡寨的高度，又能代表绕蜡寨的险要。鼻梁就是绕蜡寨和旁边的山包之间仅能一个人通过的山梁。

抱团取暖，是不二的生活法则。在绕蜡寨生活更需要如此。

村里的规矩是每家放三天羊。放羊是白严珠小时候最高兴做的一件事。跟在爷爷后面，赶着羊，经过这个名副其实的"羊肠小道"的山梁，到对面的山包上。山梁到地面有五六十米高度，过山梁就像走钢丝。动物也会惜命，每天来回两次经过山梁，羊群凝神聚气，神态专注，夹紧尾巴，闭口不发出一点声音，排成一队，静悄悄地轻轻地从山梁上走过。可不敢有丝毫的大意，羊见过太多在此地失足跌下悬崖的牛、马、驴、猪，还有人，几乎难有生还的。唯一能见证它们经过此地的，仅有空气中散不去的羊的浓烈膻味，还有地上零零散散的一颗颗坚硬的黑色羊屎。就连跳蚤也会选时间，盯准羊过山梁的这个时段叮在羊肥厚的大腿上，吸羊的血，羊也只能默默地忍受着，不像其他时间，大腿肌肉一阵颤抖，将跳蚤抖落。羊群像训练过的队伍一样整齐有序，一只接一只通过，只听见羊蹄子轻轻地踩在这终年见不到阳光的山梁上的声音。虽然每户人每天都要出工打扫山梁上面的霜以及或薄或厚的积雪，但在秋末的时候，这里不可避免还是会积上冰。

如绿色堆积在一起，是厚厚的草地，野花像一张五颜六色的毯子，铺满整个山包，肥美的青草在阳光下发出翠绿的光芒，水泉里甜甜的山泉水静静地流着，四周是炙热的太阳，迎面是清凉的微风，那里才是羊的天堂。白严珠静静地仰面躺在草地上，双手托着脑袋，眼睛微闭，嘴角衔着的青草发出的嫩甜的香味，温暖的阳光，沁凉的空气，让他昏昏欲睡。

爷爷扯开嗓子唱着山歌，奶奶去世后近三十年的时间里，爷爷有时会一夜一夜地唱歌。白严珠知道放羊的地方离火化奶奶的地方不远，奶奶在那里听着爷爷给她唱歌呢。奶奶年轻时就因为喜欢听爷爷的歌声才嫁给爷爷，于是她听了一辈子，爷爷给她唱了一辈子。

爷爷喜欢严珠，他想把自己肚子里的东西全交给这个孙子。

秋天快到了，要赶在下雪前，全部的男子帮每家每户砍下能烧一个冬天的柴。每家出一个人，挨家挨户地砍柴、背柴、码柴。雪线还在寨子上方时，要保证家家户户的房子边码着整整齐齐的柴码子，侧面看是黑灰色，正面看是黄白色。看到齐房檐高的柴火码子、滚圆的肥猪、满柜子青稞燕麦和堆成山的洋芋，如喏的人谁也没理由不感到幸福。寨子里弥漫着一股青冈、松木柴火的清香，砸洋芋糍粑的槌和木槽的撞击声，是这个季节不可缺少的声音。时间过不了太久，空气中就会弥漫杀猪宰羊的躁动，和迅速传遍整个山包的肉香。

白严珠的爷爷生活的年代，过年了，全寨子的人聚在一起，吃手抓牛肉，手抓羊肉，猪肉炖蕨菜，喝转转酒，唱酒曲子。酒足饭饱，手脚忍不住痒痒，是时候该跳锅庄了。全寨子只有两个木头雕刻的面具，这远远不够。起码得有五个、七个、九个或者十一个才行啊。雕刻的不也是动物的头像吗？于是家家户户门前悬挂着的，用以显示这家人威武勇猛的老熊头、野猪头、岩羊头，在它们死去多日后，又被人想起，被戴在了人的头上舞蹈。往日在火枪下处于弱势的野物们，在这个特殊的时候，被当宝贝戴在猎人的头上，猎人还要模仿它们的动作和生活方式，这种转变让野物们诧异。

对危险敏感的不只是人，动物也同样敏感。

白严珠家喂着一匹乌黑油亮的马。山上人家生活离不开马。驮柴驮粮食，上山下河，哪一样都得马驮，要不就要人背。他们家这匹马的性格里更多的是野马的敏感和倔强，少了家马的温顺和善解人意。和往日一样，严珠的父亲要赶马去对面山上做活，他了解自家马的德行，敏感且野性难驯。这也没办法，和人一样，马也有自己的性格，得照顾马的胆怯性子，严珠的父亲特意牵着马走这条让人心惊胆战的山梁天桥。也许是人想给马鼓励，需要马给人壮胆；也许是人给马一个态度，我们生死在一起，你还怕什么呢？严珠的父亲紧紧地牵住马笼头的绳子，就这样也没有让黑马的紧张情绪放松。没走几步，可能是一股风，可能是一只飞翔的蜜蜂，也可能是一只牛虻的叮咬，黑马突然受惊，猛地将头一摆，严珠的父亲被马头撞下了山梁天桥。

这可是五六十米高的悬崖峭壁，从这摔下去的少有生还。

母亲和严珠被突如其来的变故惊呆了。在马惊恐的叫声里，在母亲和严珠张开的大嘴里还没来得及发出声音的瞬间，父亲向下坠去。地心引力强大的作用这时发挥得淋漓尽致，父亲的身体随着重力加速度加快了下落。一同去做活的人呼喊父亲名字的声音，母亲如汽笛般的惊叫声，严珠吓得大哭的声音，混合成一种杂乱的喧闹，如洪水般瞬间填满了这小小的沟壑。

关键时刻，还是男人们有主见：快到沟底去救人！万一还有救呢！受到剧烈惊吓的母亲坐在地上挪不动身体，她被自己的吼叫声定在那里，动弹不得。她大脑神经突然停止了传递信息，她的头脑里一片空白。

山梁下的乱石礁对这一幕见惯不惊。不是经常有牛啊马啊驴啊从山梁上跌下来？跌下来最多的是大肥猪，当人们赶着大肥猪去山上吃草时，这些笨重的家伙，一不留神就跌下来。可能是猪死前受到剧烈的惊吓，身体产生了某种化学成分，严珠说，摔死的猪肉难吃死了，特别难吃。跌死的马肉和驴肉没人吃，这里的人没有习惯吃马肉、驴肉。只有看到牛刚跌下山梁了，才会马上找人帮忙剥去皮子，牛肉还能吃。

小伙子们很快就到了沟底。人呢？奇怪了，四周没看到人呢！这到底是怎么回事？头上方传来微弱的声音："我在这！"他们抬头往上看去，看到严珠的父亲挂在半山腰呢！原来，蒙了的他落到二三十米时，头脑突然清醒了，他知道这样落下去会粉身碎骨。情急之下，他的双手乱抓，希望能抓到救命稻草。他熟悉这里的一草一木，知道半山腰有一棵小杂树，能抓到这棵杂树就有救了。时间掌握得刚好，不受控制的身体刚下落到这里，他的双手就一把抓住了这棵杂树伸出的树枝，在树枝一阵的乱颤中，他停止了下落。然后靠臂力，他慢慢地抓住树的主干，这下，暂时安全了。

一阵紧张过后，人们又犯愁了。这里是山梁到山谷的中间，人迹不能至，没有路可走，上不沾天，下不挨地。怎么把严珠的父亲救上来，这着实得想办法。最简单的办法就是用绳子把他拉上来。可是哪里有这么长的绳子呢？马背上的背篼上不是有捎驮子的胖绳吗？两根胖绳连接起来，长度不就够了？

在众人齐心协力的帮助下，严珠的父亲捡回了一条命。

他是幸运的，这里下去的哪会有生还的可能？

不得不到对面山上做农活的人们，无法消除对这个山梁天桥的恐惧。

绕蜡寨老寨子，除了有较好的预防土匪的功能，真不适宜人居住。只有对面山腰的水泉有一股不大的水，人吃牛马也吃；只有对面山上和山底的河谷有土地，可以种植燕麦、胡豆、玉米和洋芋等。吃水要过这个山梁天桥，做农活也要过这个山梁天桥，而人们对这个山梁天桥的恐惧，无法消除。

居住在绕蜡寨的人们，从来都是男人担水吃。并非女人们懒惰。担水过天桥就像在空中走钢丝一样，自己能走过去都不容易，还要再担一担百十斤重的水在肩上，平衡稍微把握不好，后果不堪设想。

两个山包论距离确实不远，只要扯起嗓子喊一声，对面就能听到。通常都是寨子里的人喊对面山上的人。"嗨，吃饭了！""还有一点活，做完就回来！"当白严珠的父亲在对面山梁上扯起喉咙喊："严珠，把水桶给我拿来。"严珠赶忙回答："好。"严珠要把两只空水桶给父亲拿去。但人小桶大，一会儿手臂就酸得不行，严珠想放下桶休息一下。陡峭的山崖，放不稳一担水桶，勉强放下，刚一松手，水桶叮叮当当地朝岩石下滚去。严珠赶忙抓住一只，另一只却自顾自地滚下山去。严珠傻眼了，他不知道该怎么办。当他哭着喊父亲："水桶滚下山崖了。"父亲用理智的平静声音告诉他，让他别动，别去找，并没有责备他。父亲怕他也像水桶一样滚下山崖。当父亲从山脚找回这只木板箍的水桶时，这只桶差点跌散了架。水桶也是家里重要的工具，没有水桶怎么担水吃？严珠觉得自己闯祸了，远远地站在一边，低着头不敢看父亲的脸。火塘里红红的火苗跳动着，忽明忽暗，父亲的脸上一阵亮红一阵暗红，跳跃的火苗衬托出父亲的安静。也许，他在责备自己，不该让这么小的孩子冒险独自过山梁天桥。幸好跌下去的是水桶，不是严珠！

父亲找来牛毛毡，炙热的火将牛毛毡融化成黑色的液体，一滴一滴地滴在红色的火焰上，抵不住火焰的高温，黑色的牛毛毡也变成红色，消失在火塘里。空气中只有刺鼻的气味还在弥漫。父亲将烧化的牛毛毡淋在桶被摔开的缝隙里，父亲希望牛毛毡能填满桶的缝隙，阻挡水随意泄漏。

再怎么着，牛毛毡填不满人的无奈！

没有土匪的骚扰了，难道杨、周、张、白这四个家族的四五十号人非得在这山包上才能生存吗？山下 125 林场热烈的砍伐木头的声音此起彼伏，搅动得人们内心无法安宁。

山下是另一个全新的世界。

如啎的老人说，这里什么都没有，有的是深山老林。

万物有灵，山有山神，不可造次。

"咚、咚……"他们白天黑夜都会听到砍伐声，男人抡起斧头甩开膀子有节奏地动作。这个动作就像一年中的节气一样准确，也像家里的老人在天气变化前的腰酸背痛的感觉一样不可缺席。空气里凛冽的感觉随风吹到坐在自家门前晒太阳的老人脸上，脸上的茸毛被太阳温暖的手抚摸了一把后，像被施了魔法般服帖地附在皮肤上，不再好强地挺起，寻找温暖。快要失去听觉的耳朵，被光穿透，黑红的暗淡变成粉红的透亮，看得出它是紧张的，配合着远处传来的砍伐声，粉红的耳郭一动一动。脸上三道竖起的深厚的皱纹把耳朵粘连在脸上，像是用三条草绳把耳朵绑在脸上一样。虽然耳朵粘在脸上了，但是随着砍伐树木的声音它一动一动，生怕一不小心就会掉下来。

老人纳闷了，白天一整天在砍，晚上一整夜还是在砍。砍伐声就没有停止过，林场的人他们就不睡觉吗？

年轻人有事要下山去，老人说："到山下看看，是不是树要被砍光了。"

年轻人回来说："河坝的树砍了一些，山上的树没有砍呢！"

"哦……"发音像抛物线一样从低到高，再从高到低，带着长长的尾音，老人意味深长地应了一声。在这"哦"字的发音里，老人的头脑里转了不知道多少个圈，茫然被突生的火花连接了起来，顿时大悟："原来是这样！"

原来是哪样？

老人说："我说呢，就算是专门剁木头的工人，不可能白天黑夜都剁木头吧，也要睡觉呀。白天是工人在剁，夜晚是……"老人突然闭口不言了。

"晚上是什么？"年轻人问。

老人悄声说："山神在剁木头呢！你没听见剁木头的声音，树倒桩的声音，树倒在地上后还弹了几下才定下来，这个时候灰尘漫天飞舞，鸟兽四处分散，小树从腰部被压断，四周的草木不见踪影，只剩下厚厚的土，其他树木裸露的根……"老人倒吸一口凉气，点燃一锅子兰花烟，闭口不言了。沉默让黑夜更黑，沉默让寂寞更寂寞。

"为什么会这样？"年轻人迟疑地轻声问，生怕别人听见，又怕别人听不见。年轻人还没从老人绘制的这一个恐怖的场景中走出来，这个神秘的场面让他迷惑，让他恐惧，让他窒息。

"山神发怒了！"老人的声音也被自己所讲的恐惧所渲染。而且这恐惧如打开的潘多拉魔盒，弥漫开来，不可收拾。

一片狼藉。当砍完最后的一棵塔松，直径像汽车车厢那么宽的一棵塔松后，125林场撤走了。被遗弃的白墙青瓦的一排房子，陪伴那些同样被遗弃的小树，在寂寞中无聊地打发着日子。

绕蜡寨搬迁到河坝了。山下没有树的河坝宽敞明亮，新修的房子似一个个排列整齐的小伙子，年轻、充满了力量。这里是绕蜡新寨子，老寨子就在身后，远远地能够看见一个在陡峭隆起的岩石上的乌黑的房子。人们将它们留存在山上，就是把历史留在山上，把时空留在山上，把祖先的生活习惯留在了山上。除了人，他们什么也没带走，他们需要一种新的生活。

严珠十多年前因为上山砍柴摔伤，高位截瘫。他是贫困户，是我采访并书写过的一个人物。我再次来到绕蜡寨，确切地说是绕蜡新寨，有两个目的。一来是看看严珠和他妻子仁措，二来是想到老寨子看看，感受一下异时异族异地的生活，想感受时间还给这里留下了什么。想看看山梁和天桥，想感受那过钢丝时的惊恐；也想夜晚在老枪手匍匐过的岩石上，看看山对面的寨子；更想看看戴着动物的头颅舞蹈时，他们到底是神是人还是动物；还想闻闻那大锅的猪肉炖蕨菜的香味，听听那彻夜的酒曲子；更主要的是那些我一句也听不懂的语言，还有他们说话时的神情，我对他们话语的猜测……

只有把人放在特殊的环境里，为适应环境，人才会变得不一样。只有在绕蜡寨的老寨子，才有这样的环境，才有这样的语境。

没有机会了。我来的前三天，老寨子被拆掉，彻底地消失了。

老寨子像一个耄耋老人，最终消失在时间的长河里了。它死了。

那天正好是周五，从县城回家的幼儿园的孩子，穿着蓬蓬纱的公主裙，说着我也听得懂的汉语，向爷爷奶奶撒娇要吃冰激凌；从黑河镇小学放学回家的严珠的二儿子和他的同学们，边走边说着普通话。当我问他们，会说藏语吗？他们惊恐地看着我，不敢言语。他们的妈妈说，会听一点，不会说。晒太阳的老人们用他们说了一辈子的藏语说着什么。看到我走过来，热情地用汉语打招呼："吃饭了吗？"

严珠手上雕刻水神的木料，竟然是他老家老房子的木头。就是说，他家的房子没死，以另一种形式活着。我为之惊喜。仁措从老寨子的废墟中捡回来的一个椭圆形的石头上楔着一个和老寨子一样乌黑的木头把子，我们都不知道这是什么家什，我拍了照片回家问父亲，父亲说这是擂火药用的锤。对，当年打土匪、打猎用的火药枪里的火药就是用这个锤擂的。

老寨子仅剩的蛛丝马迹，不光是我，就连严珠和仁措都找不到了。老寨子彻底消失了。

我连老寨子的魂都没有见到。

老寨子没有了人。

悬崖上没有了精灵。

一牛之地

在扎依札嘎海拔 3600 多米的曲布营地，我和宗琳、小松、刘哥围着火垄听桑吉和他的朋友讲故事。

这样的夜晚，这样的场景，恍惚间，好像回到了几十年前我的幼年和少年时代。故事听多了，明白居住在此地的各民族，就像刘家峡水库的黄河水和洮河水，"半江碧水半江黄"，"各美其美"，都有自己独有的特征。在历史的长河中，各民族相互之间影响、渗入、包容。"美美与共"，融为一体。

今晚的这个故事，虽然是个传说，但是关乎一个寨子的前世今生，人口的流转迁徙，所以，我当真的听。

几个人争先恐后都在讲。故事讲得热闹，好像他们几个亲自参与过一样。

九寨沟漳扎的老年人的记忆中，离不开一个重要的年份——1617 年，我不止一次听到不同的人讲起这个年份，讲述这一年发生的事。这一年在中国历史上是充满变革和重要事件的一年。这一年像基因一样被后代传承。

1617 年，明朝万历四十五年，边地黑戈朗是扶州城的左臂，连接着秦蜀柴门关和野猪关的关隘，战略意义不可小觑。随着羊峒精兵铁马的战旗一挥，冲锋的牛角号声充盈了扶州左犄角村寨的每一寸土地。瞬间天昏地暗，大地颤抖，山河失色，生灵涂炭。原本作为扶州后勤保障之地的村寨此时成了战斗的前沿。

以后这个地方被羊峒兵冠名——下羊峒、黑戈朗，周边的群山被冠以藏族特色的名字——达盖山、尖尖山。羊峒的势力扩充到秦蜀两国的边界柴门关，这是羊峒兵征服的比较靠南、海拔较低的地方。

黑戈朗不出产青稞胡豆，只出产小麦玉米水稻。当然，和上羊峒一样，也出产圆根。圆根煮熟发酵，变成酸酸的带着透明黏液的酸菜浆水，不约而同地成了岷山山系居民饮食中不可缺少的辅食或者调味品。生活在这里的人们一日三餐离不得酸菜，离了酸菜就不会煮饭。酸菜面块、酸菜搅团、腊肉炒酸菜等是藏汉民族餐桌上最平常的食物。

民以食为天，因此，能出产圆根的地方就是有人居住的地方，就是被争夺的地方，就是能传承生命的地方。

自然，从军事上的、生活上的无论哪个角度来说，黑戈朗都是兵家必争之地。

生活惯性使然，羊峒兵在黑戈朗肥沃的田地里不习惯种小麦和玉米，而他们擅长种的青稞和胡豆在这里长势又不好。所以，上好的田地里任由野草疯长，苜蓿、风马菊、菟丝子、黄蒿、水蒿、打碗花等，疯狂侵蚀每一寸土地，互相纠缠，争夺营养，争着长高。不到一季，田地里的野草就有一人高了。羊峒兵说，这好办，牦牛、犏牛、战马，赶进地里吃草，对牛马来说这些草可是美味佳肴，吃得牛马们头都不抬，肚子滚圆，嘴角的口水如酸菜的浆水一般，扯成线地往地上流。

羊峒兵是要把可以种小麦、玉米、水稻的田地当成牧场啊，变成他们习惯认知里的草场。

一天，来了一个汉族人。他东看西看后，来找管事的羊峒兵了。无战事。管事的头领喝得醉醺醺的。

听汉族人讲了一席话，管事的一口酒差点喷了出来。

什么？你要买一块石头！石头！？

环顾左右，羊峒兵都在肯定地点头。来人确定说是想买一块田地里的石头！

石头还能卖钱？哈哈，那不是要大发了嘛！卖！卖！

众目睽睽之下，来人用白花花的银子买下了偏僻地方地边角的一块大石头。人们都在摇头：石头能吃还是能喝？这人疯了！

有人用白花花的银子买一块大石头的故事，随着时间的流逝被人遗忘了。之后，谁也没有注意过这个石头。又不知道过了多久，一天，买石头的人又来了。这次他是来看他买的石头的。管事的陪买石头的人去看石头，地边哪里有什么石头，这块石头不知什么时候不翼而飞了。买石头的人没看到他的石头可不依不饶了。他坚持就要他买的那块石头。

管事被缠得没有办法，说你有多大的石头我赔你多大的地，这总该可以吧！

买石头的人同意了，他说石头不大，就和一张牛皮那么大。

管事说，那就赔你一张牛皮的土地！说话算话，就这么定了，赔一张牛皮的土地！

买石头的人对周围看热闹的人说，这可是管事说的赔我一张牛皮的土地，众爷们，你们可都要给我做证。

一块石头换牛皮大小的土地，人们觉得买石头的人还是不划算，只是损失终归要小一些了。

银子买石头，石头换牛皮，牛皮换土地，这可是闻所未闻的稀罕事。

第二天，买石头的人拿着一张刚宰杀的牦牛皮来了。他命人拿着剪刀沿着牛皮的边缘细细地剪着橡皮筋似的细条。剪了两天，终于剪完了整张牛皮。

买石头的人请来了下羊峒管事，问他说的话还管用不。

下羊峒管事不耐烦地说，不就一张牛皮大小的土地吗，我难道都做不了主了？轻蔑地翻起白眼望山巅看天。

买石头的人说，那好，众爷们给我做证，今天我用牛皮能圈着的地方就是我的地盘了！

好！没问题！众人齐声吆喝。

哼，圈吧，我看你能圈多大的地出来！管事不屑一顾地扭过头去。

看着买石头的人从一个麻袋里倒出一堆牛皮剪的细长条，小山一样，众人不解其意，蒙了。

买石头的人命人在土里打上一根木桩，牦牛皮细条的一端绑在木桩上，沿着下羊峒的边缘界线围了起来。没用多少牛皮绳，就围了不少土地。按这种围法，那下羊峒岂不是要被围完？看的人交头接耳，议论纷纷。说赔一张牛皮大小的地，怎么是这么个围法？这样围，整个下羊峒都是他的了！看到这个围法，管事的急了，他轻易答应别人的话，没法更改。这样围下去，整个下羊峒都是别人的了，而他终将成了罪人。管事赶紧说，我没同意你这么围。

围观的人不依了：你同意了的，同意了的。

说话时，牦牛皮条围了一半的土地。再争论时，围了大半的土地。管事见大势已去，再争论还有什么用？眼前的土地马上就是别人的地盘了，在别人的地盘上还能怎么着？就是打架自己都不占理，况且还可能被别人灭了。罢了罢了，上当了。上当的这话终归不能说出来，让别人笑话。管事明白，这是一起阴谋，哪有人用白花花的银子买块石头的？他买石头做什么？关键是石头在地里，买下石头就是买下地了。况且那个石头去了哪里？什么时候搬走的或者被人砸碎的，自己什么都不知道。

马后炮！事情都发展成这样了才明白，这不是马后炮是什么？怪自己贪图小便宜，怪自己只顾喝酒，误了大事了。

牛皮圈了的地方就是别人的地方了，一夜之间，下羊峒部落的人牵牛拉马，消失得无影无踪。他们去了哪里呢？部落里有狩猎人，他们在羊峒的大山里，发现一处地方，圆根长得特别好。下羊峒部落全迁到了圆根长得好的山上去了。

这个山在九寨沟内，叫黑戈山。

400年过去了，黑戈朗的名字被保留下来，一同保留下来的还有黑戈朗背后达盖山的名字，以及达盖山上零星的几户龙姓的藏族，他们和羊峒人家有着千丝万缕的血脉联系。400年时光，冲淡了民族之间的差异，川甘陕移民的汉族人群里夹杂着藏族，酥油味从他们身上渐渐消失，他们和川甘陕移民一样住着土木结构的房子，受着同样的教育，弹着琵琶敲着碟子唱着小调，看不出一丝历史附着在他们身上的痕迹。只有黑戈朗的名字还在老一辈人的口中不时被说起。还有多年前改土造田时被人从山上的土塄坎里挖出的黑黑的三角、弯刀以及金银戒指等，证明着这里曾经住过藏人的事实。

岁月的影子

人之初，谁的性情都是善良的。成长过程中的遭遇和经历，就像一支笔在一张白纸上总会描出或直或弯，或粗或细，或深或浅的线条，这些遭遇和经历影响着一个人的性情，左右一个人的情绪，指挥一个人的言行举止，最终反映在这个人的认知和行为上。当外界的干预，或者是这个人的认知处于低等水平时，他只是凭个人的好恶行事，无法很好地控制自己的言行，更不会思考自己的言行将会产生什么样的严重后果。昏昏然，或许是灭顶之灾也未尝不知。

离县城最远的东北寨子，藏语意思是"北部落"。老书记建果里叔叔说居住在这里的人最早是从青海果洛州迁徙过来的。祖先们沿途挖地取土，然后将土还原到坑内，来判断土质的优劣。一路上土质太差，挖出的土总是填不满坑。迁徙的队伍继续前行，寻找梦中的香格里拉。

到了东北村，挖的坑装不下被挖出的土，这说明土质肥沃。瞬间人群振奋了，好土地！人们啧啧称赞。就在这里定居？就在这里定居！这里是养人的土地。这个部落就地取材，用漫山遍野的木头建起了家园。

东北寨子的人们记忆中非常重要的时间被定格在1489年（明孝宗弘治二年），那一年，东北寨子上方建起了苯教寺院。为什么在这里建寺院？因为寻宝师在这里找到了伏藏。没有流传下来到底找到了什么伏藏经典，是书藏、圣物藏还是识藏，总之，在找到伏藏的吉祥宝地建寺院，这是神灵的安排，是最好不过的事了。有了寺院，就像有了太阳的光和热，来这里的藏民越来越多，当住户发展到300多户时，当初寨子边缘的火葬场如今成了寨子的中心。当需要火葬时，周围的住家户只有揭开盖房的塔板，怕房子被熊熊燃烧的火舌燎燃，随着死去的人去另一个世界。

不需要更多的言语，一个现象就能揭示当初的热闹繁华程度。

可不可以这样认为，在1489年以前，东北寨子就有了人居住。在建寺院前，东北寨子就有相当规模的族群居住了？那这个寨子的历史至少有五百多年，算得上一个古村落了。

一个老寨子和一个老人一样，岁月处处留有痕迹，老人口里的故事也是代代口口相传。

　　传说唐那仓族群中有一个人，身材高大，力气大得出奇，他可以一边耕地一边用手拔出地边的杂树，不用刀砍火烧。大力士到了该娶妻的年纪，他看上了一个姑娘，请人去提亲。姑娘嫌他太高大太威武，而且饭量大，对他不是很中意，姑娘的父亲却说，这小伙子是种地的能手，力大无穷，是个不得了的人，这人可以嫁。

　　于是，姑娘和小伙子结婚了，婚后生有两个儿子。大力士说："儿大分家，你们两个从山上滚木头，木头滚到哪里，你们就去哪里安家。"大儿子的木头滚向东北寨子，小儿子的木头滚向如今松潘东北寨子的方向。跟随木头的方向小儿子要去松潘落脚了，必须先给县令报告。

　　县令说如果你能把伤人的马熊杀了，就把脚下的这块大石头搬到和红原县交界的地方，这里的土地全给你耕种。

　　二儿子设下计谋，让人假装打架，假装互相打死倒在地上，旁边放着一坛子烈酒。马熊看到人倒地而亡，出来喝起酒来，一坛酒喝完后不久，马熊醉倒在地，沉沉睡去。装死的人起来，三下两下把马熊给绑得结结实实。县令看到马熊被除，就将这片地给了二儿子，二儿子还是以东北寨命名，于是九寨沟县和松潘县各有一个东北寨子，其实他们的祖上是一家人。

　　建果里老人说东北寨子经过两场劫难。

　　从全国地图上来看，九寨沟地区乃至东北寨子所处的地方就是一个贯穿南北的通道。特殊的地理位置，让劫难降临。

　　第一次大军来时，寨子里的人们躲到山上的大森林里，侥幸活了下来。但是房子被烧，牛马被杀，寨子被毁。有人说烧杀抢掠的是蒙古兵，有人说是藏兵。

　　县佛协的能木杰听他爷爷说过，"建在"（藏语，公粮）是必须要交的，是皇粮国税。这是肯定的，我一下就想到因为交公粮"尖斗浮收"的行为引发的"庚申事变"，黑河沟里的藏族聚居区也是"庚申事变"的重灾区。黑河沟的老百姓交的"建在"要送往松潘。后来统治者念其路途太遥远，就让他们将粮食送到白河沟的上四寨，他们在那里收齐公粮后用骡马送往松潘。

　　这和范长江看见的情景是相符合的。

　　范长江在《中国的西北角》的白水江上源看见送粮的藏民，他这样描述当时的情景："有用牦牛载粮，有用背负者。背负者比牛载者为多。送粮夫子中，男女皆有。少女亦负与男子同样重量的粮食，行走亦如男子之急速……"

　　妇女操持家务，兼作耕种牧畜。试想，一个乡村家庭除了这些事，还会有什么事呢？一个家庭和一个部落乃至整个社会，劳动和地位成正比。劳动越多的人在家族里越有话语权，越有话语权的人越是做事多的人。现状就是这样。这样的社会关系，让女人深藏在心底张扬的性格被唤醒，潜藏在性格中争强好胜的习性显露了出来。母系社会的社会关系纤毫毕现，深入到时间的分分秒秒，表现在行为的方方面面。

还是借用范长江《中国的西北角》里的视角，说说他的感受："我们不要忽略了一个事实，即是藏人中最劳动的分子，是女子，不是男子。女子操持家务，兼作耕种牧畜。男子只是做小部分的工作，平日只是享受，只是消费，他们就某种程度说，是女子的玩物！所以'劳动'和'地位'是有直接的因果关系。"

说这些还是为讲这个故事做铺垫。我想，读者可能会理解下面的故事了。

那时刚好农闲，几个姑娘在空旷的地方织氆氇。难得做这么轻松的活，姑娘们边做事边玩笑，甚至打打闹闹。午后的阳光很强烈，聒噪的乌鸦被姑娘们的几个石头打进林子躲了起来，它们隐约明白这个时候它们的叫声，只会让烈日下的女人更加烦躁不安。它们更明白，这些女人可不能惹。没事的时候朝那些晒太阳的男人叫叫，叫烦了他们只是抬起被氆氇盖着的手臂，扬扬就完事。朝女人们叫，招来的是石头，这不是没事找事吗？

打闹归打闹，女人们自己的事还得自己完成。

终于静了下来，只听到织布机发出的声音。

这寂静被一个男人的声音打破。女人们回头一看，一个喇嘛打扮的人站在身后，他请求她们挪挪地方，他要从这里过路。女人们的织布机挡住了喇嘛的路。

"哦，又是一个寻宝的！"女人们互相看了一眼站立起来，她们的眼光如一个个照探灯似的，"唰"的一下集中在喇嘛身上，喇嘛动了动肩膀，好像有无形的绳索绑住了他，他要摆脱这无形的束缚一样。

女人们抱着双手，没有挪开织布机的意思。她们这是打算和喇嘛做一番较量。

"请让让路，让我过去。"他双手合十，再次和颜悦色地说。

"不是说了嘛，从这里过可以，但是要从我们的织布机下面爬过去。"

"你们稍稍挪挪织布机，我就能过去了。"喇嘛忍住不快。

"不行，我们没法挪。"喇嘛听到她们忍不住"嗤嗤"的笑声，然后集体爆发出肆无忌惮的大笑。多次交涉未果，喇嘛知道今天遇到的这群女人，是打定主意看他出洋相了。

有路不走，为什么要爬？喇嘛生气了，他的嘴唇动了动，但最终没有发出声音。

较量了半天，女人们没有放喇嘛过去的意思。喇嘛心想，要赶路，没时间在这里纠缠。

没有办法，没有路可走，喇嘛决定忍辱负重按她们说的做。但是他提了个条件："通融一下，我身上的经书和法器是宝贝，不能委屈它们从织布机底下过。"

"那不行！我们的织布机不能动，那你留下你的经书和法器好了。"喇嘛又听到一阵刺耳的大笑声。

喇嘛的心底一阵阵发冷：她们不但侮辱了我，也侮辱了菩萨。她们如此不尊重理佛人，不尊重教义，这闻所未闻。这里不是建有寺院吗？这些人为什么还没有被教化？我受辱倒也没什么，经书和法器作为至高无上的宝物也受辱，这是不能容忍的。

喇嘛的心底升起了巨大的悲哀。

这样的人留下她们做什么？

几个女人惹祸上身，竟然还不知道。

没过多久，一支大军开来了。大军浩浩荡荡，有多少人马，无法知道。大录寨子里的人只知道河里的水被上游的来人和马喝干，河水断流了好几天。是喇嘛带着大军来的，喇嘛是给大军部落寻宝传道的人。一个小小的 300 户人的寨子，竟然敢这样侮辱教派和喇嘛，留下他们做什么？

他们这是要踏平这里啊！这时人们才有些惊慌。唐那仓、屯巴仓等五个家族都紧张起来，那几个惹事的女人收起她们的傲慢和强势，给寨子带来灭顶之灾的她们再没有声响了。

原本可以躲过一劫的。大军在崇山峻岭之中找了几天，找不到东北寨子。几天后，部队收兵往回撤，山谷里的大树上方又扬起尘土。事情就有这么巧，往回撤的喇嘛看到眼前熟悉的山势地形，认出了是东北寨子山上的树和地，就这里！寨子里的人见情况不好早就藏得风都没有了。寨子被大军夷为平地，寸草不留。

从此后，人们各自寻找安身之处，寨子悄无声息。不知过了多少年，确定大军不再来了，人们才悄悄地回到东北寨重新安家落户。已经荒弃许久的地方，野草丛生，野物横行。有了人这里才又重新生机勃勃，有了生命的迹象。

几百年后，建果里叔叔能对我，一个外族人讲出这个故事，这需要勇气。这是揭短，揭祖先的短，揭部落的短。我想他心里自然有杆秤，自然会评判对错。不可重蹈历史的覆辙，所有的错误，都止于当下。

历史总是惊人地相似，果然如此。

很久以前发生在黑河流域的故事，在一两百年前的白河流域一样地上演过。发生的毁灭性劫难，也是人为的。

开篇我的感叹，其实是知道这两个故事后的有感而发。不是太久远的事，流传下来，就像月亮的影子一样隐约，朦朦胧胧能看见，但是不能捕捉，不能深入。那就静静地听这个故事，能让你深思也是好的。

还是女人，这两个还是少女吧，年纪轻轻，更显得年轻气盛。故事发生的场地是在寨门。寨子在白河边牙扎沟的山沟里，这里居住着一个部落，一个寨门就是寨子的总把守。

推开历史虚掩的大门，往大门里望去，在云雾缭绕的寨子里，有些地方显得朦胧，有些地方清晰明了。那是一个清晨，山岗上云雾弥漫，木摞子的房顶上蓝色的烟和白色的云雾纠缠着，云雾往山顶退去，它在寨子里玩了一个晚上，惹恼了树叶，树叶的眼泪还挂在脸上。山坡上的花儿和云雾较量，浑身是汗，连叶子的绒毛上都是汗珠，花朵的脸上也布满了汗水。云雾玩弄了地面上所有的东西，它们的表面都盖满云雾的印痕。天亮了，云雾还不肯离开，它摇摇树叶，缠绕着树枝打了几个秋千，才心满意足地离开。

两个背水的丫头，心情非常不好，连日艰辛的劳作，让她们的身体处于极度疲乏的状态，极不情愿早起背水，心里憋着一股子火没处发呢。到寨门那儿休息一下，一会儿还有做不完的事等着呢。她们心里不痛快，好像眼前的一切都看不顺眼，山怎么那么高？水怎么那么远？

这时不知道从哪里冒出一个乞丐，跟在两个丫头的后面想进寨门。

"站住！"一个丫头发话了。

"你跟着我们干什么？"另一个丫头问道。

"我、我、我想去寨子里讨点吃的。"这人衣衫褴褛，赤足光腿，脚上裂开一道道口子，红黑色的血盖住了裂口。虽然衣着褴褛，但是这人的目光看上去却不呆滞，反而有些睿智。

两个丫头对视一眼，笑了起来。

"想进寨门啊，简单。这样，从我们的胯裆下爬过，就许你进去！"说完她们自己先笑了起来。两个姑娘一左一右，叉开双腿挡住了寨门。

乞丐知道，藏族女子终身不穿裤子，只在外面穿一件大长皮衣。就算是穿裤子，胯下之辱，也不是人人受得了的。况且是受两个黄毛丫头的胯下之辱，这就是奇耻大辱。有血性的男子谁受得了这种侮辱？士可杀不可辱！就算是乞丐也不行。

"我只是想进寨子讨点吃的。"乞丐俯下身子再一次相求。

"行啊，从我们的胯下爬过去，就到寨子里，给你吃的。"两个丫头再次大笑起来。

"两个姑奶奶，行行好，放我进去吧！"再次相求，希望两个丫头的悲悯之心被唤醒。

"谁说不让你进去？来，从这钻进去吧！"这是根本不想让步。

就算是乞丐也不能受此奇耻大辱吧！乞丐深深俯下的身体慢慢站直了，他恢复了一个男人应该站立的姿势。他也将以一个男人的语气和这两个丫头说话。

"你们这样做是不是太过分了？"平等人格的人之间的对话。

"过分？让你知道什么是过分！"两个丫头气势汹汹地将乞丐按倒在地上，一顿拳打脚踢。可怜的乞丐多日没有吃东西，哪里是这两个丫头的对手！不但没讨到东西吃，还被打得浑身是伤，站都站不起来。

"你们这样会遭报应的！"乞丐擦擦口边的血，狠狠地说。

"报应？哈哈哈，报应快点来吧！我们好怕啊！"一阵阵狂妄的笑声在山谷里回响。

"你们要遭报应，你们的族人将会遭受瘟疫，你们将会断子绝孙！"乞丐一字一句，说得铿锵有力。话音刚落天上雷电齐响，山谷里刮起了一阵旋风，吹得草木乱晃。两个丫头被眼前的情景吓着了，愣在那里没敢再说话，也没有再为难乞丐，转身背水离去。她们心里想：一个乞丐的胡言乱语，怎么会灵验呢？

从小听老人说过，乞丐上门要好言好语，要给吃食。为什么呢？因为乞丐中什么人才都有，也有地仙，会看风水。如果得罪了乞丐，可能灾难就会找上门来。老人们说，诅咒的话说在某个特定的时辰，就会灵验的。

此后，部落的108户人家因为种种原因，眼看着人口减少。没有生育的，孩子死于非命没能长大的，或是有病不能治愈的，反正生下的孩子，没有能长大的，哪怕你生10个孩子都是如此。又有大人得病的，寻短见的，怪事层出不穷。部落的出生率和死亡率严重失衡，人口逐渐减少。一百来年，几百人的部落到如今只剩下唯一的一个男孩。这个男孩能顺利长大成人，原因还是过继给了一家汉人，才得以保全性命。被乞丐诅咒过的部落、家族的命运印证了当初的诅咒。

假如，男人们除了享受，多做点事，能不能减轻女人的压力，因而改变女人的性情？假如，有人对女人的不良习气能指出来，是不是可以让她们知道自己的错误？在这个偏僻的山沟，历史是由女人创造的，历史也是由女人毁灭的。一个部落被一句话击败，是不是感觉很不可思议，有些天方夜谭。我们且不论这事的真与假，单说飞扬跋扈的性格坏了多少大事，这在历史上是不争的事实。其实，这类例子何止这些？这只是离我不远的地方发生的事，他们的后人和我是好朋友，我才有幸听到并记录下来。

在历史的影子里，我看见了傲慢和无知，我还看见了因为傲慢和无知让部落遭到的灭顶之灾。

以史为鉴，我们要做到的不只是男女平等；以事为镜，我们应该学习的不只是与人为善。

好人王万一

一、山沟里的流落红军

当满山的枫叶、黄连木、漆树的叶子又一次变红时，满眼的红色不由得让人想起了王万一的命根子——"流落红军证"。特别是我的父亲，总会唠唠叨叨地又一次说起王万一的故事。

春天来临，布谷鸟的第一声鸣叫，催促着农人"布谷布谷，快快布谷"。于是，农人们扛起锄头，牵上耕牛，开始又一年的耕种。满山遍野响起牛的哞哞声，羊的咩咩声。甲勿沟家家户户的后院里，蜜蜂的生命密码被春天的讯息唤醒，蜜蜂从蜂巢中懵懵懂懂地爬出，伸个懒腰，试着扇动着翅膀，声音被桃花水的流水声淹没了。所有的蜜蜂都醒了，从蜂巢里出出进进，嗡嗡地忙碌着。蜂巢旁的蕨菜刚刚睡醒，蜷缩着将头冒出地面，亿万年来执着地重复着一个动作：寻找它的朋友——恐龙。蕨菜使劲伸长身子四处张望，蜷缩的身体打开到极限。蕨菜不知道，它的朋友早就不在人世，留给它的是甜蜜的回忆与无尽的期盼。木龙头、刺笼苞、水角子、苦苦菜……都冒出黄绒绒的嫩芽，接受着太阳的抚慰。它们体内储存的生命能量在阳光的呼唤下苏醒了，像有人在拔一样快速生长着。一场雨后，按照体内预先设计好的生命密码，长成各自固有的模样。

20世纪七八十年代，人们都在养蜂。饱尝过饥饿之苦的王万一仁慈，怕蜜蜂饿着，放一些蜂蜜在蜂巢边。睡了一个冬天、饿了一个冬天而显得体力不支的蜜蜂，就吃上一小口恢复体力。蜂巢旁放着一些剥了皮的一米长的圆木头，这些是半成品的蜂巢，白白的，湿湿的，在阳光下发出耀眼的白光。

甲勿沟上双河村，是南坪镇最靠山里的一个小村。寨子不大，有一二百口人。这里海拔1991米，距离县城10公里，盛产刀党、猪苓等药材。世代生活在大山里的人们，唯一的好处就是砍柴近，家家户户出门就是柴火。

野党参漫山遍野，刀党花可是酿党参蜂蜜最好的原材料。王万一就把蜂巢放在刀党地旁。忙累了，停下手中的活歇歇。四下无人，从贴身的口袋里拿出看不清颜色的手绢，小心翼翼地打开，红色的"流落红军证"露了出来，他看了又看。

"又是一年。"他自言自语，好像在期待着什么。

树林里的鸟扑棱棱飞起来，将王万一的思维拉回现实，王万一收起"流落红军证"，小心地放在胸前贴身的位置。

王万一，藏着一肚子的故事。

白天，他的思维经常跨越时空，在老家巴中和雪山草地之间来回游荡。夜晚，他会梦见徐向前，还有战友们。对于现在所居住的寨子及邻居，他反而从来梦不见。

父亲和王万一很熟悉。20世纪七八十年代，父亲是乡里派驻甲勿沟工作组的驻队干部。来路不明的王万一，在"文化大革命"历次的斗争中，是批斗的对象。父亲看王万一是个老实人，言行举止非常有规矩，不像是个坏人，因而给他更多的关照。王万一感激父亲。一来二去，两人就成了朋友。

1980年左右，王万一已经六十岁。他没有亲人，不愿带着秘密走到另一个世界。深思熟虑后，在一个只有父亲和他两人喝酒的夜晚，王万一对父亲和盘托出他的身世。

父亲并不惊讶，对王万一谜一样的身世，邻居有许多猜测。根据他平时的表现，只有这个推理最合理——王万一是流落红军。

王万一的故事震撼了我。我无法想象课本里的红军，电影里的红军，竟然鲜活地站在我们面前。我对红军的认识，停留在课本里仅有的介绍：红军爬雪山过草地，饿了就吃皮带和草根。课本给了我距离感和年代感，无法超越。红军代表一段历史，离我们很遥远。王万一的故事好像把课本里的平面人物突然推到我们眼前，那么真实，那么立体。

对于他隐瞒身份几十年的举动，我感到不理解。

为什么呢？他应该有个身份，应该受人尊重。他可是流落红军啊！

我的好奇心被勾起。我想了解王万一为什么会流落，先从档案资料查起。

在县档案局没有查到关于王万一的资料。仔细询问，才知道部队的资料一般不会送往县档案局。老同学在县武装部管档案，告诉我现有的资料从1990年开始才有保存。我失望极了！

"有一些很旧的资料，不知道你需不需要看一下？"老同学说。我当然需要。

终于找到20世纪50年代的红军登记表。登记表的纸张很薄，有些纸已经风化了。距今六七十年，那时登记的人，现在也到了耄耋之年。看着这一张张记录表，字迹是模糊的，纸张虽然很轻很薄，感觉却很沉重。透过看得见脚背的纸张，看见流落红军为活下去所付出的努力，"重伤、患病、雪盲、冻伤……"这就是他们流落的原因。

生活的磨砺，内心的挣扎与无助，惶恐与忐忑，力透纸背。

圆珠笔在薄如蝉翼的纸上写着一个个战士的简历，记录着他们流落到民间的种种原因和他们流落的地点。登记表上的这些红军，因负伤或者其他原因，有幸活了下来。这是个不可忽视的团体，他们是如何生存的？他们在想什么？我产生了好奇。

20世纪80年代，县人武部谷世玉、吕金川两位部长根据流落红军赵良铭提供的蛛丝马迹找到流落红军王万一。没法联系上这两位部长，对于他们如何找到王万一的细节，无从知道。

登记表上记载着流落红军的情况。我粗略地看了一下，我县流落红军就有百十号人之多。这不奇怪，九寨沟和若尔盖大草原接壤。在模糊的资料里，我选了几个看得清楚的。

周治文，四川通江人，1931年自愿参加红军，红三十军二六四团一营三连战士，1934年在草地因脚冻伤掉队，流落到玉瓦乡给人当长工。

孙高富，四川南江人，1932年3月参加当地游击队，半年后转到红三十军二六八团一营一连，任战士，一年后，又调到二六二团一营二连一班任班长，半年后因负伤住院，到二六二团三营一连支部工作。1935年7月加入中国共产党。1935年在包座打胡宗南第一师队伍时左侧大腿受伤住院治疗，后不能行动，因此掉队。在玉瓦乡头道城村落户。

赵良铭，四川渠县人，红四方面军十一师的卫生员，1935年在甘肃省受重伤掉队，在永和乡给人当长工。后来参加剿匪，在永乐乡和平村做锣为生。

苟世富，四川巴州人，1932年在巴州自愿参加红四方面军三十军二六八团二营三连，任通信兵、司号员，因患病掉队，流落到黑河乡帮人做长工。

岳素华，女，四川巴州人，家庭妇女，当时她的丈夫是红军选举的代表，国民党反攻倒算时，她跟着红军走，做一些打草鞋、煮饭等后勤工作。翻雪山到若尔盖时眼睛被雪灼伤，导致雪盲，副团长苟少青给她十二个银圆，让她在老乡家养病，就没赶上队伍，流落到双河乡。

……

资料显示，他们成为流落红军，主要原因是负伤或者生病。今天，这些流落红军几乎全不在人世了，留给我们的也许只有只言片语。资料上的这些人，有幸被记录了下来，为后代了解那一段历史，提供了依据。

岁月无情，带走了这一群人和他们身上发生的事。后代人在他们走过的路上，寻找着没被时间淹没的脚印，寻找着他们散落在途中的星星点点。努力还原一段特殊时间里的一群不同寻常的人，寻找他们的思想、行为和我们之间的关系，对我们的影响。

一个人的一生，是极其漫长的。他们的所思所想，他们经历的事，他们受的磨难，我们不得而知，不可能几个字就概括完一个人的一生。对于他们，我还是感到陌生。我为找不到王万一的资料而沮丧。

没找到王万一的资料，并不妨碍讲述王万一命运多舛的故事……

二、童年

王万一和父母亲相处的时间只有十二年。

1932年，刚过完他人生的第一个本命年，也是他人生旅途中唯一一次和父母一起过的本命年。印象特别深的是，母亲破天荒给他煮了一个鸡蛋。那天晚上，父亲回家悄悄地对母亲说："红四方面军没能突破国民党的第四次围剿，退出了鄂豫皖革命根据地。徐向前率领的红四方面军，准备在大巴山地区创建川陕革命根据地。"听父母说得多了，徐向前成了幼年王万一心里神一样的人物。他悄悄地问妈妈："徐向前是不是像观音菩萨，来世间救苦救难来了？"妈妈面对年幼王万一，爱怜地说："就算是吧。"

想起父母的革命历程，王万一心潮澎湃。

王万一的家庭和千千万万贫困家庭一样，一家人起早贪黑，没日没夜地劳动，还是不能填饱肚子。作为家里顶梁柱的父亲，心里焦急万分。自从红四方面军来大巴山后，父亲像变了一个人，眼睛里透出欣喜的目光。渐渐地，他很晚才回家。最近他总是很忙。一天晚上，很晚了，父亲才回来。父亲和母亲在悄悄地说着什么。王万一被吵醒，起来小便。他听见父亲悄悄地对母亲说："就在今晚，我加入了中国共产党。徐向前同志是我的入党介绍人，以后你也要和我共同进步。"王万一听见母亲愉悦而坚定的声音："好，你要帮助我！"从此，他们家就成了革命者的聚集地。王万一的工作是当大人们来家里时，他就要去屋子外玩耍，随时注意观察周边的动态。

在徐向前的亲自培养下，王万一的父亲成长很快。不久，任通南巴苏维埃副主席。当时通南巴的革命呈现"星星之火，可以燎原"之势。家家有党员，人人都在为红色政权工作。王万一幼小的心里对红军敬佩不已，发誓长大后也要成为他们这样的人。

但是，形势不容乐观。

作为时任通南巴苏维埃副主席的父亲，自然就成为通缉的要犯。王万一永远也不会忘记，那天父母匆匆地回家，母亲一把将他紧紧地抱在怀里。父亲对他说："孩子，爸爸妈妈是共产党员，在为广大的劳苦民众做事。你永远要记住这一点。还乡团回来了要反攻倒算，我们的处境很危险。爸爸妈妈爱你，希望你能好好地活下去，以后为天下的穷苦民众做事。如果爸爸妈妈有任何不测，你到山里外婆家去，千万不要回来。"母亲温温的眼泪落在年幼的王万一的脸上。他们知道这个道别，可能就是永别。他努力记住了母亲的温度，在他以后五十年的人生中，他能感受到母亲的温度。记忆中母亲的温度，成为他活下去的动力。

后来听说，将他送走的第二天，父母同时被捕。还乡团为以儆效尤，王万一的父母被"点天灯"。幼小的王万一同时失去了父母。

就这样王万一吃着百家饭，慢慢地成长着。

三、参加红军

王万一记得他十五岁那年，通南巴地区处在白色恐怖下，王万一的处境越来越危险。为保护好烈士的遗孤，地下党组织找徐向前总指挥，决定将王万一送到红四方面军。徐向前听说了王万一父母的情况，脸色铁青，没有说话。许久，对王万一说："小鬼，你父亲是我亲自培养的干部，你父母是好样的，是真正的共产党员，你是他们的后人，要向他们学习。"徐向前把王万一留在身边，当通信员。十五岁的王万一在徐向前总指挥的身边干起送文件、传递消息的工作。年幼的王万一哪里知道，此时对于红四方面军何去何从，徐向前与张国焘意见相左，正在人生的十字路口徘徊。

王万一看见徐向前呕心沥血，睡眠不好，人也消瘦了不少，就想着怎样才能让他好好睡一觉。想起外婆的话：烫一下脚，能治百病呢，瞌睡也会特别好。有了，给徐总指挥烧水烫脚。点火烧水，烟熏得王万一眼泪直流，他用手在脸上胡乱擦着，等水烧开，成了个大花脸。当王万一抬着一盆热气腾腾的洗脚水让徐向前烫脚时，徐向前正在看文件，头也没抬，将脚放进洗脚盆。突然，徐向前迅速抬起脚来，脚已经烫得绯红。王万一吓坏了：糟了，我真笨，怎么没兑一点冷水呢？刚烧开的开水，怎么能洗脚呢？这下等着挨骂吧！徐向前看了一眼王万一花脸上害怕、内疚的表情，脸上慢慢涌起了一丝笑意，说："小鬼，下次注意！"徐向前性格温和，说话声音不是很大。"小鬼，下次注意！"这句话既温暖又严厉，指引着王万一从容地走好人生的每一步。

四、包座战役

"包座战役，我犯了严重的错误。我的战友、我的良心是不会原谅的。"

坐在火垄边的王万一，声音沙哑低沉、身体单薄瘦小。他的双臂抱着膝盖，头深深地低着，像是在深深地忏悔着。看得出，他内心有一间暗室，里面的东西装得满满当当。他不想触碰，他想绕开，他快要窒息了……

消灭包座之敌，开辟前进道路，是摆在红军面前的迫切任务。

在比邻九寨沟的四川阿坝若尔盖县东南部的松甘古道上，距离班佑、巴西地区不远的包座，地处深山峡谷，海拔 3046 米，是草原和山脉的接壤地。这里的山坡上有贝母、羊肚菌和蘑菇，还有一些不知名的野果子，春天生长，夏末秋初萎靡腐朽为土。风把草里的水分吹干，草慢慢变黄枯萎，秋天快来了。

獐子、马熊等早就逃之夭夭。马鸡和兔子睁着惊恐的眼睛，在树枝上、洞子里悄悄地看着外面的动静。动物都知道，空气中弥漫的战争气息太浓。

红四方面军承担攻打包座的任务。1935 年 8 月 31 日 17 时开始，红三十军经过数小时激战，大获全胜。共毙伤 4000 余人，俘敌近千人。敌第四十九师大部被歼。包座战役，粉碎了国民党欲将红军困死于川西北草地的企图。

如今的包座，到处生机盎然、飞鸟鸣叫，百花齐放，森林茂密，可谓风景秀丽、一派宁静，唯有弹痕累累的土碉堡和一道道战壕依稀可见，似乎在讲述当年那场壮烈的战事。

五、战俘——麻子

战士们将被俘虏的敌人关在一处处牲口圈里，由警卫团看守。还来不及对俘虏询问登记，所以看守的人不知道关押的是何人。王万一负责看守的人满脸麻子，王万一就叫他"麻子"。

此时已经是 9 月 1 日了。高原的 9 月，气温骤降。绿色的、厚厚的青草成了黄黄的枯草。半夜时分，更感到寒气逼人。打了一场硬仗的战士们，又冷又饿，挤在一堆篝火旁沉沉入睡。求吉寺的钟声今天再没响起，一切都安静了。

王万一为了驱寒，来回踱着步。不时地看一眼被关押的麻子，麻子看上去就是一个普通的士兵，穿着士兵的衣服，只不过身材较高，较胖。他的手臂负伤，躺在地上，眼睛骨碌碌地转着，一直不说话。麻子不时悄悄地虚开眼睛，朝四周悄悄地张望。麻子见看押他的是一个面黄肌瘦，嘴唇刚长出一层茸茸细毛的小孩，眼睛里闪出一丝狡猾的笑意。夜深了，王万一怕自己瞌睡，更是不停地来回踱着步。在这万籁俱寂的深夜，除了看押战士的脚步声，周围死一般地寂静。

后半夜时，麻子突然大声地、使劲地呻吟起来。王万一迅速拿枪指着麻子说："老实点！"麻子见王万一和他说话了，声泪俱下地说怕见不到老娘了！他是国民党抓壮丁抓来的。听到麻子是抓壮丁抓来的，年仅十五岁的王万一心里就同情麻子了。麻子说他被抓走时老娘的眼睛就瞎了，得赶快回家，要不然，老娘就要饿死了！麻子哭得非常凄惨，说："小兄弟，你就当做好事，救两条人命。求求你，放我走。"王万一的父母牺牲得早，这是王万一心里永远的痛。当听到麻子说如果他不回去，他的母亲就会饿死时，他的眼睛里泪光闪闪。王万一又仔细盘问了一通，麻子的回答没有破绽，就是一个抓壮丁抓来的普通老百姓。

王万一年龄小，刚刚参军不久也不懂军纪，单纯的心地善良，只相信善有善报恶有恶报，相信因果循环。看到麻子声泪俱下，王万一动摇了，心里想：共产党优待俘虏，一个普通的俘虏，又不是高级军官，只要他不跟着国民党打共产党就行。放他走吧，救人一命胜造七级浮屠，况且还是救两条人命。在麻子声泪俱下的请求下，王万一决定让麻子回家给他母亲颐养天年，不要让心里留下遗憾。王万一再三叮嘱麻子，一定注意，不要再让国民党抓到壮丁了！

麻子走时对王万一深深地鞠了一躬，说："兄弟，我记住你了，滴水之恩，当涌泉相报，后会有期。"麻子的身影很快消失在茫茫的黑夜里。此时，王万一的心里还是暖暖的，因为他觉得，在他的帮助下，天下又有一对母子要团圆了。

清点完人数，俘虏中没有伍诚仁。

六、三过草地

红四方面军第四军、第三十军的红军指战员曾三次过草地。王万一所在的部队就是红四方面军第三十军。

王万一看着战士们一个个倒下，他心里充满了疑惑：同样的路，为什么反复地走？1936年7月初，王万一跟随队伍，第三次穿越大草地。王万一和红军指战员以野菜、草根乃至马皮、皮带充饥，于8月上旬到达班佑、包座地区。

王万一不知道到底发生了什么事，为什么要三次过草地，没有打一仗，人员损失这么大。所幸的是三次过草地，王万一都活了下来。

七、再遇"麻子"

一、二、四方面军在甘肃会宁会师后，红四方面军执行军委"宁夏战役"计划，打通与苏联联系的国际通路。

王万一跟随部队一万余人开拔到距青海和四川交界处不远的地方进行休整，遭遇马步芳的骑兵和国民党的军队围追堵截。高原草地，周围是大山。战士们休息的休息，煮饭的煮饭。没过一会儿，炊烟升起，有的战士竟然睡着了。

一声枪响，所有的战士警觉地站了起来。是放哨的警卫员开的枪。有情况！排长马上安排战士们做好了战斗准备。战士们在草原上，没有物体遮蔽。不多时，山坳里冲出一队骑兵，是马步芳的骑兵，对他们采取合围之势。国民党的部队随后而来。排长指挥战士们进行了激烈的反攻。战斗从中午进行到天黑，因王万一的部队没有占据有利的地形，补给不足，战斗失败战友被俘。

手无寸铁的战士如何与全副武装的敌人抗衡？有一个个子较高，体态较胖的国民党军官在人群中走着，他面无表情，目光从每个人的脸上滑过。每当看到红军小战士的时候，便会停下来，仔细看一眼。战士们觉得很诧异，心里猜测，这个军官在找什么？当军官走到王万一的身边时，他停下来，认真地看了几眼，然后围着王万一转了几圈。王万一也觉得很奇怪，心想，都被俘虏了，要杀要剐随你便！这样看了几分钟后，军官猛地用马鞭指着王万一说："给我拉到师部！"战士们想去拦着，无奈手被绑着，无法动弹。肯定是拉去枪毙了，战友们喊着："小王，小王……"王万一也一步一回头，一切都身不由己。王万一想，反正今晚谁都活不了，遗憾的是不能和战友们死在一起。

到了师部，灯火通明。"松绑！"一个严厉的声音传过来。卫兵赶紧过来给王万一松了绑。"你，还认识我吗？"军官放轻语气问道，声音里传来熟悉的感觉。谁的声音？王万一在脑海里尽量地搜索着这个似曾相识的声音，没印象。"你，抬起头来！"军官对王万一说道。王万一抬起疑惑的眼睛，看清楚了，眼前的军官似曾相识，在哪里见过？脸上的麻子，哦！麻子！想起来了！是他在包座战役后放走的那个麻子士兵。看着他穿着国民党军官的服装，王万一登时觉得被欺骗了，感觉血"呼"的一下子冲到了脑门，脸"唰"地成了紫色。他冒险放他走，让他给他母亲养老送终，没想到他又参加了国民党，而且看样子是个军官。

王万一狠狠地说："你太无耻了，说话不算话，不在家里伺候你老娘，又去参加国民党，早知道，我就不放你走了，就该枪毙了你！"

军官看着这么单纯的孩子，不忍心再欺骗他："哈哈哈，我就是……"欲言又止。

难道麻子是……天哪，我犯了个天大的错误。突然间，王万一悔恨莫及，感到他对不起部队，对不起在包座战斗中牺牲的战友们，更无法面对马上被活埋的战友。这么多的人命啊，我王万一就是死一万次都不能抵消我放走麻子的错误。我该下十八层地狱，我该永世不得翻身！如果不放麻子走，让他接受人民的审判，红军就会少一个劲敌，就会有更多战友的性命得以保全。历史不能重演，一切都成定局。更难受的是这些患难与共的战友，不是死在战场上，而是死在麻子的手里，我更有不可推卸的责任。王万一的内心承受不了这巨大的冲击，他此时万念俱灰，只求速死，才能从心里的煎熬中解脱出来。

不行，我得为我的错误负责，我得杀了他！王万一疯了似的挣扎着，我就是撞也要撞死他。王万一一头朝麻子撞去，麻子朝后倒去，卫兵把他拉起来。麻子的脸上露出一丝恼意，但马上就恢复正常，对王万一说："你放过我，我说过要报答你。"说着，麻子拿出五个银圆，放到王万一的口袋里。"去吧，快离开这里，找一个地方，安个家，谋生活去吧！"王万一声嘶力竭地吼着："我不要，我不要，你说谎！你骗我！快放了我的战友！快放了我的战友！你枪毙我吧！放了他们！"麻子说："小孩，你是个善良的人。战争就是这样你死我活。"王万一声嘶力竭地喊着："我怎么可能一个人偷生，战友们死了，我一个人活着有什么意义？"麻子说："真是个苗子，可惜不在我的队伍。你的战友们死了，没人知道你还活着，只要你不说。"王万一停止了哭泣，认真地对麻子说："你还念我放过你的话，我想给你提个要求。让我的命换我战友们的命，别杀他们，放了他们。我的命给你，要杀要剐随你。"麻子不屑地说："成者为王，败者为寇。今天我放了你，是因为你放过我，一命换一命。他们，你的战友们可是我的战俘，怎么处置他们就是我的事，和你无关了，你也没那么大的面子！"转身命令卫兵，"你，拿一些干粮，骑一匹快马，把他有多远送多远。"不由分说，王万一被一群身强力壮的士兵横放在马背上，马在黑夜里飞驰而去。王万一挣扎着，哭喊着，试图从马背上落下来，可是被卫兵拉着，动弹不得。

八、染上疟疾

黑暗中，王万一感到马蹄声慢了下来，身体被重重地扔在了地上，地上好像有一层厚厚的有弹性的东西隔在他和地面之间。他感觉有只手在他的口袋里摸索着，"一二三四五"，伴随着银圆碰撞的当当声，银圆被送他的士兵顺手牵羊了。身上挨了重重的一脚后，马蹄的声音逐渐远去。

天亮时分，王万一看清楚了周围。这里是一马平川的草原，周围没有一座山。只是在天边有一点突起的黑影。草原很大，一碧千里，看不到边。羊儿、牛儿、马儿悠闲地吃着草，像绿毯上的一幅巨大的彩色的图案。王万一这时特别羡慕这些牛羊，任凭人世间如何变迁，只要有草，我自悠然。

在这美丽光鲜的背后，草原上正流行着一种可怕的急性传染病——疟疾。老百姓又叫作"冷热病""打摆子"，为夏秋之季最常见的传染病。重症疟疾病人，昏迷、谵语、脖硬、危及生命。此病死亡率高。民间有歌谣："八月谷子黄，摆子要上床，十有九人病，无人送药汤。"充分反映了当时得病范围广，得病后无药可治的可怕场面。

草原的夏天短，等不到谷子黄的时候，疟疾就流行了。因为是传染病，汉人叫"窝窝寒"，要是一人得病，全家死完。还有整村都死光的。藏族聚居区叫此病"鬼见愁"，发现有人得病，就会把病人送到山洞里，留下一些酥油和糌粑，由着病人自生自灭。这病就是瘟神，人人都躲着。

与此同时，胡宗南的部队在九寨沟县城围追堵截红军时，部队染上了此病。不知道到底死了多少人，这是军事秘密。反正，在县城上街灵角寺挖了一个万人坑，埋葬病死的年轻军人。

近年来，随着城市的扩张，房子越修越远，灵角寺附近修满了房子。修房子的人随便往下一挖，就会挖出堆堆白骨。看到这堆堆的白骨，不由得感叹命如蝼蚁，生命如此脆弱，一个疟疾病就会夺取这么多人的生命。由此可以推断，胡宗南怕红军攻打下松潘，在这个弹丸之地驻扎了多少部队围堵红军。

王万一感觉发冷，发抖得很厉害。他知道，自己得疟疾了。此时的王万一心里没有一丝畏惧，反而觉得轻松。他为自己还活着而羞愧，死了就解脱了。他静静地躺在草原上，闭上眼睛等死。此时的王万一生不如死，以求速死！

他知道，得了疟疾九死一生，自己没机会活了，他希望如此。他的内心被愧疚的海洋淹没，疟疾就像找到了一个机会将头露出水面，有了个喘息的机会。就让我陪战友们一起死吧！王万一认为马上就要解脱了，此时他心里平静极了。迷迷糊糊间看见了爸爸妈妈，他们俩笑容满面；看见了战友们在一起打打闹闹，在战场上痛击着敌人；看见了徐向前和蔼慈祥，在喊"小鬼"……

往往是这样，当一个人安心要死的时候，偏偏死不了。一个人的生命力到底有多顽强，真是不好说。反正，几天后王万一奇迹般好了。

王万一醒来后想起他的战友们，心痛得不能呼吸。他哭着，叫着，声音哑了，筋疲力尽了，周围的一切在他眼里都没有颜色。就当自己死了！就当自己是个死人！他躺在草地上，一动不动，麻木地由着太阳晒着，他的皮肤红了黑，黑了脱皮。身体裸露的地方被太阳晒得火辣辣地痛，痛一点好，再痛点，身体上的痛能暂时减轻心里的痛。

草地上的天，喜怒无常。可能刚刚是艳阳高照，晴空万里，一转眼，就会大雨倾盆，或者下起冰雹。突然听到雷声大作，一颗颗冰雹打在王万一的脸上、身上。这冰雹可是有指甲盖那么大，打得王万一麻木的身体一阵疼痛。他还是一动不动。雷啊，劈死我吧！我是个十恶不赦的坏人！都说雷劈坏人，你劈了我吧！求求你了！王万一任由风吹冰雹打，身上让厚厚的一层冰雹覆盖了。隐藏在冰雹里的王万一突然感到一阵轻松，看不见天多好！一切都隐藏在黑暗中，被冰雹包裹着，被冷麻木着。世界就剩眼睛这么大，还是黑色的。

王万一长长地出了口气，他发现自己还活着，竟然还活着？为什么还活着？他的心又从高处坠入无边的黑暗中，始终到不了底部。

草原的天气，就是这么无常。一会儿的工夫，乌云散尽，或者是耗尽，蓝天重新主导这里的一切。除了空气中多了一些湿气而显得更清新，花草的颜色更靓丽，地上多了一些凌乱的花瓣外，又是晴空万里，太阳继续照在王万一的身上。王万一哭了，他的人生何尝不是这样？不管多大的暴风雨，总是会过去的。这不，刚刚下冰雹，这会儿，又是艳阳高照。蔚蓝的天空边，高高挂着一道彩虹。不知道它从哪里升起，伸向何方。暴风雨过去了，生活还在继续，一切照旧，并未改变。

雨后的阳光照在王万一的身上，不再如针扎一样难受，是温柔的、暖和的，就像妈妈在抱着他。王万一想起妈妈的怀抱，对，就是这种感觉。爸爸妈妈不是说要让我好好地活下去吗？我不能死，要不然，就对不起我牺牲的父母了。经历了这么多的苦难，我都活了下来，天不灭我！我不能违反天意。活下去，替我的战友们活下去！替战友们杀敌人！王万一坐了起来。

九、误入南坪

王万一决定走出草地，寻找红军大部队。沿途乞讨，好心人都会给他点吃的。在这个一望无际的地方，他真的找不到方向了。时间对王万一来说，根本不是个问题，他有的是时间。可以粗略计算时间的是他的头发。因为，他的脏脏的、黏黏的、一绺一绺的头发，已经长到脖子下面了。脸上脏得看不清皮肤是什么颜色，只有两只眼睛看得出是白色。衣不遮体，破烂不堪。因为他从不说话，根本看不见牙齿。在藏族聚居区，如果有说汉话的，必然是红军，就有杀身之祸。王万一躲躲藏藏，从太阳升起的方向辨别东方；沿着北斗七星的方向辨别着北方。

他跌跌撞撞，猛一抬头，看见了远方低矮的山梁。走出草原了，竟然走出草原了！泪水流了出来，两行泪水流过，在黑色的皮肤上露出更深一些的黑色。翻过一座座大山，王万一看见了人家。他不知道，他已经到了四川省南坪县（今九寨沟县）的大录乡。

衣服已经破烂得洞洞眼眼，好心人收留了王万一。他在大录给人打工，种胡豆、青稞。他不敢说话，因为他不会说藏话。人们只知道他是个哑巴。时间长了，他怕一不小心，暴露自己汉族的身份，被人发现是流落红军。所以，他不能在此地久留。趁着夜色，王万一离开了大录，顺着河水往下走，到了玉瓦乡的四道城。这里有汉族，说汉话，也有人说四川话。听到母语，王万一感到特别亲切，泪水又一次噙满了眼眶。庄户人家庄稼种的面积大，但是产量不高，主要是靠天吃饭。一般的庄户家里都缺劳力，看着一个乞丐来家里，还是个小伙子，自然有人收留他。

当时的南坪，特别是黑河这一条沟里，种植罂粟，而且出产很好，是川内著名的产烟区。赶烟场的人来来往往，络绎不绝。语言也是南腔北调。这里可以遇到来自四面八方的人，也是当时消息最灵通的地方，王万一自然就听得到他想听到的消息。

对于他来说，最重要的是红军的消息。听说，此地属于南坪县，和甘肃省接壤。这条河叫黑河，顺河往下走，就是白水河，流经甘肃文县。陕甘革命根据地就在那个方向。这是王万一听到的最让他激动的消息了。他决定去找红军，找组织。

王万一从四道城顺着河往下走，走了两天，来到了南坪县城边的岭岗岩。岭岗岩是茶马古道的唯一通道。从岭岗岩的顶梁上下来，天已经黑了。王万一又累又饿，脚上的血泡烂了，流着血水，勉强走到山下，再也走不动了。看见有一座桥，就在桥栏上坐着休息。

桥边有一棵槐树，树下有一户刘姓人家，主人叫刘子荣。刘子荣看见王万一蓬头垢面、衣不遮体，心生怜悯，就朝王万一走过来。王万一警惕地看着刘子荣，不知道他要干什么。见刘子荣对自己没有恶意，王万一壮起胆子问："大伯，南坪咋走？"刘子荣一听王万一说话就知道他是四川内地人，来这里赶烟场的人太多，刘子荣听惯了南腔北调。刘子荣问他到南坪做啥。王万一说没家了，逃难的。刘子荣是积善之人，可怜王万一，有心收留他。就问他，会做农活吗，会耕地驮柴吗？王万一说不会耕地驮柴，只会放牲口。刘子荣说那就给他家放羊。遇到了一个积善人家，王万一也想休整一下，再打听打听消息，就答应了。

刘家给王万一洗澡、理发、更衣，这才看出来王万一的个子不高，可能有一米六左右，是个慈眉善目的小伙子，看面相，就是一个好人。王万一在刘家放羊，从来不多言多语，刘家人对他很好，他感受到了家的温暖。人是有惰性的，长期的颠沛流离，让他渴望家庭的温暖，他享受着家的温暖。他想暂缓找红军，再看看。因为他不知道怎么才能给组织说清楚：为什么他一个人活着？他也在躲避，怕组织追究他，他没有人证，更没有物证。他需要再想想。此时，王万一更不敢暴露身份，他暂时享受这样的生活。

可能是部队的磨砺，王万一做事特别老实，哪怕有一只羊没收回来，他找遍山坡都要找回来。有一次，太阳要下坡了，王万一将羊赶回圈里，一数，少一只。眼看天要黑了，他到放羊的地方仔细寻找。找到半夜，终于在一块岩石下找到了，羊受伤了跌在岩石下。王万一连夜将羊背回来，刘家被他认真的态度感动，也没把他当外人看，吃喝和主人一样。

十、落业刀各坝

时间过得真快，王万一三十多岁了，还在刘家放羊。刘家看他年纪不小了，就给他物色对象。土改了，土改队认定王万一是刘家的长工，把他从刘家分了出来。正好，刘家给他物色了一个姑娘，在甲勿沟里。刘家把王万一送到甲勿沟，连酒席都没办，给村里的干部报告一声，没有户口的王万一就落户到村上，就算结婚了。在那个时代，事情就这么简单。姑娘双亲都在，家里有三合院的塔板房，有牛有马，庄稼不大，平日里勤俭持家，日子过得下去。结婚后，王万一人很勤快，嘴巴会说，做人做事都很正直公道，深得邻居们的喜爱。可是王万一还是不会耕地，不会赶牲口，所以，挣不到高工分，姑娘心里不高兴。不久，姑娘就不想和他过日子了。为什么呢？因为姑娘家是富农，在队上常常受人欺负。王万一作为丈夫，一个男人，从来没有站出来保护她。王万一是怎么想的呢？

王万一心里自卑，不想找事，特别不想让别人知道他流落红军的身份。作为红军战士，怎么会帮家属吵架呢？这与他所受的教育不符。

姑娘认为"嫁汉嫁汉，穿衣吃饭"，王万一连这都不能满足，这日子没法过了。姑娘和王万一分开了。在一起这么长的时间，他们也没有一男半女。

王万一在偏房子里独自一人生活。自己挣工分自己吃，自己煮饭、洗衣服，又孤零零地生活了三十年，直到离开人世。

十一、暴露流落红军身份

时间接近 1980 年。一天，在这个偏僻的山里来了几个武装部的干部，专门找王万一了解情况。他们是时任县武装部部长的谷世玉和副部长吕金川。他们从另一个流落在南坪街上的红四方面军战士赵良铭赵锣匠的口中得知，还有一个红四方面军的战士在这里生活。这时的王万一都六十多岁了。

回想自己的一生，王万一在武装部同志的面前流下了眼泪。

从他的父母说起，他的父母如何牺牲、他怎样参加革命、怎样放了麻子、如何随西路军西征、如何在青海遇见麻子被放生、得了疟疾如何九死一生、如何到刀各坝刘家当长工、如何落户甲勿沟，他毫不隐瞒，全对组织说了。他说他活在良心的谴责中，他认为对不起党，对不起红四方面军，对不起战友们，他是个逃兵。武装部的同志详细地询问了王万一：什么时候参的军，部队的番号、领导人，他经历过的战斗，参加长征时的情况，部队在哪里会师，西路军在青海的情况。

记忆的闸门被打开了，整整一天，王万一都在说，有时候哽咽，有时候落泪，有时候号啕大哭。在同志们面前，他毫无保留地将自己的一生回顾了一遍。说完了，王万一感到从来没有过的痛快。是的，他是犯了错误，放了俘虏麻子。他也说清楚了，在青海时，他不是逃兵。现在就是死，他也闭得上眼了。

周围的邻居们知道了王万一的身份，不由得纷纷竖起大拇指，说怪不得和别人不一样，思想觉悟高，原来是红军。从不与人争名夺利，做事不拈轻怕重，做人做事有原则，有分寸，感觉有种信仰在指引着他。他用自己的言行，维护着红军的形象，诠释着红军精神。

"流落红军证"办下来了，王万一用颤抖的手将它放在贴近胸口的地方，几十年了，他不敢给任何人说他是红军，今天国家认可他了，从此他理直气壮地、名正言顺地是流落红军了。"流落红军证"像一剂强心针，使王万一的心脏跳动得更有力了。王万一深深地出了一口气，国家的认可，对他来说至关重要。他是流落红军，不是逃兵。他和战友们三次过草地，走过长征，经历了常人无法忍受的艰苦。在夜深人静的时候，王万一看着这个证，又会禁不住潸然泪下，他想他的战友们，想过草地时和战友们吃皮带、吃草根的情形。很多战友牺牲了，没有看见他们用生命换来的新社会，他喃喃地说："替你们又活了几十年，我快来啦，会讲给你们听的。"

十二、回到大巴山

已经人生暮年的王万一，最近经常想起家乡——巴中。可巴中又是他心里的一处伤疤，不能揭开。要不，再厚的补丁也包不住内心的鲜血淋漓。这天晚上，他又梦见他的父母亲了。屋后的大山里不知什么动物在凄凉地叫着，声音显得那么孤独。它也和我一样，孤苦伶仃吗？王万一再也睡不着了，他越发思念他的亲人。他要在有生之年回一趟巴中，给父母磕个头。

第二天，王万一收拾了一番，就去武装部报告了他的想法。谷部长同意了他的行程，安排人给他买了车票。临出发的前一天，王万一将他最好的衣服找出来，是洗得发白的蓝布衣服，穿着去和武装部的谷部长道别。谷部长看见他穿的衣服太旧了，让后勤干部找一套崭新黄军装给王万一穿上。王万一在有生之年又看见军装，就像一个失踪很久的孩子看见母亲一样，喜极而泣，眼泪忍不住又流下来，他用布满青筋的手擦着泪水，连声说，这衣服好，这衣服好。小心翼翼地穿好衣服，感觉自己又是军人了，他尽可能地挺直那早已弯曲的脊背，伸长脖子，在他的心里，军人是顶天立地的好汉。他将穿着这身衣服回到他的故乡巴中，这是他最自豪的事情。

五十多年了，和王万一参加红军时比较，巴中的变化太大了。街上人来人往，女同志穿着漂亮的裙子，各种商品琳琅满目，集市上卖什么东西的都有。特别是每个人春光满面，王万一喃喃地说，都吃得饱饭了，真好，都有饭吃了。他自言自语，没人认识他是谁，也没人注意到这个普通的老人。

王万一在老家没有亲人。第二天，王万一去当地武装部报到了。他对接待他的干部拿出"流落红军证"，讲述了他的革命经历。老家巴中政府以为王万一已经牺牲，认定他是革命烈士。看到一家三口人都是革命烈士，王万一感到很自豪，虽然他还活着。他享受到了特别的照顾。武装部安排专人陪同王万一回到他的家乡，找到了当时在农协工作过的还健在的三个老人。老人们已经有八十多岁的高龄了。有的眼睛看不清，有的耳朵听不见。对于王万一的到来，谁都没有想到，谁都没认出来。是的，当年通南巴谁家没人参加革命？谁家有儿子没参加红军？人数多得记不清了，老人们摇着头说。但是对于王万一的父母，他们还是有记忆的。

老人们回顾了王万一父母牺牲的经过，对他说，你父母是好样的，宁死不屈，是真正的革命者。眼泪从王万一浑浊的眼睛里流了出来，他为父母感到骄傲。作为儿子，从中国传统孝道讲，他应该给父母修坟，他应该给父母磕头，他的父母应该享受他的香火。他应该告诉父母的亡灵，他们的儿子，还活着，还好好地活着。这是他此次回老家的一个重要目的。

人武部的同志协助王万一刻了两块石碑，分别属于王万一的父亲和母亲。经历了这么多，他家的房子没有了。老人回忆他父母的坟就在房子的背后的山坡上，这么多年过去，已经找不到坟的影子了。王万一垒了两座空坟。虽然是空坟，但这是王万一的念想，是安放他精神的地方。王万一久久地跪在父母的坟前，磕着头，和父母说着话，轻轻地摸着父母冰冷的石碑，告诉他们他的经历。他尽到了人子的义务，心里了无牵挂了。

王万一请三个老人吃了一顿饭，和他们再叙叙旧，他也该走了，回到他生活了几十年的甲勿沟去。巴中政府说如果他愿意，可以留在巴中生活。王万一想：他在这里没有家，也没有亲人，九寨沟有他的家，他和周围的邻居们相处得很好，他视他们为亲人，他离不开他们，他要回到甲勿沟去。在巴中没有任何牵挂的人和事了，王万一又回到甲勿沟，过着他几十年不变的生活。

十三、王万一之死

对于王万一这个传奇人物来说，他的死让人觉得很意外。

回到甲勿沟的王万一继续过着日出而作，日落而息的生活。他习惯这种生活。土地承包到户了，他忙于田间地头。在农闲时，王万一和周围的邻居们去山上挖党参，挖猪苓，这些药材可以卖钱，对他来说，也是一笔不小的收入。

住在森林边，村民们习惯烧柴火煮饭或取暖，王万一入乡随俗也习惯这样。看着天色好，有四五家人上山砍柴去了。王万一和邻居们相约到姚家沟去挖猪苓。猪苓是一种药材，收购价格高。挖药材卖钱在当时是主要的经济来源。走到山脚下时，听到山上有人砍柴。同行的人说，快走快走，万一溜口放下木头来把人砸到咋办！走在前面的人跑了起来，王万一六十多岁了，年龄稍大，动作稍微迟缓，刚跑几步，山上放下的木头，卷起一阵尘土，蔓延开来。已经迟了，王万一消失在尘土中……

流落红军王万一死了，他被埋葬在马勺场的河边。

王万一在给武装部的同志详细诉说他的身份的那一年，正好是国家给流落红军落实政策的那一年。当工作人员将王万一编名造册，报给政府，政府按政策，每月给每个流落红军八十元生活费时，王万一死了，享年六十八岁。

他死得静悄悄的，毫不张扬，就像他的生活态度，从不责备任何人。王万一传奇的一生就此结束，留给我的是声声叹息。至少他应该老死在床上，我认为。流落红军王万一的一生，虽然没有惊天动地的大事，在和平年代，他却用正直、善良、低调影响着周围的人。

人们说：可惜了，王万一是个好人啊！

后 记

感恩命运让我出生在边远的民族走廊，让我体验不一样的人生。

我是大森林中的一棵小树，我是白水河里的一滴水珠。因为身在其中，我看不见森林的葱茏，我也感受不到白水河的清澈。是什么力量裹挟着我前进，我无知而懵懂。人到中年，才猛然回首，原来我只是一棵小树，一滴水珠。推动历史前进的，是我周边的人，他们携带着地方特有的精神气质，汇聚成一股不可抗拒的力量滚滚前行。我渴望被他们收容，确定我是他们中的一员，他们的衣钵传人。

命运选择了我为他们代言、作传。可是，我远远不够资格。我怕我提炼不出或者体验不全他们的精神内核。

他们是书中记录的人物，他们是九寨沟人的群像。

一个弹丸之地，对我而言也太辽阔了。区区几万人，我都没有能力遍访他们。在近千年的时间里，我只能纵向穿行，而无法顾及左右。我能清晰地感受到他们的目光，督促我写下他们，期待对他们的人生有一个记录，进行既真实又文学的表达。他们是这一方土地的主人，他们代表着这一方土地。

我借助岷山一隅的边远、偏僻，讲述生活在这片大地上的人的鲜为人知的故事。讲他们的人心、人性、人情，讲他们的普通、艰难、大义，讲他们的精神、情感、希望，讲他们敢作敢当、波澜壮阔、力挽狂澜的人生。

多年走访的结果，就像打通了任督二脉，我对这片土地有了更深的认识，我溯源、发掘、归纳，有能力把散乱的经纬编织起来组成一张图了，虽然这张图还有些粗糙，但是并不妨碍我勾勒他们的轮廓。感谢书中人物的后人，对我毫不隐讳、开诚布公地讲述。感谢读者，容许我夹杂着我的私人体验讲述。感谢我的家人和朋友对我的支持和陪伴。

希望这本书能帮助读者，剖析千年九寨沟的性格、语言、气质、精神、灵魂，了解九寨沟大地上曾经发生过的故事，领略九寨沟人炙热的家国情怀，感受九寨沟人的生命律动，理解这一方的水土养育着怎样的一方人。

时间已经远去，精神遗传在血脉里，被九寨沟人传承着。

写这本书的每时每刻，我脑海里都有这样一幅图画：祖母和母亲站在大门口，为失去魂魄的孩子叫魂。

母亲喊："娃回来！娃回来！"

祖母应："回来了！回来了！"

2024 年 4 月